金色夜叉

[日] 尾崎红叶 著
连子心 译

中国出版集团 现代出版社

目录

前篇

第一章

一

夜幕初降，门松后面的大门都紧锁了起来。自东向西延伸的长而笔直的大马路仿佛清扫过一般无影无痕，寂静的路上不同于往日的寂静，繁忙的车轮载着繁忙的人或者拜年回程醉酒的人。远处隐约传来的狮子太鼓的回响仿佛在惋惜今天就要结束的三天，声音哀切得令人肠断。

新年初日晴朗，二日晴朗，三日晴朗——记载着三天天气的日记好像被亵渎似的，从这天黄昏开始寒风瑟瑟。现在不但听不到“风儿别吹了，好吗别吹了”这样温柔的小调，就连立着的门松都好似被激怒般飒飒作响，干枯的叶子发出粗犷的声音，嘶吼着漫天飞舞，狂躁地翻转，揉作一团后又各自四散。薄云的天空仿佛被惊醒，露出了无数颗如同银梨子地[1]上面的星星。它们闪烁的冷光寒气逼人，被这微亮的星光照拂的夜晚的街道几乎冰冻了。

站在这夜晚的街道上，从寂寥的黑暗中举目四望，想象不到这就是人世间、社会、城市和街道。虽说是九重天、八际地，但混沌初开，万物尚未成形，风在试吹，星初次闪烁，这片大荒原上没有任何意义、秩序，也没有趣味，只有漫无边际的荒原。白天，那些宛如沸腾般的欢庆、歌唱、醉酒、嬉戏、欢乐、笑声、话语，以及兴致勃勃的人们，都如同一场梦，恢复了形单影只，不知道现在都身在何处。一阵寂静过后，远远地传来了敲木板的声音。那声响戛然而止的瞬间，突然出现了一点灯火，摇摇晃晃地横穿路的尽头后消失不见，最后又只剩下寂寥的天空上残留着的星星和月亮，还有瑟瑟寒风。小巷里的一家汤屋急着打烊，墙角边的下水道里冒出了一团团云状的白色水汽，令人作呕的微热飘向四面八方，夹杂着污垢的气息，笼罩住了一辆途经的人力车。话说那车突然从转角拐弯而来，想避开却已经避之不及，只得从中穿过。

“呜，好臭！”

车驶过时，车上冒出了这样一句话，还从中扔下了一个闪着红光的烟蒂，升起一缕烟。

“看来汤屋已经放水了。”

“是的，过年嘛，打烊早些。”

车夫说罢，便不再作声了，径直拉着车向前跑去。车里坐着一

①一种经过特殊工艺加工出的银制品，即在银制品表面撒上一层银粉，使之呈现出梨皮的效果。

位绅士，身穿一件披风大衣，两只袖笼着，耳朵以上的部位都埋在了水獭皮的领子里。灰色毛皮垫子的边缘垂在车后，膝盖上盖着一条华丽的凸横纹毛布，灯笼上的徽章是两个 T 字花纹组合。车在小巷尽头向北折去，到了一条稍微宽敞的路上后不久又拐去了西边。这条路的南半街有一座宅子，门灯上有“箕轮”字样，车从这里穿过装饰着门松的大门向里去了。玄关的拉门上映着灯影，可却紧锁着，车夫敲门喊道：

“开门，开门。”

屋内人声嘈杂，迟迟没有回应，于是两个车夫一齐喊着，连连敲打格子门，这时终于听到有人脚步匆匆赶来的动静。

这是一位盘着圆髻、四十出头、瘦小肤白的女人穿着一件茶灰色线织小袖和服，外面罩着一件黑色奉书绸[①]纹服，看来是这家里的主妇。待她匆忙打开门后，绅士从容入内。看到门口的地上摆满了鞋子，无他立足之处，主妇便亲自弯下腰为这位尊贵的宾客开了一条路，并把绅士脱下的鞋子单独放在了拉门内侧的鞋柜里。

二

箕轮家的住宅将十叠大的客室和八叠大的门厅打通后，形成了宽敞的大厅。里面放置着十座黄铜烛台，五十钱[②]的蜡烛如大海中的渔火一样燃烧着，天花板上吊着白铜镀的油灯，四周如白昼般明

①一种高级绸缎，盛产于福井县和石川县，常用于缝制有家纹的和服，即纹服。

②在古代日本的度量衡中十钱为一两；日本在 1891 年公布的度量衡法中规定一钱为 3.75 克。

亮，照得人脸上亮堂堂的。三十多个年轻男女围坐成两圈，正热闹地玩着纸牌游戏歌留多。蜡烛的火焰和炭火的热气，还有大家散发的热气混杂在一起，再加上纸烟和油灯的烟，弥漫在整间屋子里。人们面红耳赤，有人脸上的白粉已经脱落，有的人头发披散开来，还有人衣衫不整……女人们的妆发和着装一旦狼藉起来就十分惹人注目；男人们则是有的衬衫腋下被撕裂开而露出内衣，有的脱下外套、腰带松散着撅着屁股，还有的十指之间夹满了纸牌。虽然污浊沉闷的空气和缭绕的烟雾令人窒息，可大家都沉浸在疯狂中，对此不以为意，反倒是嬉笑怒骂、狂笑不止，声声不绝于耳。在这世间从未有过的骚乱之中，人们游戏打闹，任凭三纲五常一败涂地，搅翻了修罗道场。

在海上遭遇风浪时，只要在航路上浇些油，波浪就会立刻奇妙地平静下来，听说这样船就能躲过一劫。如今在这没有章法的混乱的屋子里，也有着一位支配那种油的力量的女王陛下。无论多么勇猛的男子汉在她面前都会温顺下来，最后不得不对她俯首称臣。女人们个个嫉妒她，但都对她敬而远之。此女坐在靠近中央那一簇人围着的柱子旁，沉甸甸的夜会结①上系了一条淡紫色的丝带，外面罩着一件小豆鼠色缩缅②料的外衣，她看似饶有趣味却冷眼旁观着周围嘈杂的人群，一副举止文静贤良淑德的模样。从妆饰到样貌都非常引人注目，又难掩娇媚之色，莫非是风尘女子装扮出来的——初次见她之人无一不在心中如此暗自猜测。往往一局还未分出胜负

①一种流行于明治大正时代的女性洋式束发发型。

②日本一种特殊织法的丝绸。

之时，宫这个名字便已尽人皆知了。当场有不少女子，有的女子貌丑，穿着的衣裳好似跟下人借来的，或如滑稽戏里的丑角；也有貌美的女子，怕是在二十个、甚至五十个人中才能挑出一个。他们中很多人的衣裳要比宫的高贵几等。宫不过居于中等。看那位贵族院议员的千金，虽生得奇丑无比，所着之物却尽是些绫罗绸缎，耸肩上披着绣有花纹的御召料冬季礼服，腰间系着百合枝金线凸纹紫色缥珍腰带。其服饰令人目眩，可看了却叫人生厌。宫的衣裳在各种绚烂夺目的装饰间只不过保持着一颗晨星的光彩，然而她那白皙的肤色却比任何颜色都美，那张端庄秀丽的脸庞比任何美丽的面料更有内涵。正如人的丑陋不能用任何装饰掩盖，她的美也不会被任何装饰物遮盖。

在矮柜和拉门隔出的角落里，一名男子正坐在手炉边剥橘子，他恍惚间远远地看着宫的侧脸，不禁暗自嘟囔起来。

“美！美！真美！俗话说人靠衣马靠鞍，可真正的美是衣裳所不及的。本来就美的人穿什么衣裳都美，而且就算什么都不穿也美。”

“裸体更好哇！”

说这句话来附和他的是一个美术学校的学生。

乘人力车前来的绅士略事休息之后，由这家的主妇带了进来。跟随其后的是经常闭门不出的主人箕轮亮辅。席间混乱起来，正值大家激烈地决一胜负的高潮之际，因此他们一行并没有引起人们的注意，只有在角落里聊天的两个人早早注意到并且目睹了绅士的风采。

大厅的灯影鲜明地映出三人驻足门口的身影。皮肤白皙的小巧主妇因疳积而口歪，她的丈夫从额际到头顶光可鉴人。主妇较寻常女人更小巧，而她的丈夫却像个优秀的大兵那般肥壮，脸上少见难色，呈现出一副似弥勒般的福相。

绅士看上去二十六七，身材高大，不胖不瘦，肤白如玉，双颊微红，额宽嘴大，腮骨突出，一张大脸呈正方形；微卷的头发在左鬓分开，涂了薄薄的油；唇上留了一撮不浓的胡须，大鼻子上架了一副金丝边眼镜；身着黑色盐濑五纹[①]外衣和花纹长袖小袖和服，系六寸宽缥珍腰带，上面还挂着一条金链。他大模大样地扬起脸来扫视了席间一番，整个人好像在发光，晃得看不清四周。席间没有比他更肤色白、身段好、衣装华美的人了。

“那人干什么的？”

刚才那二人中的一个厌恶地低声嘀咕道。

“可恶的家伙！”

学生朝他的方向“呸”了一下后，故意转过脸。

“俊，过来一下！”主妇向人群中的女儿招手。

俊看到父母身边的绅士，慌忙起身走来。只见那绅士容颜俊俏，温柔可亲，像极了她的父亲。俊头绾高岛田髻，身穿肉色缩缅外衣，肩上还有一小撮褶皱。她红了脸，膝行至绅士面前，殷勤地叩头行礼，那绅士只微微弯腰回礼。

“这边请。”

女儿等着向他引路，可那绅士却不甚欢喜似的点了点头。母亲

①绣着五枚家纹的和服，分别于背后、两胸和两袖。

牵动着那歪嘴说道：

“那个，这位先生还赏了我们很大一笔压岁钱呢！”

俊再度叩头致谢。绅士面带笑容地行了注目礼。

“快，来，里面请。”

主人在一旁邀请，主妇催促着俊，俊则领着绅士一直到了客室的柱子旁的火盆边。主妇也跟着走了过去。角落里的那两个人看到那没有家室的绅士受到如此厚待，感到惊讶不已，因此目不转睛地盯着他从进门到坐下的一举一动。当他从大家身边经过时，人们只能看到他的左侧，而他左手无名指上戴着的那个不同寻常的东西在光的照射之下闪闪发亮，让人几乎无法直视它的光芒。原来他戴着一枚镶嵌了世所罕见的钻石的金戒指，仿佛在说“天上最亮的星正在在下的手上”。

俊回到正在玩歌留多的座位上，撞了一下身边姑娘的膝盖，悄悄地在她耳朵边讲了几句。那姑娘连忙抬起头来向绅士看去，让她震惊的不是那位绅士，而是他手指上那个光芒四射的东西的不同寻常。

“哇，那枚戒指！莫非是……钻石？”

“是呀。”

“好大。”

“据说要三百圆[①]呢。”

听了俊的说明，她感到浑身的汗毛都竖起来了。

“哇，真好哇。”

①近代日本的货币单位有“圆、钱、厘、毛”，1圆=100钱，1钱=10厘，1厘=10毛。

这姑娘向往了许久芝麻大的珍珠戒指，仍未得到，此时她突然想起了什么似的胸口咚咚地跳个不停。在她茫然不知所措之时，一道犹如电光的胳膊从旁伸来，倏地把她面前的一张纸牌攫走了。

“哎哟，你怎么了？”

俊着急地拍了拍她的膝盖侧面。

“好了，好了，我以后不了。”

她这才从幻想的梦中醒来，尽管知道自己的身份高攀不上，可是一旦心被钻石强烈的光芒灼伤，就仿佛失去了知觉。虽然现在是清醒的，可是那些手段眼看着渐渐四散而去。她从这一刻开始更不可能作为俊的伙伴来帮她出谋划策了。

于是这个消息就传开了。

“钻石！”

“嗯，钻石。”

“钻石？？”

“原来那就是钻石！”

“哦，是钻石呀。”

“那是钻石吗？”

“快看，钻石！”

“哎哟，钻石？？”

“多漂亮的钻石！”

“那钻石好亮啊！”

“三百圆的钻石！”

一瞬间，三十多人交口称赞着绅士的财富。

绅士看到人们都在争先恐后地看他，他那只手正拿着一根雪茄，于是缩进了袖口的口袋。他慵懒地倚在柱子上，眼镜之下是一副从天上俯瞰下界的眼神。

这位记号明显的人物，其名字也无须询问，早已从俊的口中传开了。他名为富山唯继，乃下谷区一户远近闻名的资本家的家督。同区的富山银行便是由他父亲富山重平创办的，富山重平这名字在市议会的议员名单中也能看到。

正如宫受到在座男士的欢迎一样，这位少爷的名字也立刻在女士中间传开了。若能和这绅士成为一组，这颗世人瞩目的宝石便近在咫尺，真是莫大的荣幸——心存此念的人也不在少数。若能享受与之近在咫尺的光荣，不仅眼睛可以大饱眼福，就连鼻子都能嗅到异香，那真是无上的幸福。

男士们率先骚动起来，看到女士们都被钻石勾走了魂魄，有人嫉妒，有人叹息，还有一些人兴味索然。唯独宫一人不为所动，那清澈的眼神仿佛在与钻石争光夺芒，沉着冷静的模样令她的崇拜者们感到欢欣鼓舞，觉得自己还有这样一位钦慕对象，何不把忠诚全部奉献给她，让美貌与富有决一胜负，也好剥掉绅士可憎的皮囊——他们个个摩拳擦掌、拭目以待。如此一来，宫和富山就呈现出了日月同辉般势均力敌的姿态。当下人们最关心的就是，宫同谁一组，富山同谁一组。然而抽签的结果意外地令人们大吃一惊，备受瞩目的绅士和美人竟和另外三人组在了一起。起初分为两个圈子的人们这时也聚集成了一大圈。更何况富山和宫并肩而坐，仿佛黑夜和白昼同时出现，引得众人一片骚乱。突然，在富山和宫一组旁出现了自称是社会党的人物。他们的主义是挑起不公，目的是肆意破坏。也就是说，他们企图单纯凭借力气去干扰别组的安宁。在他们的对面，一名女子被围在中间，四名身强体壮的男士分列左右。他们组成了一支远征军，左侧称为狼藉组，右侧称为蹂躏队。实际上，他们无非是想要挫挫那钻石的锐气。对决的结果，富山和宫的组吃了大败仗，就连旁若无人的绅士也畏缩起来，美人更是羞赧得如坐针毡。就在这时，绅士不知何时不见了踪影。男士们无一不高呼万岁，反倒是很多女子仿佛失去了掌上明珠。话说那富山在惨遭攻击、破坏和蹂躏之后，完全被这种不文明的游戏吓住，悄悄逃到主人的内客厅去了。

他那本来梳得油光锃亮的头发现在乱如一把棕榈扫帚，外衣上垂坠的环扣摇曳着，像长臂猿在捞水中的月。主人见此，立刻露出一副惊慌的表情。

“发生什么了？啊，手还在出血。”

他丢下烟杆，诚惶诚恐地迅速起身。

“啊，他们下手真重。这样粗野的行为真叫人没办法。除非穿上消防专用服，否则可抵挡不了。太欺负人了！脑袋还被揍了两下。”

富山吮着指甲里渗出的血，面露不快地在主人预备的坐垫上坐了下来。这里的一切都是准备好的：虾茶色花纹缩缅坐垫旁放着一只七宝烧①椭圆形大手炉和一张莳绘②膳桌。主人拍手唤侍女进来，

①珐琅器。其烧制工艺源于中国的景泰蓝，体现了日本陶瓷独特的民族特点和辉煌的工艺成就。

②产生于奈良时代的一种漆工艺技法，以金、银屑加入漆液中并以螺钿、银丝嵌出花鸟草虫或吉祥图案。

命令她尽快准备好饭菜。

“真是对不住您了。还有其他地方受伤吗？”

“没有，再有我可受不住。”

主人听了，也苦笑着。

“我马上去拿创口贴来。这群学生行为也太粗暴了吧。我特地请您前来，真是不胜惶恐。您也不必再去参加他们的游戏了。虽然这里没准备什么，还是请您在这里歇息吧。”

“可我还想再去看看。”

“哎？还要去吗？”

富山没有回答，笑容在脸颊上渐渐舒展开来。对此，主人早已意会，这会儿也跟着笑容满面，眼睛眯成一条细细的线。

“这么说，您还满意？”

富山越发笑容洋溢了。

“是吧？一定是这样的！”

“为什么？”

“没有为什么。一看就知道了！”

富山点了点头，道：“说得也是。”

“她不错吧？”

“还不错。”

“您先趁热喝一杯吧。既然您这样眼光高的人都说不错，那么那位小姐一定是位罕见的美人了。难得一遇。”

这时，慌慌张张走进来的主妇看见了富山。没想到他会在这里。

“哎呀，原来您在这里呀。”

主妇之前一直都待在厨房里给宾客们准备食物。

“输得很惨，就逃出来了。”

“您逃得好！”

主妇抿着那张歪嘴，假惺惺地笑着。突然间，她发现绅士外衣上的纽扣摇摇欲坠，环扣也不见了，于是慌忙起身，那环扣可是纯金的东西。富山却若无其事地说：

“没事，没关系。”

“这可不行，纯金的环扣丢了可不得了！”

“没事，我都说了没关系……”他的话还没说完，主妇就已奔到大厅里去了。

“话又说回来，不知那位的身份如何？”

“这个，倒是还不错……”

“倒是……怎么回事？”

“倒也不是什么大事。”

“话虽如此，大概是什么情况？”

“她父亲过去任职于农商务省，如今则靠着地租和房租维持生计。听说这人手里有些积蓄，名曰鴫泽隆三，住在隔壁那条街上，厚道稳重，勤俭持家。”

“哦，不是什么大户人家。”

绅士说着摸了摸脸颊和下巴，那枚钻戒闪耀着璀璨的光。

“不过这也无妨。她家是要嫁女儿，还是招女婿？”

“是呀，她家可就她一个女儿。”

“这就有些麻烦了。”

“具体的我也不清楚，我再去打听一下吧。”

不一会儿，去找金环扣的主妇回来了。不知道是谁动了手脚，把它拉直变成了一只挖耳。主人又问了主妇一些宫家里的情况，她把自己所知全都讲了一遍。夫妇二人表示，女儿知道得更多，待会儿找她来询问询问。说着，又频频地劝绅士喝酒。

富山唯继今晚光临此处，不是来拜年的，也不是来玩歌留多的，而是借着这里聚有许多女子的机会来挑选妻子的。他前年冬天一从英国回来，就到处托人说媒，可因为他要求太高，二十多家的姑娘都不如他的意，因此直到今日还为此事而不安。当时匆忙地在芝建好的新居，至今也无人入住，因而早已被太阳晒得变了色，有些地方还被雨水腐蚀了。只有一对老夫妇住在一间幽暗的房间里看门，寂寥地诉说着往事。

第二章

歌留多比赛于零点结束，不过从十点左右开始，人们就陆续起身离开了。眼看着人数就减少了三分之一，没有尽兴而留下来的人继续情绪高涨地一决胜负。不知富山躲起来的人还以为他吃了败仗回去了。宫一直待到比赛结束。如果她也提前离场，恐怕留到最后的人还不足三分之一，富山自满地对主人如是说。

那些爱慕宫之辈都在担心宫深夜的归途，他们暗自祈祷可以让自己送她一程，到哪里都无妨，然而他们的用心良苦都是徒劳。宫返程途中身边有一名男子相陪。那人穿着高中制服，是一位二十四五岁的学生。除了钻石男外，他的举动也很惹人注目，因为他是在座众人中唯一和宫看上去亲密的人。不过除此之外，他身上并没有吸引人的地方。他不太说话，也不吵闹，从始至终都谨慎处之。直到比赛结束，他都没有显露出是宫同伴的苗头来，只是见外地坐在一旁。看到他们二人相携出门的背影后，不少人失望了起来。

宫的头上系着一块紫灰色头巾，肩上披了一条黄底白花的毛披肩。那学生穿着一件焦茶色大衣，缩着身子抵抗迎面吹来的寒风，等身后的宫走到旁边后，说：

“宫，那个戴钻石戒指的家伙怎么样？真是个令人讨厌的家伙，是吧？”

“是呀。不过他被大家视为眼中钉被胡乱欺负一通，可真可怜哪。就连坐在他旁边的我也遭殃了呢。”

“嗯，都怪那家伙太傲慢啦。说实话，我也在他的侧腹捅了两下。”

“哎呀，你可真坏。”

“那种家伙男人看了都觉得反胃，女人怎么想呢？女人都喜欢那样的吧？”

“我不喜欢。”

“香水喷得香香的，戴着钻石戒指，穿着打扮像个少爷，你们一定觉得很好！”学生嘲笑似的说道。

“我不喜欢啊。”

“不喜欢还和他组一组？”

“那是抽签抽的，我也没有办法。”

“说是这么说，可组了之后也没见你讨厌的样子啊。”

“你真是无理取闹！”

“三百圆的钻石，到底是我等不可及的。”

“不懂你在说什么！”

宫把披肩往上拉，捂住了一半鼻子。

“啊，好冷！”

男子耸起肩膀，向宫靠近了一些。宫默默地走着。

“啊，好冷！！”

宫还是不搭话。

“啊，好冷！！！”

宫这时才转向男子：“怎么了？”

“啊，好冷。”

“哎呀，真讨厌，怎么了？”

“冷得受不了了，让我也一起钻进去吧。”

“哪里？”

“披肩里。”

“奇怪，你可真讨厌！”

男子一把夺过她披肩的一端，把自己也包在里面。宫笑得都快走不动路了。

“哎呀，贯一，这样不舒服，也不好走。你看，前面来人了。”

男子毫无忌惮地开着玩笑，女子则任凭他去不加指责，他们究竟是什么关系呢？原来，此男子名曰间贯一，因故寄宿在鴫泽家已十年，今年夏天上大学后就要娶宫为妻了。

第三章

间贯一十年来寄宿在鸭泽家里，是因为他已无依无靠。他年幼丧母，父亲也因病故而无缘目睹他初中毕业。他在悲伤中埋葬了父亲，同时也埋葬了自己的前途，此外还发生了不幸之事。父亲在世时，为了支付贯一的学费就已经捉襟见肘。当时他年仅十五岁，身为间家的户主，吃饭比上学更加迫在眉睫。年幼的户主在上学的问题之前先要担心吃饭问题，而且在吃饭问题之前还有一道葬礼的障碍，甚至还有医药费亟待他解决。无法自立的幼子如何应付得了这些急需呢？贯一没有这样的能力，全倚仗着鸭泽隆三的百般关照。原来，孤儿贯一的父亲是隆三的恩人，为了报答旧恩，隆三不仅在他卧床时照顾他，还经常挂念并支付贯一的学费。贫穷的父亲故去后，富裕的隆三成了贯一的监护人，还把贯一带进了鸭泽家。隆三则因报答恩人的时日不多而感到心意难平，于是打算好好抚养其遗孤长大成人，不忘过去，继承亡父遗志。

已逝的父亲常说:“我们是武士之家，若犬子贯一遭人欺侮，我还有何脸面?!他应成为有学之士，立于四民之上，此乃我的愿望。”贯一不断用这些话来警醒自己，隆三每每见到他时也会以这些话来鼓励他。隆三以为恩人临终未留下只言片语便撒手人寰，他常挂在嘴边的这些话自然可作为遗嘱。

这样，贯一在鴫泽家里绝没有诸如被当作包袱而被暗地里疏远的遭遇。熟人互相闲聊时都说，贯一倒比那处境尴尬的继子幸运一些。隆三夫妇确实对他这个恩人遗孤照顾得周全。有人看到贯一受到如此疼爱，也会猜想隆三夫妇大概有意招他做女婿。当时他们确实没有这样的想法，可发现贯一刻苦治学的样子后，也就渐渐地有了这份心思。待他上了高中后，他们也下定了决心。

贯一不仅勤奋笃学，而且为人正直，品行端正，他若是戴了学士的帽子，可真是不可多得的女婿——隆三夫妇因这样的心思而暗自欣喜。委身冠以他人之姓，这对贯一来说不可谓不是一种屈辱，是他所不齿的，然而若能因此而得到美丽的宫为妻，那么委身和屈辱又有何妨？因此他怀着愉悦的心情，越发勤勉治学。宫不讨厌贯一，只不过她对贯一的深情不及贯一想象中的一半。宫知道自己颇有姿色。世间的女子有谁不知自己的样貌，令人忧伤的就在于过于自知。说起来，宫知道自己的美丽有多少价值。她想要的不仅仅是用自己的美貌换取一个继承了一笔相当多的财产、博学多才的具有学士气质的丈夫。她见过不少贵人之妻出身贫贱，也见过富人厌恶丑妻而亲近艳妾。正如男人可以凭借才华顶天立地，她相信女人也可以凭姿色而获得富贵。而且她见过一些凭姿色换来富贵的女人，大多都不及自己的美貌。她所到之处都能听到人们称赞自己的美貌。还有一件最令她得意的事。当时她年方十七，还在明治音乐院上学，一位教小提琴的德国教授曾在她的衣袖中塞了一封情书。此人原本是个花花公子，可却是真心想娶她为妻的。几乎同时，一位年逾四十的院长因前一年丧妻欲娶她续弦，暗中邀她到房间里言辞恳切地诉说衷肠。

当时她那幼小的心扉仿佛将破裂一般地发出轰鸣。一半是因为从未有过这样的经验而感到羞赧，另一半则是她心里蕴藏了一个巨大的梦想。她开始相信自己具有这样的价值：凭着自己的美貌，至少可以谋得一个奏任官[①]之上的丈夫。为宫的美倾倒的不止教授和院长，一墙之隔的男生们经常为了看她而吵闹，她不会不知道。

若是嫁给教授或者四十岁的院长，那么他充满声望的地位当然不是一个继承鴫泽家的学士所能企及的。这样的希望一旦产生，便会随着年纪而膨胀。她终日做着那样的梦，好像那些贵人、富人、名人都看上了自己，抬着玉轿来迎娶。她坚信这样天赐的缘分能降临到自己身上。她对贯一的深情之所以不及贯一所想，全是拜其所赐。话虽如此，她绝不是讨厌贯一，她知道和贯一在一起是开心的。就这样，她一边期盼着那样的好运，一边又不懈怠对贯一的爱。贯一还以为她在内心一心一意地爱着自己。

①《明治宪法》下的高等官的一种，其官位相对于高等官三等至八等。

第四章

宛如一片漆黑的黑暗中，贯一书房里的小时钟敲了十下。他下午四点就到向岛的八百松去参加新年宴会，这时还没有回来。

宫从里面拿着一盏提灯走了进来，点燃了书桌上的灯。这时，侍女又端了火种来。宫把它放在火盆里。

“你把里面的水壶拿来。啊，对了，他们都已经睡下了。”

房间因缺乏人气而寒气逼人，现在突然得到了人的温暖的肉体而欣喜不已，仿佛直接咬住了宫的皮肤似的。她慌忙靠近火盆，抬起头来看书架上的时钟。

夜深人静，灯光照得她美丽的面容无比美艳。时值正月，她穿得比平时更讲究一些，再加上涂脂抹粉，真如在月光下面的一朵带着露珠的花朵，连映在背后墙上的黑影也仿佛散发出了扑鼻的香气。

那一双可与钻石媲美的眸子凝视着时钟的秒针。看看她那在炭火上烤火的手，如玉一般。想象一下她那深藏在绣有友禅纹样的紫色缩缅里面的胸脯吧！她的心中正在想着何事？她在等待着那个不讨厌的人的归来。

突然一阵强烈的寒气向她袭来，她的视线从时钟上滑落，并起身到火盆对面贯一的坐垫上坐下。宫亲手缝的这个坐垫贯一常常使用，今晚则为她所用。

忽然间听见汽车由远及近驶来的声音，那声音越来越大，竟在家门口停住了。宫笃定地刚要站起来时，听到门外一个醉酒的声音在说话。不会喝酒的贯一从来没有酒醉回家过，因此宫泄气似的又坐了下来。她看了看时钟，快十一点了。

拉门被打开，又听得醉汉的脚步声走了进来，宫不知道怎么一回事，慌忙拿着灯赶出去。正好侍女也从厨房走了出来。

只见那人醉醺醺的，仿佛脚踩在云里，帽子歪戴着，眼看就要掉下来；左手提着一个绢布包着的盒子，像祭礼的山车上放着的人偶一样晃悠悠地站着。此人正是贯一。他热得满脸通红，仿佛快要炸裂来开，舌头不堪干渴，断断续续地打着空嗝说道：

"我回来晚了。你看，这是给你的礼物！人家说让我带回来送给夫人，大好人哪！"

"哎呀，你怎么醉成这样啊？"

"喝醉了！"

"哎呀，贯一，在这儿睡下可不行呀！快，快起来！"

"看我醉成这样连鞋子也脱不了，啊，真醉啦！"

宫抱着仰面倒着的贯一的脚，好不容易才脱掉了他的鞋。

"起来，啊，这就起来。看！我起来了……虽然起来了，可是你不牵着我的手，我不会走路啊！”

宫让侍女拿了灯，自己刚想去牵贯一的手时，贯一却一个踉跄地搂住了她的肩膀不松手。宫只能颤颤巍巍地慢慢把他扶回了书房。

贯一跌坐在坐垫上，将无力的身子撑在桌子上，一边打嗝一边喃喃自语道：

“劝君莫惜金缕衣，劝君惜取少年时。花开堪折直须折，莫待无花空折枝！”

“贯一，你怎么醉成这样啊？”

“我是醉了吧？是不是，宫？非常醉，是吧？”

“酩酊大醉！你难受吗？”

“是啊，醉得很难受。我醉成这样是有原因的。能让你来照顾我的原因。宫！”

“讨厌，我讨厌你醉成这副样子。不爱喝酒的人为什么会去喝这么多酒？谁让你喝的呢？端山、荒尾、白濑这些人都跟你在一起，太过分了！喝成这副模样。你说十点钟一定回来，我可一直在等你，现在都十一点多了！”

“你真的在等我吗，宫？谢谢啊，多谢！如果这是真的，那我就死也无怨了。被灌得这么醉，实际上也是因为这个呀！”

他抓起宫的手，不由自主地握紧。

“咱们的事除了荒尾没有人知道。荒尾也绝不会说出去的。那他们是怎么知道的呢？大家都知道了……我很惊讶。四面八方都‘喝一杯！喝一杯！’地向我敬酒，十几二十多杯酒都放到我了面前。我否认着笼起手，可大家都不听啊！”

宫窃窃地笑着，专心致志地听他说。

“然后他们又换了一套劝酒词，说‘单是和那样的美人住在一起，寝食与俱，就已经让人羡慕不已了’，然后敬我酒。还有‘你要是个男子汉，就应该更进一步，抓紧娶了她！你和她同居一处十多年，事到如今如果被别人抢走，那就不单是你间贯一一人的耻辱，更事关我们这些朋友的面子。不仅如此，更有损我们高中的名声。所以，为了你早日娶得这位美人，就得喝了这杯我们同心协力为你祈祷的神圣之酒，否则会很失礼哦。倘若你不接受，反而还要受到神灵的惩罚’。我明知他们是在开玩笑，可那些话听来也很有趣，于是一杯接一杯全喝了。如果不能与你结为夫妇，哈哈哈哈哈哈……竟然说出连高中的名声都要受损的话。我很惶恐啊。还要请你多多帮忙呀！”

“讨厌，真是的！贯一！”

“朋友们都知道了，如果不能成为夫妇，那我这个男子汉可就太没面子了！”

“早决定好的事，你现在这么说……”

“不是。最近看到伯父伯母的态度，我……”

“绝没有那种事，你多虑了。”

“其实伯父伯母的意见倒是无妨，我只看你的心意。”

“我心意已决。”

“真的吗？”

“你问的这话可真多余。”

贯一醉得支撑不住，倒在了宫的膝头。宫抚摩着他如火一样发烫的脸颊和额头。

“喝点水吧。哎？又睡着啦……贯一！贯一！”

这正是纯洁的爱情！这时的宫心中肮脏的欲念消失不见了，美丽的眼睛中毫无杂质，全部的光芒都集中在贯一的睡脸上。富贵之物，连同一切的欲念，都被膝头的一团温暖融化了。她沉醉在如甘露一般甘甜的美梦中，毫无杂念。

一切丑陋的欲念都如同在黑夜中一样闭上了眼。在这间书房里仿佛只剩下他们两个人，她感觉不到别人的存在，而那明亮的灯光仿佛也只是为了他们两个人而照亮。

第五章

一天，箕轮夫人突然前来造访。她的女儿俊和宫在同一所学校，过去往来频繁，家长之间却从未有过交集。即便在路上相遇，也互不相识地擦身而过。如今俊和宫也渐渐疏远了，这时她的母亲却突然来访，这到底是为何？宫和父母都十分讶异。

箕轮夫人在宫家里待了大约三个小时才回家。

鴫泽夫人吃惊的，不是客人的突然造访，而是她前来所为之事。贯一不在家，因此他当然不会知道这位稀客的来访，而宫也不敢告诉他，就这样两三天过去了。从那天开始，宫就变得食欲不振、夜不能寐了。贯一对此一无所知，宫也越来越说不出口。其间她和父母商量了多次，始终无法做出决定。

在他背后进行的事和那看不到的人心中所想，贯一无处得知。可他片刻也无法忘却的宫的状态在发生改变，这一点却不难看出。宫脸上的光芒急遽地消失，举动里充满了无精打采，连笑容都难得一见了。

宫没有自己的起居室，但有一间放置她的衣柜和杂物的小房间。这里放着一张暖桌，人们冬天闲来无事时也常在这里烤火取暖。宫平常在这里做针线活，疲倦时也弹琴。如今她常把玩的插花根部松懈，已有些倾斜，竹制花瓶里的水面上漂浮着一层灰尘。面向庭院的矮窗旁铺了一层白纸，宫的膝头上放着一块解开的红绢，手里拿着针，懒洋洋地倚着暖桌。

她自食欲不振、夜不能寐以来，就喜欢在这里沉思。父母了解其中原委，对她这样子也不感到奇怪，便由她去了。

一天，贯一参加完开学典礼后便早早回了家，外间没有人，有暖桌的房间里则传来了宫的咳嗽声，随即又安静下来，贯一心想她还不知道自己的归来，便蹑手蹑脚地走近窥视。从拉门中间开着的小缝中看去，只见宫倚在暖桌上，时而眺望玻璃窗，时而低下头，时而又发出仿若胸口苦闷似的叹息，时而又像在仔细聆听什么似的，美丽的眼睛大睁着好像在沉思。她不知道有人在窥视自己，嘴角好像在诉说内心的苦闷，她的心情表现得十分明显。

贯一感到诧异，屏住呼吸继续窥探。宫把腿伸进暖桌的棉被里，过一会儿趴在了暖桌上面。

贯一把身体倚在柱子上，侧着身子向屋里窥视，蹙眉困惑。

她因何事而这样心烦意乱呢？如果有烦心事，为何又不和我讲？他猜不透个中原因，也不认为她真有烦心事。

这样揣测着，贯一也垂下头来，最后发现不去问她是无法得知的。贯一再次朝房间里望去，宫仍然趴在暖桌上面，就连莳绘梳子何时掉落也不知道。

宫觉察到有人，吃惊地抬起头来，只见贯一已经到了她身边。她慌忙收起不安的表情。

“啊，吓了我一跳！你什么时候回来的？”

“刚回来。”

“是吗？我一点都没注意到。”

看到贯一频频盯着自己的脸看，宫难为情地说道：

“你那么看我干什么？讨厌！”

但贯一的视线并没有从宫的脸上移开，宫故意转过了脸，拨弄着暖桌的棉被。

“宫，你怎么了？嗯？哪里不舒服吗？”

“没什么。为什么这么问？”

宫说着，拨弄棉被的动作越来越快。贯一也顾不上摘下帽子，一只胳膊撑在暖桌上，斜着身子注视着她的脸庞。

“所以我总说我们之间有些生分了。可我一这样说，你就会立即指责我疑心过重啦，神经质啦，难道不是吗？”

“可是真的没什么啊……”

“真没什么的话，你会怔怔发呆，或者叹气和忧郁吗？我刚才就一直在拉门外面站着看你。你生病了，还是有什么烦心事？不能告诉我吗？”

宫默不作声，只是拨弄着膝盖上的红绢布。

“生病了？”

她轻轻摇了摇头。

“那是有什么心事？”

她又摇了摇头。

“那到底是为什么呢？”

宫只觉得心里的汽车来回转个不停，不知道该骗他还是说实话。仿佛自己犯了罪，又深知无法隐瞒，因此恐惧让她的心战栗不已。她思索着该如何回答，贯一又在一旁催促，她的身体就像被压榨了一般无法喘息，她什么都说不出来，冷汗一个劲儿地流。

“那究竟是怎么一回事？”

贯一的声音越发暴躁。宫越是不开口，他就越感到奇怪。宫惊慌失措，匆忙开口道：

“我也不知道是怎么一回事……我这两三天怎么了……会考虑各种各样的事，觉得人间实在是无聊透顶，于是便悲从中来。”

贯一怔怔地望着她，眼睛一眨不眨地听她倾诉。

“人每天活着，不知道什么时候就会死去。虽然会发生好事，可是也会发生辛苦的事、悲伤的事、痛楚的事，好事不会连续发生，我越想越觉得这世上没有希望。一想到这个，就每天陷入这样的忧虑之中，心情也变得糟糕起来，连自己也不知道为什么会这样。我看起来像生病了吗？”

闭着眼睛倾听的贯一慢慢睁开眼，蹙眉道：

“这就是生病了啊！”

宫蔫了似的低下了头。

“可没什么值得担心的事。你不必这么在意，好吗？”

“嗯，我不担心了。”

这句话里的诧异、低落和惆怅，贯一是如何理解的呢？

"这都是生病导致的，大概是脑子什么出了问题。总想这些就会整天郁郁寡欢。本来世界就不是有趣的，人事就更难懂了。这虽是事实，如果大家都这样想，那世界岂不是就变成了寺庙？我们应该做的是，认识到世界的虚无，在此基础上去探寻虚无和乏味中的乐趣。虽然一想到这些就会变得忧郁，可既然生而为人来到这个乏味的世上，事到如今已别无他法。因此只能在乏味的世界去寻找能让生活有趣的事。要想活得有趣，就必须对一些事充满兴趣。只要有一样这样的乐趣，就绝不会觉得世界乏味了。你也就不会觉得无趣了。只有充满乐趣，就会觉得活着是有趣的。"

宫扬起她那美丽的双眸，有所求似的悄悄看着贯一的脸。

"肯定没有。"

她一脸笑意，但看起来略带苦涩。

"没有？"

贯一扭着宫的肩头，把她转向自己。宫任他缓缓扭动自己的身体，脸却还害羞似的躲着他。

"你来说说，有还是没有。"

他把手放在宫的肩头不停摇晃着，宫则感觉仿佛被铁锤击打着，内心极度不安，又出了一身冷汗。

"岂有此理！"

宫怯怯地观察他的脸色。他和往常一样还是开玩笑的神情，和颜悦色，不见一丝愠怒，嘴角还挂着笑容。

"像我这样的人因为有一件大大快乐的事，而觉得世界无比愉快。每一天过去都觉得可惜得不得了。我不是因为世界乏味而找了这个乐子，而是为了这件快乐的事而活着。如果从世上抽离了这份快乐，这世界就不存在了！叫贯一的人也不存在了！我的生死都与这份快乐同在。宫，你羡慕我吗？”

宫忽然觉得全身的血都结成了冰，冷得浑身打战，为了不让自己的心事被察觉，便用微弱的力气鼓励他。

“羡慕啊。”

“你若羡慕，我就分享与你，因为与你有关。”

“你说吧。”

“嗯嗯，都给你吧！”

贯一从外套的兜里掏出一袋糖果，放在暖桌上，松开袋口，一堆红白色的小球散落了出来。是宫最爱的糖果。

第六章

一

两天后，宫听从贯一的劝告去看医生。医生诊断为胃病，给她开了一瓶药。贯一以为宫真的患了胃病。宫虽然不认为是胃病，却照样服了药。不堪懊恼和忧郁的宫看上去并没有什么异常，可她内心里水火相克的苦楚越来越无法阻止。

宫不讨厌贯一。可奇怪的是，近来却忌惮看到他了。见不到的时候想见他，可见了面又冷汗津津，感到恐惧。听到他热情的话语，就像身体被刀切一样。宫惧怕他的体贴。自宫心情烦闷以来，贯一对她比以前更加温柔了，这让她觉得求生不得、求死不能，内心烦乱得不堪忍受。

终于，宫向父母倾诉了自己内心的苦闷。一天，母女二人突然收拾了行李，匆忙搭车出了门，随身带了一个旅行用的大皮包。

空荡荡的屋子像经历了一场大风后留下的战场，留在家中的主人隆三独自坐在棋盘前研读棋书。他远不及六十岁，可大部分头发已变白，长胡须也已有六分白了。形容枯槁，却也没到衰老的地步。眉目间温厚纯良，仿佛古井中吹不起波纹的风。

贯一回到家，发现母女二人不在，诧异之下询问主人。主人捋着长须笑着说道：

“她们看到今天早上的报纸，一时兴起，便去了热海。昨天医生也建议宫泡温泉治疗。她们突然想起了医生的话，匆忙搭了十二点半的车。唉，一个人正有些寂寞，给你沏杯茶喝吧。”

贯一觉得这实在太不可思议了。

“啊，这样啊，像梦一样。”

“嗯，我也这样想。”

“不过泡温泉对她应该是有好处的。他们打算逗留几日？”

“她们说怎么也要四五天，可是只穿了身上的衣服出门，我看要不了多久就腻烦的，能待上四五天吗？在外养病可不如在家里舒坦。她们两个人可能是想去好吃的吧，你觉得呢？”

贯一要换衣服于是回了书房。他以为宫会留下什么书信，找了找什么都没有。他还找了宫的房间，也没有。他们出门着急，想必没有工夫。他心想明天一定会来信，可心里仍无法释怀。他在学校待了六个小时，归来只为了见到让他魂牵梦萦的美丽脸庞。他带着无法满足又无法得到慰藉的心情坐在桌前。

“太生分了。不管出门多着急，总不该一语未留就走了吧？而且还不是去了马上就返回，而是四五天的旅行啊。最重要的是，不留信也就罢了，既然要去泡温泉治疗，事先总要商量的吧。难道是突发奇想？就算是突发奇想，也不至于马上就出发吧。顺序难道不应该是等我回来告诉我，明天再出发吗？分开四五天却连最后一面都不见，她真能这么平静吗？

“女人的感情应该比男人更强烈。如果不强烈，那只能认为是不爱。可我认为她不会不爱我的，万万不会。不过她确实没有那么强烈地爱着我。

“她生性冷淡，因此她身上不太具有‘女性气质’。我不知道她的爱情不强烈是否与此相关。从小她就有这样的倾向，现在好像没那么严重了。如果童年是那样，现在应该更加明显才对。但现在却似乎不太有这种情形了。想到这里，真觉得可疑，可疑得不得了。

“再说说我，我非常爱她，几乎……不是几乎，是完全，我完全迷恋于她。我自己也不明白为何如此沉迷！

“我如此爱她，她应该更笃定些。然而她有时就会出现冷淡的状态，譬如今天的事，真是岂有此理！这是相爱的人会做出的事吗？就因为我深爱着她，所以对我做出这种事，实在是太可恶了。

“在小说《八犬传》里，滨路听说信乃第二天一早要走，便瞒着父母半夜与他告别，我们之间也应该这样。哎呀，太奇妙了！我和信乃有些像。从小与父母分离，寄宿在鸭泽家里，并和他的女儿订婚……太像了，太像了。

“可是我的滨路却让人烦恼。老是让信乃担心，太可恶了呀，太无情了。要不写信告诉她我这些想法？她虽可恶，终究有病在身，让病人为此费心未免也太可怜了。

“而且很有可能是因为我敏感，又多虑了。她总这样说我，可我对此存疑——究竟是我多虑，还是她薄情？

“我有时会想，她冷淡的态度是否多少有些看低我的意思。我寄宿在她家，她则是主人的女儿，她会不会一直在意着我们主客的身份……不不，我对她说过这样的担心，而她说如果这样，一开始就不会答应要嫁给我了……对，就是这样，我每每这样说，她都会非常生气，她最讨厌我这样说。自然她从来也没有表现出有这种想法的样子。这不过是我一己之见罢了，可是正是因为心中不安我才会说出口的。如果她心里真有这样的心思，我就会利落地与她绝交，有骨气地与她分手！我虽是爱情的俘虏，却不是奴隶。他日若与她绝交，我可能忘不了她，抑郁而亡。也有可能发狂到濒死。可这都无妨！无论如何都会与她绝交的。不绝交还能怎样？

“这是我一己之见，她没有一丝这样的想法。这一点我非常了解。不过她的爱不够强烈确是事实，她对我冷淡确是事实。因此可以说冷淡就是薄情吗？她对我的爱还不够融化冷淡，还是冷淡之人没有浓情？——这个问题仍待研究。”

贯一心中若有了不满之事，一定会想去研究。然而他还未得到任何答案，今天也一样。

二

第二天果然从热海寄来了信件，只是用一张明信片通知她们平安抵达和投宿旅馆的信息。收信人处并列着隆三和贯一的名字，字迹确是宫的。贯一看了后撕得粉碎。倘若宫在面前一定会向自己解释的。她的一句温柔的解释都会让怒发冲冠的贯一释怀。在宫的面前，自己能忘记所有的愠怒、怨怼和惆怅。而此时，见不到想念之人的脸的失望和心中的委屈，再加上她没有当面解释，贯一的愤怒如同燎原的野火一般。

这天吃过晚饭，隆三邀他喝茶。一个人待着也是寂寞，倒不如留下一起聊天。可是看到贯一满脸愁容，气色不佳后，说道：

“你怎么了？嗯？生病了吗？”

“嗯，胸口有些痛。”

“那可不行。痛得厉害吗？”

“没事，已经好多了。”

“喝茶吗？”

“好，谢谢。”

将自己的懊恼转嫁给别人是一件非常没有意义的事，贯一这样想着克制自己，与其回到书房独自忧伤，倒不如暂时忘掉忧愁。他努力宽慰自己，可心里还是空荡荡的，主人的话他都听不进去。

如果今天宫的来信细致地讲些温柔的话，那我多开心呀。长期居住一处不厌其烦的那张面孔，突然换了一种方式，该多么有趣啊。那样我会忘记对她的不告而别的怨恨，两晚三晚哪怕相隔甚远，看到她的书信也会缓解相思之情的。

她应该知道，她的不告而别对我来说意味着什么。明明知道，却不写些什么来安慰我。她应该知道，她如果写些什么，我就会非常高兴。爱我的人为何不那样做呢？这世上会有这样薄情的爱吗？

可疑，太可疑……贯一心里又乱了。主人突然说了一句话，让他瞬间忘记了那些事，苏醒了过来。

“我有话想跟你说，很认真的话，方便说吗？”

贯一觉得隆三那张没有笑也没有皱眉、像在自嘲的脸在灯光下显得非常怪异。

“好，什么事？”

隆三不自然地捋了一下自己的长胡须，又从喉咙处慢慢向下抚弄。他在想该怎么说。

“是关于你的。”

他刚说了一句，又迟疑起来，他的胡须仿佛被牛虻叮烦的马尾来回摆动。

“你今年就要毕业了。”

贯一突然感到一阵严肃的氛围，并膝坐好。

“所以我也放心些了。这多多少少报答了你父亲对我的恩德，你以后还得再接再厉呀，否则我很为难。先从大学毕业，再走上社会获得相应的地位。你如果不好好努力，我也脸上无光。以后我也得助你出国，成为一个顶天立地的人物。”

贯一听了，身上仿佛束了一条铁索，不堪其重，心中惴惴痛苦起来。主人的恩德太大，他回顾平生，感叹自己真是身在福中不知福。

“是。承蒙您如此厚爱，想来真是无以为报。我不知家父做了什么，但受您如此报恩实在惶恐。姑且不论家父之事，我是我，我一定知恩图报。家父去世时，如果不是您收养我，还不知我现在会怎样。这样想来，恐怕这世上没有比我更幸福的人了。”

他看着从十五岁少年成长成大人的自己，看着自己的衣装和跪坐的坐垫，再想起即将与美丽的宫结为夫妇成为这家的主人，眼泪就扑簌簌地流了下来。他可是得到了带着七千圆的嫁妆、百万不换的娇妻的堂堂大学士啊！想当年，他还是个提着买米的包袱、和一条瘦弱得如同他影子的小狗一起走在月夜中的少年。

“你能这么想，我也很高兴。我要拜托你件事，你能听我讲吗？”

“什么事？只要我能做到，必定在所不辞。”

他虽然干脆利落地答应了，心里却不是毫无顾虑的。人说出这种话，大多都是强人所难的事。

“不是别的，是宫的事。我想把宫嫁出去。”隆三看到贯一惊愕得无法承受的模样，慌忙接着说道，“这个问题我考虑了很多，这都是大事，索性把她嫁了，你也快大学毕业了，之后送你去欧洲留学四五年，待你功成名就再成家。你意下如何？”

如果有人逼着你把命交出来，你会怎样想?!贯一面容失色到了可怖的地步，只怔怔地盯着隆三。隆三非常不安，不断抚弄着长须。

“因已与你约定好婚事，现在又变了主意，实在对不住你，但这件事我好好考虑过了，一定不会亏待你的。行吗？你就同意我把宫嫁出去吧，好吗？”

贯一始终一言不发，隆三非常困惑。

“你听好了，你不要往坏了想。我把她嫁出去并不意味着要与你断了关系，好吗？虽然我家产业不大，但这个家完完全全是由你来继承的。你仍是我们的一家之主，明白了吗？所以啊，我会供你出国的。你要是往坏了想，我可为难了。

“把许给你的宫嫁给别人，听起来好像对你有什么不满，可绝对不是这样。这一点你要是不能明白我会很难做，你要是误会我我真是百口莫辩。而且对你来说，做好学问，成为大人物是你的梦想，不是吗？如果你能实现理想，那能不能与宫在一起也不重要了。是吧？是这样吧？但是这些话你可能不服，我也知道。我认为你不服，所以才要拜托你。我所说要拜托你的事就是这件。

“我至今一直照顾你，今后也将更加照顾你，所以看在这一点上，你就答应我的请求吧！”

贯一咬紧哆嗦的嘴唇，佯装镇定发出的声音反而显得怪异无比。

“这么说来，您是无论如何也不会把宫许给我了？”

“怎么说呢，倒也不是，但要看你的意见。不答应我的请求，也不在乎学习受到影响，非要坚持娶宫吗？”

“…………”

“不是这样吧？”

“…………”

一言不发的贯一心里充满了对那无端毁约的愤懑，以及应该对此给予苛责、诘问、训斥、点破、侮辱等的心情，可隆三毕竟是比天还大的恩人啊！先不论其行为的是非，单是恩人说的话他都无法忤逆。想到这里，就算舌头咬得出血，他也打算绝不还嘴。

贯一继续思索，就算恩人把他对我的恩德当作枷锁如此逼我就范，而我也屈服其下，可任何一把斧头都不能割断宫的爱情。宫的爱虽不如我想象的那般强烈，但也没有绝情到放弃我的地步。只要她不放弃我，那么枷锁、不合理都不值得畏惧。我应该依靠的是宫的真心。能依靠的也只有她的真心，贯一想起可爱的宫，努力克制对她父亲的愠怒。

我时常质疑宫的爱情不够强烈，这次无端的毁约正好可以检验她的爱情定力。也罢，也罢，好事多磨吧！

“您说把宫嫁出去，是要嫁给谁呢？”

“虽然还没完全定下来……就是那个下谷的富山银行的富山重平的儿子想娶宫。”

那不就是在箕轮家的歌留多比赛上炫耀那三百圆钻石的家伙嘛，贯一在心中暗自嘲笑起来。听到是他时，贯一感到十分意外，不过转念又笑了。这肯定不是意外，凭我的宫的如此美貌，谁见谁爱。唯一让人不解的是隆三的意思呀。轻易毁了我们之间的十年之约，毫不犹豫地想要把唯一的女儿嫁为人妇，这不是在儿戏吗?！他莫非疯了不成?！贯一对这件事甚是疑惑，他认为就算不是出于主人本意，也是没有拒绝的。

贯一听闻自己的情敌是钻石男时，曾一度觉得自己被污辱了似的十分愤怒。可一想到胜负已定，自己只用袖手旁观弱敌即可，这件事胜负早已分明，不须自己动手，脆弱的敌人就自然会溃败，心里就稍稍安定了些。

“啊……富山重平，听说过，是个了不起的资本家。”

这句话让隆三脸红。

“这件事我仔细考虑过了。毕竟跟你有约在先，而且宫又是独生女。但是我也为了你的将来和宫的人生，以及我们二人日渐衰老的身后事等做了考虑。我们鳴泽家，你也知道，没有亲戚，若真发生了什么事我总觉得不安。我们老了，你们还年轻，有个可靠的亲戚就放心多了，是吧？所以啊，如果有了富山这门亲戚，我们家就用不着担心了。我明白你的委屈，但终究还是毁约把我们的独生女嫁给别人，也都是为了大家好。

“此外，富山家还殷切地表示，既然把我们的独生女娶走，那么他们二人便也是鳴泽家的孩子，富山家和鳴泽家也就成了一家人，绝不会疏远鳴泽家的。如果宫嫁走之后有什么不方便的地方，那就着手解决。——这些算得上是相当有诚意的话了。

“我这种做法绝不是出于一己私欲，能攀上一门好亲戚，就如人们常说的好朋友嘛。你不也是一样吗？能够有位好朋友，万事好有商量，还能成为你的左膀右臂。是吧？也就是大家所说的，亲戚即永远的朋友嘛。

“你将来步入社会，这对你来说也有很多方便之处嘛。我思前想后，认为与其把女儿留在家里，倒不如把她嫁出去，这样不是为了某一个人的利益，而是对大家都好。我已经决定了，正合计日子呢。

“这就是我的想法。你要是一定要往坏处想，那我就很为难啊。我这个年纪不喜欢麻烦事，但总要为你们这些年轻人考虑呀。你也考虑考虑这些好的方面。

“我虽然这样请求你，但也让我听听你的意见吧。如果你想今年毕业后直接出国，我就再开心不过了。比起明天你和宫成亲让我们安心，倒不如你和我都对这小事忍耐一些，待你成为博士后我们再好好感受喜悦。”

隆三一副心中所想都已全盘托出的表情，缓缓地抚着胡须。

贯一在他的循循善诱中，渐渐明白了他的内心。他的千言万语巧舌如簧其实都不过一个暗地里的“利”字。贫者偷盗是人之常情，然而一个并非贫者的人竟然也想着偷盗！人出生于这个污秽的世界，因不知自己的污秽，就会起污秽的欲念，或者污秽的行为。怎么会有自知污秽又做出污秽之事的人呢？用妻子换博士！还有比这更污秽的人和事吗?!

世道污秽，人也污秽，可我一直深信不疑唯有我的恩人不为污秽所染。他不忘自己接受的滴水之恩，抚养一个孤苦伶仃的孩子，这样的行为就是证据。是人性浅薄，还是我辈愚蠢？如今恩人竟如此残忍地欺侮我。现在，这世上的所有人都是污秽的了。可悲的是，我就生在这样污秽的世界。如今我还会喜欢这个污秽的世界吗？可是这个污秽的世上还有唯一一个未被污染的人。一个让我欢喜的人。贯一想起了可爱的宫。

我的爱情，宁死不屈；宫的爱情，某皇冠上装饰的举世无双的大钻石也不能与之争艳或者换取。我们之间的爱情在淤泥中依然纯洁如玉。我怀里拥着这一个纯洁的美人，就能忘却这世上一切的污秽。

贯一这样聊以自慰地想道。虽然他对隆三的花言巧语感到可恨，却还是平静地倾听着。

“那这件事宫知道吗？”

“她大概知道。”

“也就是说还没有征求她的意见？”

“这个嘛……已经问过了。”

“宫怎么说？”

“宫啊，宫没什么意见。她只说一切听从父母安排，她没有异议。我也给她说了这些道理，她表示既然如此也没什么意见，接受了这个提议。”

贯一断定这都是谎言，可心里还是咚咚跳着。

“啊，宫同意了？”

“是的，她没有反对。你也同意了，对吧？这件事听起来有些无理，但其实不无道理。我现在说的这些道理你们能明白，对吧？”

“是。”

“既然明白了，那你就快爽快地答应我吧！嗯？嗯？贯一？”

“是。”

“这样你也同意了。这样我就放心多了。详细之事待日后慢慢商量吧。我会听取你的要求的，你可以好好想想。”

“是。”

第七章

热海比东京气温高十几度，正月已过了一半，梅林里的两千株梅枝上花团锦簇，在阳光的照耀下显得玲珑可爱，辉映在人的脸上。道路处处散发出幽香，叫人不忍触摸。此处除梅树外没有其他，乱石散落各处，横卧在地；平坦如铺了一层地毡的草地上，迸射出细碎的光泽；一条小溪翻滚着横贯流过。后面是一片青翠的松杉，枝干直指云霄，白云仿佛在树枝上安眠。没有一丝风，花瓣依然频频飘落。飘落时，轻轻飞舞的黄鹂还在争相献唱。

宫伴着母亲而来。她们走过桥，又指了指树下由船板做成的长凳信步而去。宫一副尚未痊愈的样子，化了淡妆的脸庞如同落花一样虚弱，脚下无精打采。她低着头，偶尔像想起了什么似的吃力地抬头眺望树枝。她通常坐在桌前思考时，必定会紧咬着嘴唇。现在她也频频咬着嘴唇，说道：

“母亲，我该怎么办？”

母亲的目光正流连于树枝上盛开的梅花，这时转过脸来道：

“什么怎么办，这要看你的心意啊。一开始也是你要嫁，才有了这种事。现在又说这种话……”

“虽说是这样，可我无法不挂念贯一。也不知道父亲对贯一说了没有，你说呢，母亲？”

“啊，应该已经说了吧。”

宫又咬着嘴唇道：

“母亲，我不想再见贯一了。我是说，既然要出嫁，就不见他直接嫁过去算了。就这样为我安排吧！我不见他了。”

她低声说着，美丽的眼睛湿润了。她没有忘记这块擦眼泪的手绢正是那个不会再见之人送给她的礼物。

“你这样想着他，为什么要说想出嫁呢？总是这样犹豫不决可不行。事情日日有进展，必须得拿个确定的主意才行。你要不愿意，也不会逼你的。要拒绝就得尽快了，不过现在拒绝的话有点儿……”

“不用。我是要出嫁的，只是考虑到贯一很难为情……”

贯一的事，母亲就连在睡梦中都苦恼不已，每当女儿提起他时，就会被自己犯下的错所折磨，可是一想到这一桩值得庆贺的良缘就敞开胸怀接受了这份喜悦。她勉强安慰宫，其实也是在安慰自己。

“你父亲去劝他，如果他同意，那这件事就了结了。而且你嫁到那边，将来能为贯一出力的话，也算是一件互利互惠的事。贯一想想这个，应该也会……而且男人总是想得开，你用不着担心的。这样不见面就出嫁反而不好，还是见了面说清楚，干脆利落地告别吧。以后还要像兄妹那样来往的。

“今天或明天就会有信的，待情况明朗之后就可以回去了，得早点做准备。”

宫倚在木椅上，边听边思考，拾起落在膝上的花瓣，放在唇上咬了个粉碎。在黄莺的歌唱间歇，水流呜咽不止。

宫无意抬起头望着相隔有段距离的树林，看到树木间有个闲庭信步的男人。她突然定睛看着那个人，眼神跟随着那人穿梭于如墙垣的树木和幕布一般的花丛，终于认出了来者何人。她慌忙向母亲低语后，从木椅上起身向前踱了五六步。这时来人也发现了她们，正朝她们打招呼道：

“原来你们在这里啊！”

这声音回响在安静的树林上空。宫听了，立即畏缩着蹭到了木椅边。

“是的，我们刚来。你也来啦。”

母亲说着迎了上去。宫没向那边看，只听见来人急促走来的脚步声。

出现在母女俩面前的年轻绅士毋庸赘述，只见引人注目的大钻石戒指正发着光。他拿着一支如象牙一样莹润的白手杖，手柄上有一块绿色玉石雕刻的狮子头浮雕。他用手杖前端打落了低处树梢上的花，说道：

“刚才去了你们那里，听说你们到这里来了，于是来找你们。今天热吧？”

宫缓缓面向他，贤淑地起身，恭敬地行礼。富山唯继微笑地受了她的致礼，却没有忘记摆出一副居高临下的姿态。他宽大的两腮、嘴角下垂的嘴巴，尤其是金丝边眼镜又无疑为他那尊大的模样增添了不少光彩。

“哎呀，原来是这样啊。我们是看到天气这么好就出来闲逛。今天真是很热呢，快坐到这来吧！”

母亲掸了掸木椅，宫则伫立在一旁。

“你们也坐吧。今天早上我接到东京的来信，说有急事让我早点回去——是这样的，我打算开一家公司，向国外输出日本漆器。这件事从去年开始计划，今年三四月份就能成功。我现在也挺忙的，毕竟是一社之长。这件事非我不可，所以来叫我回去。明天一早我就要启程了。”

“哎呀，这么着急呀。”

“你们也跟我一起吧？”

他偷偷看了看宫的脸色。宫沉默着，面无表情，于是母亲开口道：

“不用了，谢谢您。”

“你们难道还要再住一阵子吗？房间不太舒服，而且也很无聊，是吧？要不明年我在这里建一栋别墅吧，倒也不是不可能的事。占地面积可以大一些，上面造一栋有风情的农家建筑。食物之类的都从东京送来，否则就太缺乏营养了。这样就能从家来到这里好好游玩了。”

“真是不错。”

“宫小姐觉得如何？喜欢这种僻静的乡村吗？”

宫含笑不答，母亲在一旁帮腔道：

“玩的事情哪有讨厌的呀。”

“哈哈哈……都是这样的。那以后就过来玩儿个尽兴吧。反正每天也没有什么事，乡村啦，东京啦，西京啦，喜欢的地方都可以去玩儿。讨厌坐船吗？哦，要是不晕船，那下次就可以从中国到美国沿途观光，旅行是很有趣的。日本国内的景色都是早已知道的东西，而且也不太花钱。

“回京后请到我家赤坂的别墅来玩一天吧，好吗？正是看梅花的季节，那有一大片梅林，品种各异的梅树有两百多株，而且都很有些年头了。这里的梅树简直乏味！这些幼嫩的野梅树就是些柴火，并不是栽种在庭院里用来观赏的。所以热海的梅林真是太差劲了，请务必去我家玩一天！我好好招待你们。宫小姐喜欢什么，嗯？最喜欢什么呢？”

他心中暗自期待能和宫聊聊，可宫一言不发，只是羞赧地笑着。

“那你们打算哪天回去？明天不一起走吗？待在这里有什么事情吗？没有的话就一起出发吧！”

“不用了，谢谢您的好意。家里有些事，两三天内就会来信的，我们要等到来信之后才能回去。谢谢您啦。”

“啊，原来是这么回事。”

唯继依旧傲慢地抬头看了一下，似乎在望天，摩挲着手杖上的狮子头，沉思了一阵后取出一块白羽二重[①]手绢，单手握着挥动了一下，摸了摸鼻子。紫罗兰的香气到处飘散，让人窒息。

宫和母亲都被这刺鼻的香气惊呆了。

①非常昂贵的布料。

“啊，我之后想去散步。从这里出去，沿着河流，向田圃的方向去。我虽没去过，但那里的景色好像相当不错。本想邀您同行，可这段路有些远，会劳烦您的。可否把宫小姐借我两个小时呢？我独自散步未免有些无聊。宫小姐胃不适，散步是个好方法。一起去吧，好吗？”

他拿好手杖，准备起身。

“好，麻烦您啦。你去吧。”

唯继看到宫的迟疑不定，便先站起身道：

“走吧！这可是治愈胃病的良药哦。别再迟疑了。”

他说着，走过来轻轻拍了拍宫的肩。宫立刻涨红了脸，惊慌失措。他在母亲面前这样举止轻浮，虽然不太讨厌，可自己不能这样啊。

唯继踱着步，等不及马上能触碰到这纯洁无垢的身体时，眼里现出了怪异的笑模样。原来他一想到能牵着那美丽少女的柔软的手，在无人的野路上信步闲谈，就不亦乐乎，魂不守舍。

“那就走吧。母亲大人已经允许了，可以走了是不是？你同意吗？”

母亲看到仍然羞涩的宫说：

“你去吗？怎么了？”

“您不能说‘去吗’，而应该下命令‘去吧’。”

宫和母亲都禁不住笑了出来，唯继也跟着笑了起来。

宫感到似乎又有人来了，她悄悄地张望，却不见人影，只闻脚步声。是来赏梅的人吗？那脚步声很是仓促，似乎有什么要紧事。

“那你陪他去吧。”

“那我们走吧，就在那边。”

宫轻声说道：

“母亲也一同去吧。”

“我就算了，还是你去吧。”

若与宫的母亲一起就不能行风流之事了，唯继颇感不妙，于是他阻止道：

“不行，那样会让伯母为难的。路途崎岖，伯母可吃不消。其实我也不建议伯母去。会让她感到负担。反正我们也不是去遥远的地方，伯母也不必跟着去吧，你说呢？我好不容易想去走走，你就陪我去好吗？你要是不想走了，我们就直接回来，好吗？那里的景色很美，就当是被我骗去的，好吗？”

这时，那急促的脚步声忽然止住了。看到这边有人，就在约十三米开外的树荫下停下了脚步，悄悄地向这边张望，而这里的三个人谁都不知道。此伫足者身穿高中制服，外罩一件褐色大衣，肩上挎着一只用旧了的橡皮书包。此人正是间贯一。

脚步声再次响起来。三个人被突然走近的人吓了一跳后，转头看向声音传来的方向。

踩着落花走来的学生摘下帽子。

“伯母，我来了。”

母女二人惊讶得几乎丢了魂魄，母亲仿佛失去了视力，只是呆呆地睁大空空的双眼，身体如岩石般一动不动；而宫，心里想着最好立刻消失化为尘土而不再活着，至少这样心里好受一些。她狠狠地咬着那发白的嘴唇，快咬破了也没有停下。

她们的惊愕和恐怖的模样，好似看见一个被她们杀了的人又活了过来。惊魂未定的母亲呓语似的开口道：“哎呀，你也来了。”

宫好像要躲藏起来尽量不让他看见似的把身子藏在树荫下，为了不让人听见自己的呼吸声而用手绢掩住了嘴。贯一的脸单是看着都觉痛苦，不看也叫人难以忍受。她低着头，一会儿偷着瞧贯一的脸色，一会儿又窥探唯继的神色。

唯继不知道他们的心里翻涌着的巨大波澜，听说过贯一寄宿在他们家，知道来人是他时，那只戴着钻石戒指的手明显拄着手杖，仰起脸撑开两腮。

贯一知道这次的事，也知道那人就是唯继，因此一看眼前的情景就已经知道是怎么一回事了，不过该说的话可以先放放，现在还是应该暂时不动声色。他按捺住痛苦欲裂的心情，摆出一副苦涩的笑脸。

“宫的病怎么样了？”

宫承受不了，默默咬紧手绢。

“啊，她好多了，打算两三天内就回去呢。你来得正好。学校怎么样了？”

“教室要修缮，所以今天半天还有明后天都放假了。”

“哎呀，是这样啊。”

夹在唯继和贯一中间左右为难的母亲就像一个不小心掉落在荒野枯井的人，不下去也上不来，好不容易颤颤巍巍地抓住了一根救命的草根，却不想遭遇了老鼠的啃噬。怎么办？她恐惧、惶惑，最后明白了事到如今已无他法，只得镇静下来。

“正好家里有人来了，对不住您啦，我们得回住处了。之后再去拜访……”

“啊，这样的话明早就能一起回去了吧！”

“是，看情形也许可以期待，之后再去拜访您……”

“好吧。太遗憾了，我也不去散步了。那我也先回去了。我回去等你们，待会儿一定要过来哦。好吗？宫小姐，待会儿一定要来哦。今天真是太遗憾啦。”

他正要走，又走到宫身边，说：

“你一定要来，好吗？”

贯一眼睛一眨不眨地盯着他们。宫困窘得连点头行礼都难以做到。唯继以为这是少女的娇羞，又靠近她一些，温柔地低声私语道：

“好吗？你一定要来哦！我等你。”

贯一的眼里有火在熊熊燃烧，他盯着宫的侧脸。宫恐惧得连眼珠都不敢转动。她的心战栗着，不知会发生什么事，不知唯继还会说出什么话来，总之她只想结束现场的尴尬。对母女二人来说万幸的是，唯继对贯一没有半点怀疑，他的心都在宫一个人身上。

贯一望着唯继离去的背影，视线似乎要穿透他的身体，呆立了好一会儿。母女二人体察到他的心情，一言不发，屏住呼吸，只听得见溪流寂寥地流淌着的声音。

过了一会儿，贯一转过身来，脸上不同寻常地毫无血色，他稍微挤出些微笑，说道：

“宫，那家伙就是上次歌留多会上的钻石王老五吧？”

宫低头咬着唇。母亲则佯装没有听见的样子，只眺望那不时在树上啼唤的黄莺。贯一观此情形，扑哧一声冷笑道：

“晚上看他倒还没觉得，白天看真是个讨厌的家伙。那傲慢的样子，算什么嘛！”

“贯一。”母亲突然开口了。

“是。”

“你伯父告诉你这件事了吧。”

“是。”

“哦，那就好。这可不像平时的你，不能说别人的坏话哦。”

“是。”

“走吧，我们回去。你累了吧，去泡个澡。对了，你吃午饭了吗？”

“不用了，我在车上吃过了。”

三个人一起走着。穿着大衣的贯一感觉肩上被人拍了一下，回头一看，和宫四目相对。

“落了花瓣，我给你拂去了。”

“谢谢你。”

第八章

天上飘着一层薄云，月色倒十分皎洁。泛白的海上烟波浩渺，仿佛在纯洁的梦中。岸边的潮水退潮时带着倦意，吹来的风惹人心醉。结伴在岸边散步的是贯一和宫。

“我心里装满了话，可却什么都说不出口。”

走了五六步后，宫终于开口道：

“请你原谅我。”

“现在道歉也没用了。我只想问问，这次的事到底是伯父伯母的意思，还是你的。”

“…………”

“我来这里之前是充分相信你的，认为你不会这样做。实际上也谈不上信不信，夫妇间本就该彼此了解。昨夜伯父把事情都告诉了我，还要我答应他。”他眼眶湿润，声音颤抖着说道，“伯父伯母对我有大恩大德，他们要我做什么，我就必须赴汤蹈火。如果是他们的要求，我有赴汤蹈火的信心。我可以赴汤蹈火，可唯独这件事不想听从于他们。因为这件事比赴蹈汤火更加没有天理、极端无理。很抱歉，我恨伯父。而且还跟我谈条件，若我答应了他就送我去留学。我……我……贯一就算是个要饭的孤儿，也不曾想过要用卖老婆的钱去留学啊！”

贯一停下来，面朝大海哭泣着。宫这时才走到他身边，担心地看着他的脸。

“请你原谅我吧，这都是我……请你原谅！”

宫拉着贯一的手，忽然依偎在贯一的肩头啜泣起来。海波荡漾，远处烟波弥漫，月光朦胧地笼罩着沙滩，在泛白的天空和水边投下了站立的二人水墨画一般的影子。

“后来我想，一定是伯父来劝说我，而伯母负责说服你，于是才把你带到这里来。伯父伯母对我提出要求，我是万万不能抗拒的，只能答应，可你能坚决不同意。只要你坚持不同意，这门婚事也就无法成立。他们肯定担心我在你身边为你出谋划策扰乱他们的计划，因此才带你远离我，然后逼你同意。我一想到这儿就担心得不得了，昨晚整宿没有入睡。虽然知道这事万万不会发生，但生怕你招架不住他们的劝说，无奈之下只好同意，那样就太糟糕了。于是我借口说去学校，专程过来看看。真傻，真傻！世界上哪还会有贯一这样的大笨蛋！我竟然这样傻，活了二十五年，直到今天才知道……”

宫笼罩在悲伤和恐惧之下，低声啜泣着。

抑制着悲愤的贯一渐渐乱了呼吸。

“宫，你骗我骗得好苦。”

宫不由得战栗起来。

“称病到这里来是为了见富山吧。”

“怎么会，只有这个……”

“只有这个？”

“你太多疑了，太过分了，怎么能说出这么过分的话来。”

贯一瞥了一眼哭泣中的宫。

“宫，你也知道过分吗？如果我这样就算过分，害你哭的话，那么被你们耍得团团转的贯一……贯一……贯一就算流干血泪也不够。

“如果你没同意，那你就不会出发之前不给我留只言片语了。出发时仓促，如果没有那工夫的话，也可以之后寄信给我，不是吗？不但从家里出发时没有留下只言片语，邮寄的信件也没有收到。一定是一开始就和富山约好见面的。或许还是一起来的呢。宫，你是一个淫妇，这样等同于通奸啊！”

“说这么过分的话，贯一，你太过分了，太过分了！”

她哭得面目全非，说着就向贯一身边靠过去。贯一后退了。

“不坚守操守的人不就是淫妇吗？”

“我什么时候不坚守操守了？”

“就算我贯一是个大笨蛋，总不能看着自己的妻子被别人破坏了节操吧！既然有了贯一这样的好丈夫，竟又避开丈夫与其他男人来泡温泉，你说不是通奸，证据何在？”

“你这样说，我也没什么好说的。和富山先生约好见面是你的推测。富山先生是听说我们来了这里后才来的。”

“富山为何要跟着你们过来？”

宫仿佛嘴唇被钉住了，不再开口说话。贯一这样质问她，只是相信她会对自己的过错忏悔赎罪，并发誓将自己的身体乃至性命都托付于自己。就算不信，但至少在心里是这样期待的。没想到她毫无表露悔过之意，像牵牛花眷恋篱笆一样坚定不渝。贯一简直无法相信，他惊呆了。

宫抛弃我了。我的妻子被人夺走了。我不惜以命换来的最爱的人竟待我如草芥。憎恨侵蚀了他的骨髓，愤怒劈开了他的胸膛，几乎忘记一切的贯一只想吞下淫妇的肉来冰镇热肠。突然他头痛欲裂、痛苦不堪，一屁股跌坐下去。

宫一看，吓得惊慌失措，便去抱那沾了沙子的身体。那紧闭的眼睛里扑簌簌地流下了许多泪水，面如死灰，月光下越发显得悲怆，急促的呼吸击打着胸膛。宫从背后抱住他，紧紧抱住他，摇晃他，对他喊道："你怎么了？贯一，怎么了？"

贯一无力地攥着宫的手。宫仔细地为他擦拭脸上的泪水。

"唉，和宫这样两个人在一起的时间就只有今天晚上了。你照顾我也只有今天晚上了，我与你讲话也只有今天晚上了。一月十七日，宫，牢牢记住今天！明年的今晚，贯一会在哪里看这月亮呢？后年的今晚……十年后的今晚……我一生都不会忘记今晚，怎么可能忘？我死也忘不了啊！听好了，宫，是一月十七日。明年的今晚，我的眼泪一定会蒙在月亮上，月亮……月亮……月亮如果被蒙上了，宫，那就是我贯一在某处恨着你，像今晚一样哭泣。"

宫拉住贯一，疯狂地哭泣。

"别说这么悲伤的话好吗，贯一？我也思考过，我知道你会生气，但请你忍耐一下。我有一肚子话想说，可净是些难以启齿的话，我说不出口，我唯一能述说的人只有你。我不会忘记你的——我永远都不会忘记你。”

“我不想听！既然忘不掉我又为何抛弃我？”

“所以我是绝对不会抛弃你的。”

“什么？不抛弃？不抛弃我又要出嫁？你傻吗？你想有两个丈夫吗？”

“所以我想过了，希望你再忍耐些——我把我的心给你看。我给你看一定不会忘记你的证据。”

“唉，别说这些荒唐话了。又不是穷得非卖身不可，何苦要嫁过去呢。你们家有财产七千，而你又是家里的独生女，不是吗？而且你连夫婿都谈好了，不是吗？你的丈夫四五年后将成为学士，这都是显而易见的。你又说永远不会忘记他，不是吗？那么你还对什么不满意，非要嫁给别人呢？天底下岂有如此荒谬之事！我怎么想都觉得你不必非嫁给别人，既然你觉得要嫁给别人，就一定有什么理由。

“对丈夫不满意，还是想嫁给钻石王老五？理由无非这两点。你告诉我！不要顾虑！来，来，宫，没什么顾虑的。抛弃已经定亲的丈夫都没有顾虑，这件事又何必顾虑呢？”

“都是我不好，请你原谅我。”

“就是说，是丈夫不好喽？”

“贯一，你这话太过分了。要是你这样猜忌我，那我不管做什么都要把证据拿给你。”

“不是丈夫不好？那就是因为富山家有钱喽。这样看来这桩婚事就是欲念作祟啊，抛弃我也是欲念作祟。也就是说，这桩婚事你已经同意了，是吗？

“如果受伯父伯母所逼，无奈之下你才同意的话，依我来看有几种方法能让这件事泡汤。由我一人充当坏人，不让伯父伯母还有你为难，就能解决这件事。所以我要在听了你的真心后再决定，你想怎么样？”

贯一的眼神里聚集了全身的力气，他用力凝视着宫那苦恼的脸。他来回踱步，五步、七步、十步……宫没有作答。贯一仰天长叹。

“算了，算了，我已经知道你的真心了。”

既然如今再说什么都是徒劳，他心想那就不再说了。为了宽慰内心，他勉强自己面朝大海眺望远方，可又忍不住。当他又想说些什么而扭过头时，宫已经不在他身边，而在离他十多米远的沙滩上掩面哭泣。

月光照着宫忧伤的身姿，海风习习，海浪涌来，在海边散成一片片白色的水沫，宫美丽哀伤的脸庞非常迷人，贯一忘记了愤怒也忘记了怨恨，只是望着她，仿佛在欣赏一幅画。更何况一想到这美人已不属于自己，就怀疑自己在做梦。

“是梦，是梦，我做了一个长长的梦。”

他低着头向海边走去，跟哭泣着走来的宫不知不觉又走到了一起。

“宫，你哭什么？你有什么可哭的事吗？假惺惺！”

“随便你怎么说。”

宫的声音被哭泣打乱了，几乎听不清说了什么。

“宫，我像相信我自己一样地相信你，相信你是不会同意的，可现在看来你的心里都是欲望和金钱。你可真无情，宫，你这样对得起自己吗？

“这样倒是飞黄腾达、名利双收了，这样你满意了吗？看看被你用金钱换取的我，懊悔、委屈，宫，我可以把你刺死——用不着害怕！——然后我也去死了算了。可我还是打消了这个念头，而眼睁睁看着你被人横刀夺走，我的心情你懂吗？你能懂吗？还是说只要你自己喜欢，别人怎么样都无所谓？贯一究竟是你的什么呢？你以为是什么？尽管我对鴫泽家来说是添麻烦的寄宿者，但对你来说不是丈夫吗？我不觉得只是你的情夫，宫，你把我玩弄于股掌之中啊。我总觉得你对我有些生分，原来从一开始你就把我当作一时的玩物，而对我没有真正的爱情。对此一无所知的我却深爱着你。除了你之外，没有人和事能让我快乐。对于这样一个全心全意爱你的贯一，宫，你无论如何都要抛弃吗？

“当然，在财富上我不敌富山。他家是屈指可数的资本家，而我只是一介书生。可是，宫，你好好想想，好吗？人的幸福绝不是金钱可以换来的。幸福和金钱完全是两回事。人的幸福，第一是家庭和睦。什么是家庭和睦呢？就是夫妻互相深爱。在深爱你这一点上，一百个富山之辈也不及我对你的十分之一。如果富山胜在财富，那我就要拿出他没有的爱情来竞争。夫妻的幸福基于爱情的力量，没有了爱情就不能成为夫妻。

“你抛弃不顾自己而全心全意爱你的贯一，无益于夫妻幸福，反倒是有害的。选择以财产为目的婚姻，宫，你到底怎么想的？

“不过，金钱这东西最蛊惑人心，纵使智者、学者、豪杰这样千万人中挑一的男子汉都会为了金钱而做出残酷的事来。想到这个，你这突然的变心或许也不是不可理解。这一点我不怪你，但是我要再说一遍，宫你要好好考虑，他的财产——富山的财产能在你们夫妻间起到多少作用？

“麻雀食米，不过十几二十几粒米。即使把一碗米放在它面前，也无法一次吃下。我就算不继承你们家的财产，也不是缺这十粒二十粒米让你挨饿的没有出息的男人。就算没有这十几二十几粒米，就算我不吃，也决不会让你受苦。宫，我……我就是这样爱着你的啊！”

贯一抹去淌下的眼泪。

“你以为嫁给富山便可以过富贵的日子，荣华不尽，欢乐无穷，可是他们家的财产绝非都给儿媳花费的，你必须要考虑这一点。没有爱情的夫妻之间富贵的日子为何物？荣华为何物？这世上，有坐着马车赴夜宴也一脸愁容的，也有自己拉着车陪妻子去赏樱的。你嫁到富山家，家里人一多，吃苦受气的事还能少吗？你嫁过去后既受气，又没有疼爱你的丈夫，那你活着还有什么乐趣呢？你以为自己努力一点，最后那些财产都会成为你的囊中之物吗？富山夫人的头衔听起来可能不错，但你吃的不也就是那麻雀的十几二十粒米吗？就算他家的财产都能让你自由支配，你一个女人拿那几十万做什么呢？几十万能让你在消费时感到快乐吗？这不相当于让麻雀一次吃掉一碗米吗？如果女人要靠男人活着，那么女人一生的喜乐都将倚仗男人。对女人来说最珍贵的不就是爱她的丈夫吗？就算有了百万家财，丈夫不珍惜你，还不如被车夫丈夫拉去赏樱的女人幸福呢。

“听说富山的父亲娶了两房，外面还养了三房小妾。有钱人大都如此，妻子不过是放在家里的摆设，被抛弃的那一个。然而被抛弃的他们仍然要比那些被爱的小妾承担更多的责任，付出更多的辛劳，可以说只有苦而没有乐。你要嫁的唯继，因为是自己看中才娶了你，所以开始也许会很爱你，可是能长久吗？只要有钱，就可以装出爱的模样，当他移情别恋，你也就马上被冷待了。到了那时候，你是什么心情呢？富山的财产能拯救你的痛苦吗？家里有万贯家产，被丈夫抛弃当成摆设，你也能快乐吗？能满足吗？

“你被别人夺去，我自然无比懊悔，可是看到三年后你后悔的模样，尽管我仍憎恨变心的你，但更多的是可怜。所以才对你说了这些真心话。

“如果你厌弃了我而爱上了富山并要嫁给他，我就不会说这些留恋的话了。宫，你只是被他家良好的家世给迷住了，这是错的，大错特错，没有爱情的婚姻会使你们双双后悔。今晚此时就是一道分水岭，你一生的苦乐就在今晚决定。宫，你也应该为自己考虑考虑，还有我贯一。求你了，求你了！不要离开我好吗？

“七千圆财产和学士贯一，已经足以保证我们二人的幸福。我们现在不也很幸福吗？就连身为男人的我，只要有了你就可以不羡慕富山的财产。宫，你到底是怎么了？忘记我了吗？不爱我了吗？”

他似乎要夺回自己的东西，紧紧地抱着宫，热泪滴落在宫的脖颈里，身子颤抖着好似风中摇曳的芦苇枝。宫也不愿离开，紧紧地抱着他，和他一起颤抖，咬着贯一的胳膊啜泣着。

“唉，我该怎么办呢？我出嫁后贯一你要做什么？告诉我！”

如同树木断裂一般地，贯一推开了宫。

“就是说你还是决意要出嫁喽！我都说了这么多，你也不听！嘁，狼心狗肺的女人！淫妇！！”

贯一说着，抬脚踹向宫的腰。宫倒在了沙滩上，没有发出声音而是忍着疼痛，伏在地上哭泣。贯一仿佛击倒了一头猛兽，看着僵在地上不得动弹楚楚可怜的身体更加憎恨了。

“宫，你，你这个淫妇，哼！就因为你啊，你一变心，间贯一这个男人就绝望得发了疯，葬送了珍贵的人生啊。学问什么的，我都不做了，为了这深仇大恨，贯一决心要变成一个魔鬼，啃掉像你这样的畜生的肉！富山夫……夫……夫人！我们永远不会再见了，抬起头来，趁贯一还是一个人的时候，好生看看吧！我长久地承蒙伯父伯母的恩德，本来应该前去拜访致谢的，可事出有因，贯一就此与他们永别了。祝他们永远健康……宫，你好生替我传达，知道了吗？如果他们问起贯一怎么了，你就说那个笨蛋在一月十七日晚上发了疯，从热海的海边消失了……”

宫蓦地跳起来，刚要站起来却由于脚痛，顷刻间又倒了下去。他无奈只好爬到贯一脚下，抱着贯一的脚，声泪俱下。

“贯一，等……等……等一下。你要去哪……要去哪里啊？”

贯一被眼前的场景吓到了，宫的衣裙下摆敞开令人羞耻地露出了雪白的膝盖，上面沾满了血，颤抖不已。

“哎呀，受伤了吗？”

贯一走近，宫扶住他。

“嗯，不要紧。你要去哪里啊？我还有话和你说，今天晚上一起回去吧。好吗？贯一，求你了。”

“有话就在这里说吧。”

“我不在这儿说。”

“唉，还有什么话要说呢？来，放开我。”

“我不放。”

“我生气了会把你踢飞的哦。”

“你踢吧。”

贯一用力一甩腿，宫可怜地又跌倒了。

“贯一！”

贯一早已走得远远的。宫看了，挣扎着想站起来，却因腿上的伤，几次欲站起来又倒了下去。

“贯一，我不留你了，只是再一次，再一次……我还有话想说。”

她终于伏在了地上，没有力量再爬起来，只声声呼喊着贯一的名字。贯一的身影渐渐模糊，远远地登上了山岗。宫挣扎着还在呼喊。不久，那黑影已经到了山岗之巅，他停下向这边张望。宫声嘶力竭地呼喊后，一个男声从遥远的地方传来——

“宫！”

“啊！啊！啊！贯一！”

她伸长脖子，睁大双眼眺望，可那一声之后连黑影子也消失无踪了。定睛望去，树木寂寥地一动不动，海涛悲凉地涌向海岸，一月十七日的月亮苍白而忧伤。

宫再一次不舍地呼唤贯一的名字。

中篇

第一章

新桥车站的大时钟显示四时过两分，开往东海道的火车车门已经关闭，车头冒着浓烟，三十余节车厢连成一列绵延而止，秋天的日影映到车窗上，玻璃宛如燃烧了似的闪耀着。车站的工作人员来回奔忙着催促乘客“赶快，赶快！”，可是仍有一个人步履从容着款款而来，那人是一个欧罗巴老汉，肚子大得仿佛里面藏了一个啤酒桶，他身旁有一个十七八岁的姑娘，身穿桃色衣裳，腋下挟着一柄日本花阳伞，伞柄上面系着橙色丝带，他们一副“火车为我所有”的表情，面无急色地悠然走过。在他们身后，有一个女人生怕来不及匆忙地赶了上来，她怀里抱着一个鼓鼓的包袱，背上还背着一个四岁左右的小儿。她狂奔而来，十分狼狈，最后总算由列车长拉她上了车。刚放下心来不久，又来了一个五十多岁的老汉领着一个流鼻涕的姑娘，来回找了几趟都找不到门，最后是由车站的工作人员塞进车内。可不料他的袖子被车门夹住了，“来人哪！”他大声呼救着……还没离开城市，令人郁闷的旅途便开始了。

五个年轻绅士在中等车厢的角落里围坐一圈，其中只有一人手持行李包，其他几人从装束来看都是坐到横滨的。一人身穿绣有家纹的厚外衣，一人身穿哔叽西装，一人穿着袴，一人身穿大岛绸长外衣，坐在他对面的是唯一穿长礼服的人。他把在候车室里收到的饯行礼物酒瓶和饼盒之类放在行李架上安置妥当，然后拍了拍手上的灰尘，向窗外探头看去，仿佛在寻找谁似的巡视站台，最后抬头仰望那晚霁如蓝的天空。

“没承想天气变得这么好，这样就没问题了。”

“今晚若是下雨就有乐子了，是吧，甘糟？”

说话的人身穿绣有立泽泻家纹的黑绸外衣，面带微笑地说出这句若有所指的话。名叫甘糟的那位身穿一条茶色柳条花纹的仙台平袴，是几位中唯一留有胡须显威严的绅士。

甘糟还没答话，身穿西装的风早先开口了，他的声音与年纪不相符地粗哑。

“甘糟的乐子正是你所希望的吧？”

“胡说！甘糟心中郁闷的事我可都知道。”

“这可真是辛苦你了。”

身穿大岛绸的绅士原是紧靠着椅背的，这时忽然起身说道：

“风早，你和我今天实际上是当了牺牲品了。佐分利和甘糟一直就主张到横滨去的。他们在那里发现了游仙窟，所以特意拉着我们两个同去，好让他们好好吹嘘一番呢。”

“什么什么?!如果你们给他们两个人当了牺牲品，那我岂不是上了你们四个人的当？我都说了不用送，你们还坚持要送我到横滨，我还对你们感到抱歉呢，原来你们是借送我之名……你们不要做出出格之事哦。你们从学生时代起就对此颇有办法，我可真是担心你们啊。不过只要不辱名誉也是可以的，你们要多加小心啊，真的。”

道出这些老实话的是间贯一四年前当作兄长一样看待的同学荒尾让介。他去年被授予了法学学士，接着又在内务省考试中被录取，一年后的今日担任了爱知县参事官，现在正在赴任途中。由于他年龄较长、为人谨慎诚实之故，被同学们当作学长一样尊敬。

“这是我对你们的告诫，希望你们保重。”

在这兴高采烈的时候突然被他这样一说不免有些扫兴，其他人频频抽着烟卷。火车疾驰，逆风飞扬，从车窗里飘出去的袅袅烟雾宛如飞云一般掠过了六乡川。

佐分利连连颔首道：

“这样一说的确有些恐怖，其实我刚才在车站上看到了那位‘美人 CREAM’①。听了她的声音谁都不会想到她是吃蜥蜴过活的，每次见都美得令人惊叹，一副大小姐的打扮。尤其今天这样浓妆艳抹，一定又饱餐一顿了吧。栽到她手里那叫一个倒霉，那才是真正的用丝绵吊脖子。”

“我倒真想见见她。久闻其大名啊。”

大岛绸意犹未尽时被甘糟打断了。

“哦对了，宝井之所以受到退学处分，听说也是因为欠她的债实在太多了。这女人真不一般。听说她手腕上还戴着黄金手镯呢。她可真厉

①此处指对放高利贷的女人的戏称。

害啊！简直是恶魔松[1]。佐分利明知道她的厉害而还要与她扯上关系，一定抱着一个巨大的冒险目标，只是希望他别被玩弄得变成木乃伊。”

“这个家伙不知道有没有后台。丈夫，或是情人？总有什么人为她撑腰吧？”

哑嗓突然发问了。

“关于这个，还真有一个小说似的经历。为她撑腰的不是情人，而是丈夫。听说是个上一代就声名大噪的高利贷ICE——名叫赤樫权三郎的人。而且这是个无法无天的恶徒，还是个鼎鼎有名的淫贼。”

“原来如此。正负相触，雁过拔毛哇。”

大岛绸这种拿手的笑话惹得沉默不语的荒尾也禁不住笑起来了。

“这个赤樫专好借追要借款的机会来玩弄女人，被他玷污的人可不在少数。刚才说的那位‘美人CREAM’也被他拿下了。美人原本是没落士族的正经女儿。赤樫看到她后动了想占为己有的念头，就给她父亲放了一些款。到期后没有还，赤樫二话不说又向他放了三四次款，找准时机对他说，自己家里人手不够，向他借人半个月帮自己干活。明知对方不怀好意，但为情势所迫无法推辞。这是六年前的事，当时姑娘才十九岁，而赤樫已是六十岁的秃顶老汉了，真想不到还是那么色欲熏心。后来，赤樫就巧舌如簧地劝她到了自己家。赤樫家里没有妻子，只有一个性情乖戾的莫名其妙的女人，不久后那姑娘就变成他的妾了。怎么样？”

屏息凝神倾听的荒尾若有所思地颔首道：

①歌舞伎、读本和绘画中常作为“日本三大盗贼”之一的女盗贼。因缺乏证据而被认为是虚构人物。

“女人都是这样的。”

甘糟抬头看着他，说：

“哎呀，你居然说出这种话来！想不到荒尾这么懂女人。”

“这话怎么说？”

佐分利正要说下去，火车突然提速了。

佐分利嚷着：“听不见听不见，再大声点！”

甘糟吆喝道：“来，大家凑近些！”

佐分利说：“荒尾，把那葡萄酒拿出来喝了吧，我好渴呀。故事精彩的地方才刚开始呢。”

甘糟不禁说道：“你可真过分！”

佐分利说：“蒲田，你在抽好烟吗？也给我来一支！”

甘糟连忙回道：“不，别想占便宜，我要整理东西了。”

佐分利又说：“甘糟，有没有火柴？”

“你看，来吧，给你。”

佐分利盛气凌人地说：“给我点！”

喝着红色的葡萄酒，吐着紫色的哈瓦那烟，佐分利慢悠悠地继续讲道：

“所谓一树梨花压海棠之后，那名叫满枝的姑娘也终于被征服了。这件事当然瞒着她父亲，最初动辄就想回家的女儿后来叫她都不愿意回去了。不久事情败露，那位具有武士精神的父亲非常气愤，据说还闹到了父女关系破裂的地步。姑娘在秃头家里是个妾，因此没有名分，于是她父亲就提出让女儿入籍当正妻的要求。可是当做父亲的为此事见到女儿时，女儿却说‘父亲，请原谅我’，这让老汉很是意外，更加生气了。然而他和被魔鬼迷惑的女儿谈不拢，于是一个正经的独生女就送给了比他还要大十岁的放高利贷的老汉。那以后，满枝越来越备受秃头的宠爱，一切家事都由她来负责。但对娘家除了属于名分上的给予之外一分也不多给。这又正好入了秃头的眼。满枝对丈夫放高利贷的事耳濡目染，渐渐熟悉起来，并产生了兴趣。她认为这些财产都是用自己的身体换来的，因此把金钱看得比亲生父亲更重要。于是就大胆地参与其中了。”

“真令人震惊。”

荒尾恹恹地嘟囔着，稍显不快。

“后来，她也实在是伶俐，自然而然地就和高利贷ICE一个鼻孔出气了。当秃头手忙脚乱时，就任命她为代理，任她去哪里，这可越来越让人震惊了。前年，那秃头突然中风动弹不得。大小便都由她照顾，生意也都全靠她一人打理得蒸蒸日上。而且在那之前，听说她父亲也去世了，临终时房间里只有一张薄板，人就躺在那上面往生的。在父亲还健康的时候，她似乎就跟父亲断了往来，最后真是凄惨，我也不太清楚——不过这都是真的。这边呢，秃头成了病人，一切就全凭这女人了。这便有了‘美人CREAM’一词。

“你问她的年纪吗？听说二十五了，可是看上去也不过二十三。长得漂亮，轻声细语，非常温柔，虽然沉默寡言，可说起话来却巧舌如簧，真了不起。看到银币还说——‘这是哪国的勋章吧。’——一副高贵的模样。一遇到财产过户、票据贴换这种重要事项又手段巧妙，仿佛有魔药一般麻醉人心。我也被她麻醉过三次，俗话说以柔克刚，一个美人来放高利贷可真是妙极！一个国家里有了这样一位人物，就像是埃及艳后克莉奥佩特拉一样，所有人都将被她毁灭。”

风早听得最兴致勃勃：

“那秃头现在中风了，躺在床上不能动，这是从前年开始的吗？那么她肯定有外遇。有，有。像这样的女人，这样的女人总是神神秘秘的，看起来没有实际上却有，克莉奥佩特拉嘛。不过这女人倒是挺精力旺盛的。”

“精力太旺盛的话可受不了。”

佐分利抬起头来，后脑勺靠在椅背上大笑起来，大家也跟着笑了起来。

佐分利上二年级的时候，就已经掉进了高利贷的大火坑，现在他的个人借款包括为人作保在内，共有五笔债务，总金额达六百四十余圆。这副重担真是要把他的脂膏刮干净。其次是甘糟欠了四百圆。大岛绸在毕业前借了一百五十圆，后又借了二百圆。没有高利贷债务的只有风早和荒尾二人。

火车抵达神奈川。一个带笑在旁听他们谈话的横滨商人打扮的乘客仿佛感谢他们为自己无聊的旅途排忧解闷，郑重地作了一揖后下车了。谈话中断了一阵子，荒尾好像在思考什么，茫然地望着前方，口中还咕咕哝哝的。

“后来谁也不知道间的消息，是吧？”

“间贯一吗？”哑声反问道。

“哦对了，不知听谁说的，他好像在给高利贷者当掮客还是伙计之类的。”

蒲田："对对，我也听说过。不过间那样的人可当不了掮客。作为一个高利贷者，他的眼泪太多了。"

听他这样说，荒尾一副深得我意的表情点了点头，接着又陷入了沉思。佐分利和甘糟学生时代高他们一届，因此不认识间。

"传言说他去当高利贷，真是一派胡言，他的眼泪太多了。真可惜，他可是个难得的才子。他要是现在在……"荒尾忍耐着发出一声轻轻的叹息，"你们如今再遇见他，总不会忘记他的样子吧。"

风早说："肯定记着。那冷峻的眼梢高扬的样子就是他的标志啊。"

蒲田紧接着说："还有那头上翘着的几根头发不也很有趣吗？他坐在课桌前双手撑着两颊、总是一副认真听讲的样子有些神似阿尔弗雷德大帝①。"

荒尾仰头大笑。

"你这人总是说些天马行空的奇妙事。阿尔弗雷德大帝，可真是异想天开啊。把我的好朋友比作了古代英雄，为表感谢容我敬你一杯吧。"

蒲田说："原来如此。因为你是把他看作亲兄弟，所以才一直挂念他。"

"间离开我之后，我对他的思念比故去的亲弟弟更甚。"

他满面愁容地低下头，大岛绸手里端着荒尾递给他的酒杯，又

①阿尔弗雷德大帝（849 — 899），盎格鲁－撒克逊英格兰时期威塞克斯王国国王，因率众抗击北欧海盗维京人的侵略，使英格兰大部分地区统一等功绩而被尊称为大帝，并被后人尊为"英国国父"。

把佐分利手里的酒杯拿过来递给荒尾。

“来吧，为了安慰你，我们喝一杯祝间健康！”

荒尾的喜悦快要从脸上溢出来了。

“啊，太感谢了。”

二人高高举起斟满酒的酒杯碰了一下，红色的葡萄酒溢了出来，连忙将酒凑到嘴边一饮而尽。佐分利看到这种情形，碰了一下甘糟的膝盖道：

“蒲田可真周到贴心。虽然其貌不扬，但以他的魅力往往就会有所得。那些话由他说出来，谁都不会反感。”

“不愧是见习外交官！”甘糟道。

佐分利说：“见习见习！”

风早打趣道：“见习见习，站着哭泣……”

“胡说！”荒尾掉转话头，“我觉得很不可思议的事，刚才我在车站见到间了。一定是他。”

方才举杯祝贯一健康的蒲田却泄气地望着荒尾。

“哦？这可真奇怪。他没注意到你吗？”

“起初只是在候车室门口瞥了一眼。太出乎我意料了，我立刻从沙发上站起身，可人却不见了。后来过了一会儿，又偶然看了一眼，又看见他了。”

甘糟感慨：“侦探小说啊。”

荒尾说：“当时我起身后他又不见了，后来检了票直到走进站台都没有再看到他。上了车后，我太好奇了，就回头望了一眼，发现柱子旁有一个人正在向我挥黑色帽子，那就是间。既然向我挥帽子，肯定不会错。”

“横滨！横滨！”各种或急或缓的叫喊声在窗外响起，与此同时周遭混乱起来，人们从仿佛打翻了的玩具箱的车厢中向外涌去。在这嘈杂和喧闹之中又响起一阵尖锐的铃声。

第二章

在栏杆柱子旁边挥帽的，确实如荒尾所说，是四年来生死不明的间贯一。他在好朋友面前隐藏起来，也不通知他任何关于自己的消息，但却在私下里关注着荒尾的动静。这次荒尾任参事官一事，还有乘坐下午四点发车的火车赴任的事他都知道。今天来这里就是为了来送别好友，也想看看好友衣锦荣任的姿态，所以才挤在送行的人群中。

为何四年来他音信全无，又是为何看到念念不忘的旧友而不上前道别呢？关于这一点，只要知道他如今的处境就不难解释了。

站在栏杆外目送火车驶离的人不只间贯一，还聚集了老幼贵贱的男男女女。他们每个人都有着不同的心境，或忧愁，或欢乐，或担心，或毫无所想，然而他们却有着同一个目的。几分钟的混乱之后，火车启程了，人群渐渐散去，只有他还站在那里。最后他仿佛拖着重物慢慢移动脚步时，才发现聚在栏杆旁的人已散尽，只剩三四个工作人员手执扫帚清扫站台。

贯一拭去眼眶内蓄的泪水，惊觉只剩下自己一个人，于是急忙往外走去。当他从蓬莱桥口出站后走近石阶时，不知谁的声音从中等候车室里传来。

“间先生！”

他慌忙向声音传来的方向看去。

“请等一下。”只见一个束发的妇人弯着腰，从门口伸出半个身子，手腕上的金手镯闪闪发光，用丝手绢掩在唇边。妖艳的面庞上浮现着可爱的微笑。

“呀，赤樫夫人！”

不同于那妇人的笑脸相迎，贯一表情冷漠，连眉毛都没有抬一下。

“真巧在这里遇见您。我突然有事要跟您说，来，请过来这边一下。”

那妇人走到里面，贯一也只好跟着她进去，在他身边的沙发上坐了下来。

“其实我想说的是那个小车梅保险建筑公司的事。”

她从黑色樗文绢[①]的腰带里拿出金表来看了一下，又快速收了起来，说道：

“您还没吃饭吧？这里也不是说话的地方，我陪您去别的地方吃点东西吧。”她拿起那只金扣蓝紫色盐濑手包站了起来。

贯一一脸困惑地问道：

“去哪里？”

“哪里都行，我不知道，就到您喜欢的地方去吧。”

①江户时代由中国船和荷兰船带到日本的一种绢布。

“我也不知道啊。”

“哎呀，请别说这种话，我什么地方都行。”

贯一抱着膝盖上那只横宽的粗制皮包，心里想的不是合适的去处，而是犹豫着是否与她同行。

“没关系，不管去哪里，我们走吧。”

“好吧。”

贯一只得跟随那妇人走出候车室，门口迎面进来一个人，几乎要把贯一的脚尖踩断。贯一吃惊地一瞥，只见一个身材高大的老年绅士，眼神诡异。他是被满枝的美貌吸引了，才犯下这疏忽，他道了声歉，并且意犹未尽地将视线停留在美丽的同伴身上。

二人走出了车站，漫无目的地向着新桥走去。

“真的，说我们去哪里好呢？”

“我哪里都行。”

“您总这样说，干脆随便找个地方坐一会儿吧。”

“好吧。”

满枝知晓贯一的心思，但为了满足自己的愿望还是忍受了他的冷淡。

“那么，您吃鳗鱼吗？”

“鳗鱼？可以。”

“鳗鱼和鸡肉，喜欢哪个？”

“都行。”

“您太客气了吧。”

“为什么？”

这时贯一才看了满枝一眼。那千娇百媚的眸子也看着他，虽然尚未说什么，那眼眸就已道尽了半数。贯一虽然了解她的为人，把她视作畜生一样的人物，可还是对那娇艳无力抵抗。满枝露出一排如贝壳般洁白的前齿和旁边的金牙，边笑边说道：

"哎呀，既然您什么都行，那我们就吃鸡肉吧。"

"也好。"

沿着沟渠走了五十多米，又走了二百多米后向西，巷口有一家干净的门面，镶有磨砂玻璃的门灯上有"鸡肉"字样的店标，引人注目的二人并肩入店。他们被引到最里面、远离店堂的一间六叠的私密包间里。

贯一这时的表情既不是恐惧，也不是困惑，但也并非两者都不是。贯一始终谨慎地沉默着，一想到和这个人在一起，心中就无法平静。满枝首先点好了酒菜，二人又相对无言了一阵。店员在他们中间放了一个烟具盘，仔细地点燃了一炷百合香。

"间先生，请放松一些。"

"嗯，这样就可以。"

"哎呀，别说这种话，来吧，请放松一些。"

"我在家里也是这样的。"

"您撒谎。"

尽管如此，贯一仍然并膝跪坐着，伸手掏出了卷烟盒，不巧一支烟都没有，正想拍手叫伙计来时，满枝抢先道：

"先抽这个吧。"

那是一根官老爷用的烟杆，金烟嘴闪着微光。牙齿是黄金，腰带扣是黄金，戒指是黄金，手镯是黄金，怀表是黄金，如今就连这烟杆也是黄金。黄金啊黄金，金的，都是金的！可想而知，她的心也是金的！贯一暗自发笑。

“不，我一向不抽烟。”

满枝盯着他一言难尽的脸：

“这可不脏。瞧我，太粗心了。”

她从怀里取出一张纸，特意擦拭了烟嘴。贯一见此慌忙解释道：

“我不是那个意思。我不抽烟的。”

满枝再次望向他：

“您啊，要撒谎可得有好的记忆力。”

“什么？”

“前几天您在鳄渊先生家的时候不是抽烟了吗？”

“什么？”

“葫芦形状的罗宇烟管，上面还包了一些纸。”

“啊！”贯一失声叫道，张着嘴说不出话来。满枝没有责备他，掩嘴窃笑着。作为惩罚，贯一被迫连续吸了三袋烟。

不一会儿，杯盘都端了上来在面前摆好。满枝和贯一都是三杯不到的酒量。

满枝拿起干净的酒杯放到贯一面前：“您，先喝一杯吧。”

“不行。”

“又说这种话。”

“这次是真话。”

“那喝啤酒吗？”

"不了，和酒洋酒都不喝了，你请自便。"

酒桌有礼仪，若自己不喝，应该为对方斟一杯，可贯一自己不喝，也不为满枝斟酒，还说出"你请自便"这种话来，不过，满枝非但没有生气，反而觉得有趣：

"我也是向来不喝的。我就敬您这一杯，您就喝了吧！"

贯一无奈只好接过酒杯。酒已喝了起来，可满枝还没谈及她要商谈的重要之事。

"你刚才说的小车梅出什么事了？"

"您再喝一杯，我就说。哎呀，酒量真好！再来一杯！"

贯一马上皱了眉头："不，不能再……"

"那我就不客气了，麻烦您为我斟一杯。"

"说吧，小车梅的事情是什么？"

"除了那件事外，我还有话想说。"

"这么多啊！"

"这件事不喝酒就难以启齿，待我稍微醉一些，您能再为我斟一杯吗？"

"你要是喝醉了，我可是会为难的。有事还是趁没醉时说吧。"

"今天晚上我本打算喝醉的。"

满枝媚态的眼梢渐染粉红，心情愉悦得全身都舒畅得很，极具风情，身上散发出阵阵香气，她感到燥热，便脱了藏青色哔叽披肩，没有穿短外衣，只有一件鲜艳的绣有家纹的御召料厚和服，系着黑色樗文绢腰带，再加上一条华丽的红色友禅染细带。左手搔弄了一下覆盖在耳后的发，手腕上戴着一只明晃晃的金镯子，是两只栖息在早蕨上的蝴蝶。平素最讨厌的东西却这样刺眼，贯一不堪忍受地皱起眉头，移开了视线。不同于满枝那一身贵族装扮，贯一只穿了黑绸纹章短外衣和蓝色条纹的秩父铭仙[①]厚衣，白色缩缅腰带也是旧物。

认识贯一的人一定会感到奇怪：他的面容已经完全改变了。那些可爱的地方都消失了，四年来在过度悲伤和忧苦交加之下的他总是满面愁容。虽然还看得出原有的坚忍气概，但曾经对宫脉脉含情的温柔现在已经失去了光芒。表情的冷漠、措辞的谨慎是他近来的特征，使人惮于侵犯他。他也不愿与人亲近，同行者都把它视作怪人而远离他。因为他们不知道，在贯一心里，因失去了恋人无论做出多少狂乱之事都不觉得奇怪。

他正色而坐，满枝独自乘兴一杯接一杯地喝酒。

“再给我倒一杯吧？”

满枝荡漾着笑容的眸子因为微醺而发红，别添了一番妩媚。

“别再喝了吧。”

“您不让我喝，那我就不喝了。”

“我不敢阻止你。”

“那我会喝醉的哦。”

贯一没有回应，满枝便自斟自酌。中途脸上的红晕越发鲜艳起来，她掩着脸道：

“啊，我喝醉了。”

①产于秩父的一种织布，特点是结实。如今的秩父铭仙是日本传统工艺品。

贯一充耳不闻地顾自抽着烟。

“间先生……”

“怎么了？”

“我今晚有几句话一定要和您说，您肯听吗？”

“我不就是为了听你的话才跟你来的吗？”

满枝嘲讽似的微笑着说：

“我有些醉了，或许会说出失礼的话来，要是让您生气了，我可真是为难。不过这并不是酒后之言，希望您能理解。”

“你这不是自相矛盾吗？”

“您别这样说，我不过一介女流，不会说话。”

事情变得棘手起来。尽量少和她交往，以免被累及，贯一心想。他笼着手，眼神下垂，努力做出一副不关己事的样子。满枝靠近他，说道：

“这杯请您务必喝了吧，之后就不再强迫您了，只此一杯，还请您接受。”

贯一一言不发地接过酒杯。

“您接受了我的要求。”

“这么简单的要求啊。”贯一闭紧着嘴唇，露出了一丝苦笑。

“间先生。”

“嗯。”

“恕我失礼，怎么说呢……您在鳄渊先生那里打算长期干下去吗？他日您会自立门户的吧？”

“当然。”

“那么您打算什么时候与他分开呢？”

“等到稍微有些积蓄的时候吧。”

满枝突然敛了声，若有所思地低下了头，用烟杆拨弄着烟盘。正巧这时候电灯急遽地暗了一下，她吃惊地抬起头后整个屋子又光亮如初。她丢下烟杆，沉思了一会儿，说道：

“我说这话或许有些失礼，您与其在那里不知期限地待下去，倒不如早些自立门户。要是明天您就决定这样做，我……这样说……也许有些冒昧……尽管我帮不了大忙，但只要您有需要，我总可以派得上用场的，您看这样行吗？”

贯一感到意外，停下手中的筷子，凝视着满枝的脸。

“就按我说的来吧。”

“这是什么道理？”贯一实在难以应对。

“道理？”满枝顿了一下，又接着说道，“这用不着多说，您明白的吧！我也不想永远待在赤樫家啊。就是这个道理。”

“我完全不明白。”

“您怎么说这种话！”满枝恨恨地不再作声，捻弄着放置一旁的烟丝。

“失礼了，我先吃饭。”

贯一正要把饭桶拿过来时，满枝阻止了。

“侍候吃饭的事我来。”

“真不敢当。”

满枝把饭桶移到自己身边，将饭碗盖在上面，又推到了墙边。

“还早，再喝一杯吧！”

“我已头痛难忍，请放过我吧。我饿了，所以……”

“饿着肚子却不让您吃饭，想必很痛苦吧。”

“这还用说！”

“没错。所以啊，我的想法若没有传达给您，那简直比饿着肚子却没有饭吃更加痛苦。既然您这样饿，那我就给您盛饭，不过您也要给我一个回应才是啊。”

“你说要我回应，可是我并不了解你的想法啊。”

“为什么不了解呢？”

满枝责备似的凝视着贯一的脸，贯一以诘问的眼神回应她：

“我怎么能了解呢？我们没有亲密的交情，而你却要给我出资。我问你这是什么道理，你说自己也想离开赤樫家。这怎么理解好呢？请给我盛饭吧。”

“还说不了解，您简直太过分了。也就是说我入不了您的眼？”

“没什么入不了眼的，只是给我这个非亲非故的人出资……”

“哎呀，我说的不是这件事。”

“我肚子真的很饿了。”

“还是说，您是不是已经和别人有约了？”

她终于问出了这样锋芒毕露的问题，贯一心想道，表面还是一副不懂的样子。

“你这问题真是莫名其妙啊。”他苦笑着没再说下去。

满枝怕话题转移，略略迟疑了一下说道：“如果您没有与他人结下约……那我有一事相求。”

贯一此时也不再躲闪，说道：“嗯，知道了。”

“哎？您知道了？！”她喜上心头，一口饮尽了杯中剩下的酒，又将酒杯递给贯一。

“还要我喝吗？”

“一定要喝。”

贯一毫不犹豫地接过酒杯，满枝斟了满满一杯，而后直接将酒杯送到嘴边一饮而尽。满枝看了欣喜不已。

“这酒杯很不干净的。”

贯一意识到这女人的话中有话，不可疏忽，又不胜其烦，难以处理。

“既然您了解了，那就请回复我吧。”

“要是那件事，希望到此为止。”

贯一只说了这一句又严肃着沉默了。满枝的醉意也清醒了，窥视着贯一的神情，看到这个素来寡言的男人住了口，便说：

“一旦将这难以启齿之事说出口，我是不会就此罢休的。”

贯一轻轻点了点头。

“从女人口中说出这样的话来可是非同寻常之事。所以还请您说清楚理由，让我心中有数。我绝不是趁着酒兴信口胡说的。”

“所言极是。像我这样的人能承蒙您如此抬爱，心中不无欢喜。所以为了不辜负您的殷切期望，我将我的想法告诉你。不过如你所知，我是个怪人，我的想法也与别人不同。

“第一，我已经下定决心今生不娶妻了。你可能知道，我原本是一介书生。后来中途放弃了学问之路而开始这项生意，既不是因为自己放浪形骸、挥霍无度，也不是因为贫穷无法生活。如果说厌倦了书生生活而想做生意的话，有很多别的好生意可以做，何苦选择这种穷凶极恶的、被人们当作光天化日下的强盗和置人于死地的魔鬼的行当呢？不惜毁灭比生命更宝贵的名誉，而专以夺人钱财的高利贷呢？”

听了这些，满枝的醉意愈加清醒了。

“这不只是不正当的生意，而是在做坏事。这并不是我今天才知道的，而是明知这样而甘心堕落于此。这是因为我当时心中充满了急于想和谁同归于尽的极端失望情绪。失望源于，那时我信赖别人，也是在义理上可以信赖的人，然而他们却利欲熏心，违反了契约，抛弃了情义，完全把我出卖了。”

他避开灯光，可是他的眼里却急遽地闪烁着光芒，眼眶里新添了憎恨的泪水。

“在这个靠不住的世界上，他们抛却了义理人情，出卖与他们无冤无仇的我，说到底不过是为了钱。虽然我也只是一个渺小的男人，可为了钱把我抛弃，这件事给我带来的痛苦……我永远都忘不了。

“这是个充斥着轻薄、欺诈、利欲的无情的世界。既然对这个世界如此厌恶，为什么不一死了之？你也许会感到奇怪。然而我虽然想一死了之，可痛苦却阻止了我。我并不想像一般被出卖的人那样为了复仇，而是抱着一种只有自己能做到的、一定要消除心中的恨的意志。一刻也无法忘记恨意的人，就连自己都觉得像一个疯子。因此，高利贷这种每天工作都会让人产生想杀人的冲动，如果不变得凶残就难以忍受的职业，最适合疯子来做。这样一来，只要有钱，就可以做买卖，还可以羞辱别人。没有金钱本身就是一件可恨的事。只要有钱，什么怨恨都可以消除，因此什么义理、人情都可以弃之不顾。如今的我没有名誉，也没有爱情，除了金钱，没有任何企求。我认为，与其信赖不值得的人，还不如信赖金钱。金钱可比人可靠多了。最不可靠的就是人心！我是先有了这些想法才开始干这一行的。老实说，你说要给我出资，我当然是需要的，可你的人对我来说没有用。”

他仰头大笑，深情中充满了激烈的苦楚。

满枝相信他所说的话绝非虚假。他这样一个怪异之人具有这样的想法倒也不足为奇。不过，他是因为没有尝到恋爱的甘甜，才这样在有趣的世界面前关闭倔强的心扉，而不知道在欺诈、薄情、利欲之外还有一个快乐的世界。满枝觉得终有一天自己会教会他，所以没有轻易放弃希望。

“这么说，您怀疑我也不可靠吗？”

“怀疑不怀疑还是次要问题，自从那次失望之后，我就厌恶这个世界，我不喜欢所有人。”

“哪怕是真心实意地愿意赌上自己的性命为您着想的人？”

“当然！我最讨厌爱慕、思念这种东西了。”

“即使您知道她是赌上自己的性命来爱慕您？”

“高利贷者的眼中没有泪水。”

满枝这时完全失去了希望，一时惘然。

“给我饭吧。”

泄了气的满枝盛了一碗饭给他。

“谢谢你。”

他旁若无人地吃着饭。满枝的脸颊上还有一层淡淡的红晕，虽有醉意却很清醒，兀自思量。

“你不吃吗？”

贯一招呼了她一声，自己却已经吃了三碗。过了一会儿，满枝唤他“间先生”，他满口米饭，无法马上应声，只得睁大了眼睛望着他。

“我在说出这些话之前，担心您不同意，一直在心里压了好久。我这样慎重对待的事却被您这样干脆利落地拒绝，我真是丢尽了脸面……悔之莫及啊。”

她说到这儿，慌忙掏出手绢掩住了恨泪盈眶的眼角。

“这样丢脸，我简直无法从这站起来走出去。间先生，请您也为我想想吧。”

贯一冷冷地看着她。

“如果我说只讨厌你一个，那就怪不得你有这样的心情了。可我说了是厌恶所有人，所以你也不必多想。你也吃饭吧。哦对了，那个小车梅的事是什么？”

满枝擦拭着哭红的双眼，默不作声。

“是怎么一回事？”

“无所谓了。间先生，我无论如何也不会死心的，请您记住。既然您讨厌，那就讨厌去吧，可是我的心意还请您千万不要忘记……一定要记着！”

“知道了。”

“请讲得更温柔些。”

“我也会记着的。”

“没有更温柔的话了吗？”

“你的心意我绝不会忘记。这样行吗？”

满枝一言不发，蓦地站起身来，走到贯一的身边。

“不要忘记我！”满枝咬紧牙关说罢，在贯一的大腿上拧了一把。贯一因为那突如其来的疼痛而拨开她的手，正想转过身时，满枝早已抽身离去，一副无事的表情拍手召唤侍女。

第三章

一

在赤坂区的冰川一带提及“拍照的公子”无人不知，原来这位公子进出宅邸时总是随车携带一台照相机，此事逃不过任何人的眼睛，因而才有了这样一个诨名。不了解的人还以为他是什么“将棋王子”之类的人物。不是的！此人才思敏捷、学识渊博，在贵族院中占有一席之位、志向高远，在德国受过五年熏染，喜爱学者风度，把世界抛诸脑后，一派大智若愚的样子。他凭借祖上积累的财富而出手阔绰，尽管挥霍无度，每年的收入还是超过支出五倍。这位就是子爵中屈指可数的富庶之士，田鹤见良春。

在冰川的宅邸中，有唐破风式的仿古建筑，也有他回国后新筑的具有异国风情的三层楼砖瓦建筑，完全按照德国一座颇具盛名的古堡样式建造而成。这里充当他的书库、书房、客厅。万事满足，长日多闲，子爵就在这里读书赏画，把玩雕刻，拨弄琴弦。近来又沉湎于拍照，虽然年有三十四，可至今未娶。不论家居、出行、进出宅邸，总是遗世独立。虽然不像其他贵族那样在乎打扮，可是作为七万石的藩主，其生来就肤白眉清、鼻挺目秀，形容清扬，真可谓玉树临风。家族中历代藩主都是美男子，引得众藩士以此为傲。

要说起来，姻缘也不是完全没有。提亲的事情如捕蝶的蛛网那样稠密，但他却不管不顾地照例遗世独立，在外偶尔趁着醉意风流一夜，但回家后仍然主张无妻主义，他人的劝谏也都是徒劳。原来，他在国外留学时曾和一位陆军中佐的女儿相恋，还私订了终身，二人划着小船在月下荡漾时，总是指着那流水，立下“即使他日水流干涸，我们的爱情之火也永不熄灭”的誓言。然而待他回国后同母亲诉说时，母亲大为震惊，认为是件了不得的大事。夷狄乃是比秽多①更下贱的东西，我们堂堂田鹤见家怎能变成禽兽的畜槛！呜呼，虽然爱子心切，却还是声泪俱下地劝说，悲痛之余竟因病卧床，子爵对此无计可施，心中忍受着痛苦，写信安慰那女子。那女子也只得在无法相聚的三年里过着比死更煎熬的生活。前年秋天，因身心俱疲被神明带去了天国。闻此消息的子爵肝肠寸断，晕厥了数次，从此厌世的念头越来越深。如今他无心关注无数的家财和世袭的高贵出身，只是念念不忘那逝去的爱人。唯一的安慰就是挂在书房墙上的半身肖像，是爱人十九岁那年的春

①日本中世纪时代两种部落民之一，受到日本佛教与神道中“污秽”观念影响，对于“较污秽的工作”和“较污秽的人（罪人）维生的行业”的称呼。

天苦心画了寄给他的。

子爵在极度的失望之余放浪形骸，聊以排遣胸中的郁闷。他为了一台照相机掷下千金，如孩童一般对它爱不释手。他把身家都置之度外，把钱都花在了玩乐上，幸好家中有个名叫畔柳圆卫的总管，此人聪明而又善于理财，处事周全，所以田鹤见家虽然有这样一位公子，却总算没有家徒四壁。

畔柳的生财之道之一便是暗中发放高利贷。一千、二千、三千、五千，乃至一万的巨额放款，凭靠背后强大的资本家都可以拿得出手，因而几乎所有借高利贷的大户都把他这里看作一道方便之门。不过精明强干的畔柳也知道干这种行当总是以保密为上策，不能为眼前的利益而迷了眼，所以一开始就以家中藩士鳄渊直行的名义，由他出面放款，畔柳自己从不出面。高利贷的同行一直怀疑鳄渊背后有金山，却始终无人发现金主何人。

鳄渊在行业里声名鹊起，其权威如同四大天王，都是因为背后有资本家做后盾，有如神助。他原来虽然是田鹤见家的藩士，但论身份不过是一名足轻头目而已，因他有些才干，废藩之后当了一名小官吏，后来转入商社工作，做些房地产买卖的中介生意，又出入于粮屋一带，尝试了各种行业，都是徒劳，后来志愿当警察，中了上级的意，竟当了警部。他发现了金钱的权力，因而把任职时积下来的三百多圆放了高利贷。趁社会还未习惯于这种罪恶的手段，或欺诈，或恐吓，或哄骗，或压榨，用尽了一切手段逃过了法网，积下了五六千圆的不义之财。正巧这时找到了畔柳这个后台，如虎添翼，生意就越做越大，据说他现在可运转的资金达数万圆。

畔柳靠他的获利半数充给主人的金库，半数进了自己的腰包。鳄渊也从中获利。一笔资金，三家获利，这份营生总算能为不事生产的主人补足亏空。

鳄渊直行有一个为他充当牛头马面的伙计，这人正是那个自暴自弃的间贯一。他四年来都寄宿在五番町的鳄渊家里。鳄渊分了二楼一间八叠的房间给他，名义上是雇人，实际上是客人的待遇。他不但是助手，是顾问，还被主人视为宝物。四年来，主人没他不行，他也没有另立门户的必要，寄宿在主人家也并无不便。他给主人干活的同时，也经营着小额贷款，虽然自己也有些实力，至今还能应付周转，不过自己羽毛未丰，飞出去还不如在这里等待机会。作为助手，他工作勤恳；作为顾问，他善于参谋策划。鳄渊信任他，不止因为这些，而是像他这样年纪轻轻竟不近女色，不嗜酒，不浪费，不懒惰，工作时兢兢业业，该做什么做什么，不炫耀自己，不鄙视别人，像这样恭谨而有气节的年轻人真是世所少有，鳄渊在心底暗暗对他表示敬畏。

主人知道他的为人之后，不禁怀疑这样的人为什么要做高利贷这行。贯一隐瞒了自己的履历，没有告诉鳄渊自己如何失望透顶堕落于此。不过，他是高等中学的学生这一点后来被看出来了。主人虽然对他的事还心存疑问，但四年来并无闪失，所以现在也不再猜测，倒是常常挂念他，准备分些好处给他，支持他的事业。鳄渊今年五十有一，妻子峰年四十六。丈夫心猛于虎，一味贪财，妻子却和他不同，虽然不致温柔，但身为魔鬼的妻子还算有人性。峰也觉得，贯一虽然性格怪僻，人却是守规矩的，虽然没有多么可爱，可也不招人讨厌，因此也始终对他抱着好感，照顾他，为他祈祷。

贯一多么幸运啊。在痛恨世界这一执念的驱使下，他甚至想生啖人肉，以此来解胸中之恨，因此舍身跳进这个火坑，心里早已做好了忍受百般呵责和万分苦难的准备，不料却受到了如此宽广的信任和温暖的同情，真是意想不到。他苦中得乐，将抱着什么心情来对待这种快乐呢？贯一本来做好了被呵责和受苦受难的准备，他深深地相信，这种信任和同情转眼间就会被利欲剥夺。

二

毒应以毒攻。鳄渊的债务人中有一位某政党的有志之士。他三年来用不寻常的关系借的债务本利加起来有五百多圆，然而他使奸弄智，发挥了雄辩的本领赖着不还，还大胆地出入自如，鳄渊这样的老奸巨猾都对他无计可施。同行业者也总是被他反咬一口，气得吐血的人不在少数。鳄渊越想越恨，拿他没有办法，可任他去又不甘心，至少为了警诫也要常常给他施压，杀杀他的威风。因此昨天命令贯一到他家里去，代表鳄渊向他严词催索。

虽然被他耍得团团转，贯一还是毫不示弱地予以斥骂，就这样僵持了四个小时。他骂贯一病夫、乳臭未干，贯一不惧地起身挥出准备好的棍子，威胁他道：“再不还钱，我不会活着回去。”他也拔出两尺利刃恐吓贯一，见贯一不为所动，于是喊三名打手来对贯一施暴，将贯一撵到了门外。贯一受了轻伤回到家后，脆弱的神经激动不已，竟一夜未眠。今天早上更是心绪低落，因而向主人请了一天假，被褥也没有整理，独自一人在房间里躺着。每当发生这种事情的第二天，他总是这样头痛心悸，越想越气愤，越想越悲伤得不能自已，为此必须休息一天来调整。每当碰到这种事，他就愈感身体衰弱、心情烦躁，看来自己不适合这一行。他干这一行的第一年，休息天比工作日还要多，至今还被鳄渊拿来取笑。第二年虽然渐渐习惯了，但他终究不习惯做这种恶。只好学习忍耐。他学习忍耐，是为了有一天能具有忘却过去所有的失望和恨的能力，为了驱散苦闷的心情，便把注意力过度移到别的地方去。为了忘却失望和恨，他甚至不惜忍受其他苦闷。即使如此，他悔恨于自己的残酷行为，又不堪别人对他的侮辱，为了使过度亢奋的神经冷静下来，他不得不以一天的休息来调整，仿佛生了一场小病。

这天，天朗秋风清，蓝天白云，金色的阳光洒进了朝南的拉门。房间里，贯一那瘦长的身子横躺在秋凉的褥子上。苍白混浊的面容，清丽的侧脸轮廓，紧锁的双眉下是停滞的眼神，他似乎在茫然地思索。不一会儿，他仿佛散架了似的抽去撑腮的手臂，沉重地倒在了枕头上，他翻了个身，拉紧了棉被，拿起摊开来的报纸，可还没仔细阅读就又散了架，只是怔怔地望着天花板。这时扶梯上传来了脚步声，似乎有人上楼来了。贯一闭目凝神地倾听着。拉开拉门，走进来的是夫人。贯一慌忙起身，夫人制止了他，在矮桌旁坐了下来。

“给你沏了一壶红茶，喝一杯吧。还煮了一些栗子拿来了。”

峰把一只装着栗子和茶盘的篮子放在枕边。

“心情怎么样？”

“嗯，没什么。我这么一直睡着真是不像话。您还拿来这么多吃的，真是太感谢了。”

“趁热吃吧。”

贯一点了点头，端起红茶喝着，问：“老爷什么时候出去的？”

“今天比往常出去得早，说是去冰川。”

话中有一些不愉快，贯一没有留意到。

“哦，上畔柳家吗？”

“那我倒不知道。”

峰说着苦笑了一下。阳光透过拉门照在他的脸上，细小的皱纹清晰可见。头发虽不浓密，却梳得丝毫不乱，绾了一个圆髻，脸庞微红，清丽光滑。鼻子边有轻微的痘痕，嘴巴总是闭得紧紧的。牙齿染黑了，发出乌玉的光泽。身穿茶色柳条花纹法兰绒单衣，外罩一件短衣来抵御着清晨的寒气，看来是浆染过的御召缩缅料子。

贯一听出他话中有话，便问道：“为什么？”

峰把短衣上的纽结解开又系上，看样子在迟疑该不该讲。贯一心想这种话不便多问，于是从篮子里取出栗子来剥。峰思量了一会儿开口了。

“那个赤樫家的美人，外面传着她不好的流言。你知道吗？”

“不好的流言？”

“引诱男人，把男人当成猎物。”

贯一不由得困惑起来，他想起了那天晚上的事情。

“是这样吗？”峰又问。

“我倒没听说过。不过那人不必勾引男人就很有钱。所以，我看不会有这种事吧……”

“那可不行。你要当心啊。有钱就不会做这种事，怎么可能呢？谣言已经传到我耳朵里了。”

“是吗？”

“哎呀，你这剥法一点儿肉也吃不到的。给我来剥。”

“真不敢当。”

峰欲言又止地盯着手里的东西，实际上却是在想从何说起。她挑了一颗大栗子，用小刀从上面削了下去。

“看上去不就是那样的人吗？像你这样一直坚定的人还好，一般人要被他缠上可不得了。”

“真有这种事情吗？”

“可是你瞧，连我都听说了，你不会不知道吧？那女人就是因为这种事出名的。金洼先生，鹫爪先生，还有芥原先生都这么说。”

“也许真有这样的名声，我是不知道的。不过看样子，也许她就是那种人吧。”

“这种话可不能对外人讲。因为我们常年在一起我很了解你，才对你说这些的。我有一件烦心事，不知道该怎么办。”

峰拿着刀子的手渐渐地停了下来。

“哎呀，这么大一条虫。喏，你看，这条虫大不大。”

“真大。”

“长了虫就不好了！不单单是栗子。”

“确实。”

峰又拿起一个来削，可她心不在焉的，手里的刀子渐渐止住了。

“这真的是只有跟你才说的话，只能在这里说说。”

“我知道了。”

贯一把正要往嘴里送的栗子拿在手里，凝视着峰。他知道隔墙无耳，可还是压低了声音讲出了秘密。

“最近我总觉得有点奇怪，我觉得老爷跟那位美人有事——肯定是这样的。”

她已经不再削栗子了。贯一听了哈哈大笑道：

“这种不可能的事，也……”

“别人当然不知道，可我是他妻子……肯定没错的！”

贯一沉思着，问道：“老爷贵庚啊？”

“五十一，已经是老汉了。”

贯一又考虑一下，说：“有什么证据吗？”

“要说证据，倒是没有寄来的情书之类，不过推测一下就知道，没错的！”

贯一面对着情绪激动的峰不发一语，心中思量着。峰镇静了一下，又剥起手里的栗子来。剥好后，又慢慢地开口道：

“男人嘛，纳房妾也无妨。艺伎也好，下人也罢，我都没有意见。可她不是有赤樫先生吗？是吧？她居然是这样的女人！她这可不是普通人，我实在不放心，单是嫉妒也就罢了，可这不是什么嫉妒的问题。和这种人在一起不知道会闹出什么事情来，我担心的是这个。老爷是个聪明人，可这不知道怎么搞的。今天早晨他出门的样子就奇怪，不像是要去冰川。你看嘛，他最近讲究起穿戴了，今天早上穿的短衣和腰带，从头到脚一丝不苟。他以前去冰川时可没有穿得这么讲究。很明显，他绝不是去冰川。”

“如果这属实的话，就真的让人苦恼啊。”

“哎呀，哪有你说得这么轻巧。我就告诉你好了，这就是事实。”看了贯一那副轻巧的样子，峰抓心挠肺地说道。

“哦，如果是事实的话那就更不好处理了。和那女人扯上关系不是一件好事。真是让人担心啊。”

“我倒不是因为嫉妒才这样说的，真的是为了老爷担心，那女人太坏了。”

贯一思来想去，总觉得难以接受。

“这是什么时候开始的事呀？”

“就最近的事。”

“您不放心，是吗？”

“所以我想请你帮忙。本来我想找个机会说说他，可没有证据不好开口，我也想去调查，可是我又对外面的事情完全不懂。”

“所言有理。”

“所以，我请你帮我暗中打听一下。要不是你躺着，我真想今天就拜托你做些事情，太不巧了。”

夫人既然这样说了，就没有其他选择了。何况她还带来了这些红茶和栗子，贯一暗自笑道，我可卖得太便宜啦。

“没事。您想让我做什么？”

“真的吗？那太对不起了。”

峰那张红扑扑的脸看上去高兴极了。

“不必客气，请讲吧。”

“真的吗？真的可以说吗？”

峰看到贯一爽快地一口应允，反倒不好意思了，早知如此单是红茶和栗子不免太少了些。

“要劳烦你我真是过意不去，你去冰川看看就行了。到畔柳家看看老爷去没去。如果去过，那什么时候去、什么时候回的。我看啊，他十有八九根本没去。你去打听清楚这个就行了。只要知道这个，侦探工作就完成了。”

“那我这就去。”

贯一起身，正要解开睡衣腰带时，峰说着“别忙啊，我让人去给你叫车子来”，便急忙下楼去了。

贯一在房间里思索着这件事的真伪，换好衣服后走出了房间。

“被妻子抛弃，学士当不成，当了高利贷者的伙计，现在又变成夫人的私人侦探了。”想到这里，他不禁暗自发笑。

第四章

一

贯一径直跳上车子，直奔位于冰川的畔柳家。畔柳家宅就在田鹤见子爵的宅邸内，只是要从后门出入。宅子位于子爵公馆的侧面，占地一千平方米，外面围着一圈木栅栏，是一栋具有古典式样、非常幽雅的两层楼。建筑朴素低调，木料的使用很是讲究，听说全是子爵公馆改建时换下来的旧料。

凭贯一和主人的身份，是不能在这里随意出入的，平日来访要走玄关旁的格子门。贯一站到门口，发现地上没有鳄渊的鞋子。是回去了，还是不曾来过，抑或来过之后又走了？无论如何，都正如峰所说。可也不至于因此而怀疑他。他思量着，叫人来开门。可是叫了半天，也无人来应。又过了一会儿才听见了熟悉的主妇的声音，她呼唤了侍女，无人回应后最后只得自己来应门。

“哎呀，快，请进来！你来得正好。”

她的一双眼睛大得出奇，大病初愈般的身体像一支灯芯般瘦弱不堪，可一开口声音倒清脆有力，这声音究竟是从哪里发出来的？贯一目惊耳惊，像看着一只怪物。她年纪刚满五十，头发却花白了，看起来比她丈夫更苍老。

贯一恭敬地作了一揖。

“我今天还有别的事，就此告辞了。请问一下，我家老爷今天早上可曾来拜访？”

“没有，他没来。其实我家先生说有话想和你商量，正想找你来。只不过他现在去公馆了，我马上派人叫他回来，你进来等一会儿吧。”

说罢，贯一随主妇进入客厅。她喊了一声在井边的侍女，叫她速速去通知主人。然后她又端出了烟和茶放下后就回到了内室，没再出来。其间贯一独自思量着用什么办法来侦查这件事。不一会儿，侍女似乎回来了，主妇走了出来，用惯常的声音说：

“我家老爷说，他在子爵那边目前走不开，劳驾您上那儿去。很近，我叫侍女带您过去。那个，丰！”

贯一告辞后走出门，看到厨房门口的矮墙边候着一个伶俐的二十岁左右的侍女，一脸驾轻就熟的表情，等着为贯一带路。他们沿着矮墙行走，拐弯后踏上了一条鹅卵石小径，小径的尽头便是子爵公馆。在一排三间仓库似的屋子后面，有一行高大的梧桐，树荫下面有一条干净的小路，小路尽头有一道木栏杆，中间有一扇小门，进入小门有几间平房，屋顶上的烟囱里炊烟袅袅，正巧这时候从大门进来了几顶轿子。贯一从小门而入经过厨房，传来一阵酒香和煮物的香气，厨房里人声嘈杂，看来是有客人来访。侍女将贯一带到了畔柳所在的房间。

二

畔柳圆卫的女儿静绪在子爵公馆里当勤，今天专任招待女客。她梳了一个高髻，换了衣服和妆容，殷勤地接待客人。有客人想要游览宅邸，她就先领着他们去了洋房的三楼。在那盘旋楼梯的半腰上，静绪看到了一个背影，单从背影来看显然是一位贵妇。圆髻光滑如漆，上面点缀着一颗直径达两厘米的珊瑚珠。身穿一件冷艳的白领贵族鼠色的五纹绉高缩缅单衣，系海松色彩纸散开纹样的缥珍腰带，在背上高高地打了个结。淡红色花纹长襦袢的裙边随着脚步而缓缓飘动，散发芬芳，一双绢袜宛如盛开的山茶花。

静绪走到墙壁一侧，赶了两三个台阶，想走到那贵妇的前面回头一睹其芳容。贵妇低着头上楼，头上那把莳绘梳看得静绪出了神，一脚踏了个空，咚地一下差点摔下去。幸好没有受伤，不过她担心的倒不担心这个，而唯恐让贵客受惊。她一脸惭愧地说道：

“让您受惊了……”

“没事。你有没有哪里受伤？”

“没有。让您受惊了，请您原谅。”

这时她如履薄冰地走上了一阶，贵妇看到她散开的腰带连忙喊住她：

“请等一等。”

贵妇上前要为静绪系腰带，静绪惊慌失措。

“哎呀，真不敢当。”

“没关系的。来，别动。”

“哎呀，这真是不敢当。”

静绪不好推辞，于是接受了贵妇的盛情，心中涌上了许多感激之情。贵妇温柔的姿态仿佛樱花一样。她忆起父亲曾为她讲解《女四书》[①]中的《内训》时常说：“五彩盛服，不足为贵；贞顺守道，是为妇德。”这位贵妇正应了这几句，正是不因美貌而沾沾自喜、违背妇德。静绪深切地觉得遇到贵人了。

到了三楼，静绪先走到西北侧的窗边，卷起绿色的窗幔，拉开玻璃窗。

“请到这边来看看。这里的视野最好。”

“啊，多美的风景啊！能看得清富士山。哎呀，桂花真香！是府上种的吗？”

贵妇眺望着秋日晴朗的景色，心驰神往，恍惚如梦，伫立良久。阳光透过窗子照了进来，洒到她的身上，衣襟上的珍珠别针闪耀着像在燃烧。她亭亭玉立的身姿倒成了这纯净无瑕的景色中的一个点缀，仿佛插在玉壶里的一枝白花，圣洁耀眼。静绪身为一个女子都不知不觉地看入了神。

①中国封建社会对妇女进行教育所用的《女诫》《内训》《女论语》《女范捷录》四本书汇集的总称。

她眸子中的清爽似要滴出眼眶，两条柳眉如画一般流畅，唇边散出了花蕾的香气，鼻梁高挺，肌肤细腻，富有光泽，白得透明。如果非要苛求她的样貌，便是头发虽然浓密有光泽，绾起的发髻鬓角有些凌乱，纤细的身材弱不禁风，面容消瘦，似乎心底里隐藏着无尽的哀愁，颈间的细纹也令人怜惜。

这样瑕不掩瑜的美貌静绪从未见过，心中大受震动，因而刚才在楼梯上的失态也早已忘记了。静绪仿佛要把她吞下去似的予以凝视。想到自己，虽然也有着让人回顾的美貌，可在这贵妇身边就像失去了香气的花草，不免相形见绌，然而她不识自己的愚蠢，也不想想自己的不如人处。这位贵妇的怀表是金，别针是珍珠，五指都戴了戒指，甚至出入都有马车代步，这些于她都无愧。既有妇德，容姿姣好，再加上荣华富贵，真是占尽了上天的恩惠，也享尽了人世的幸福，世上还有第二个这样的人吗？美而贫，不得不卖；富而丑，不得不买；二者兼得，世所罕有。身为女人，有这等身世，幸运程度不亚于男人。年轻女子的羡慕和嫉妒之情让静绪对这位贵妇产生了敬畏之心。

她只顾欣赏贵妇的美貌，竟忘了为招待客人而带在身边的望远镜。这是子爵从法国带回来的名器，她这时才取出来向贵妇介绍。这东西小得一只手便可握住，可是其能力却有如神助，可以看到很远的目标。镜筒用白玉制成，上面还有一些精巧的黄金零件。

贵妇拿起望远镜，爱不释手，仿佛忘却了周遭。她一会儿向南一会儿向北地望去，感叹于其精巧。

“那边远远地可以看到一根牙签一样的东西，那是一根旗杆。

上面淡黄底红条纹的旗子也看得清清楚楚，而且顶上还停着一只鸢，近得好像可以用手捉到。”

“哎呀，是吗？据说这种眼镜在西洋也不多见，在招魂社举行祭典时，狼烟中的人都看得清。每当看到时，我心里总在想，看得这样清，若话也听得清该多好哇！因为看上去很近，所以也会想听听那声音。”

“要是声音也听得见，那么这里那里的声音不就混杂在一起了吗？”

听了这句话，两个人都笑了起来。静绪已经习惯了招待客人，虽然有些含蓄，谈话倒是很有一套。

“子爵第一次拿给我看的时候，我倒真被他骗了。他问我是不是看到的东西就像在眼前，我说是的，于是他又说，看到东西后立刻把望远镜放在耳旁，如果速度够快，声音也能听得到……”

静绪滔滔不绝地说着，贵妇笑呵呵地看着她倾听。

“我急忙把望远镜放在耳朵上。”

“哎呀。”

“什么嘛！一点声音都听不到。我这么一说，子爵又说我移动的方法不对，于是他示范给我看，我又试了几次，可还是什么都听不见。子爵又说我‘你太不行啦’，后来他叫来亲戚和管家，大家都试了试。”

贵妇听了，禁不住笑出了声。

“哎呀，是真的！后来，子爵又说我们放得不对，必须再快些。公馆里的速水先生因为移动太快，望远镜碰在了耳朵上，都出血了！”

静绪看贵妇听得津津有味，便去拿了椅子来邀她坐下，然后又接着讲。

“这么着，谁都没有听见。于是子爵亲自试验了下，确实什么都听不见。这是怎么回事？子爵又煞有介事地假装认真思考，最后他又说，在法国的时候的确听得到，一定是因为日本的气候不同，空气的状况和望远镜不适合。大家听了都信以为真了，一年都没发现这是骗人的。”

贵妇手拿着望远镜，听静绪讲故事。她兴致勃勃的，仿佛亲眼看到了这个恶作剧。

“子爵真是个有趣的人，这种玩笑也能随手拈来。”

“不过近两三年来，他的心情不太好，老是板着脸。”

贵妇知道子爵的病根是书房里的那幅半身肖像。这时候，她也陷入了平素的茫然，流露出满腹哀愁的表情。

过了一会儿，她缓慢起身，拿起望远镜，把焦点定近处，随意张望着。偶然看到一棵茂密的楠树，上面结着罕见的果实，她正在研究是什么树时，忽然发现枝叶后面有一张脸，看过去后发现那张脸是自己忘不了的那个人的。

贵妇紧紧地握住望远镜，慌忙拭了拭眼睛，又留心观望时，枝叶挡着视线怎么也看不清。她左右移动望远镜，终于在一个空隙中看到了。那里有两个人相向而站，其中一个是黑发，头顶已秃，这是刚才打过招呼的总管畔柳。另一个大概三十来岁，浓眉吊眼，此人的脸何止熟悉，简直就是忘不了的那张！贵妇认出那人后，拿着望远镜的手不由得颤抖起来。

漫长的四年里，比水中花更加虚幻的爱恋和怀念的朝朝夕夕，日日夜夜在魂牵梦萦中的正是此人。热海的朦胧月夜，满是泪痕的脸庞，是一生都难以忘怀的纪念。不论刮风下雨，都祈祷你安康，矢志不渝，你恨之入骨的宫就在这里。上次一别，再无讯息，不知你受了怎样的劳苦，脸色竟是这样憔悴，衰老得像换了个人。或许因为生活得坎坷，身上穿得这样落魄，虽然书生气尚未消失，但总有些无家可归的感觉。她想到这里，心痛欲裂。此人似乎正在说笑，脸上现出了明朗的笑容。而贵妇的眼泪却像断了线的珠子扑簌簌地掉了下来，不由得要哭出声来，这时注意到旁边有人，不免有失体统，无奈只得取出手绢来紧捂着脸。静绪见此不免受了惊吓。

“哎呀，您怎么了？”

“没什么，我的大脑有恙，眼用多了就会晕眩，还会淌眼泪。”

“请坐下吧，我给您按按。”

“不用了。休息一会儿，很快就会好的。麻烦你给我杯冷水吧。”

静绪匆匆转身，正要迈出脚步。

“对了，你不要告诉别人。不用担心，真的，你千万别告诉别人，就说我想漱口，所以请你拿来一杯冷水。”

“是，我知道了！”

静绪刚下楼，贵妇就立刻拿起望远镜，望着那被树叶遮挡的面影。一看到对方的脸，眼泪就蒙上了眼，她无可奈何地瘫倒在椅子里，眼泪肆流。

三

这位贵妇正是富山宫，今日与丈夫唯继一同受田鹤见子爵的邀请来访，现在趁男人们正在喝香槟，她便在院子里游览。

子爵和富山的交往始于最近，因为二人都是日本摄影会会员。任宫一个人去游玩，二人谈得兴致勃勃，也就明白他们谈的是什么了。富山期望和这位贵族结成亲密的朋友，因此尽量获取对方的好感；而子爵尽管不觉得对方可交，但也不好疏远，因而在所有的会员中和他最亲近。前些日子，富山为了表达对子爵的倾慕，以请子爵鉴定家里所藏一张据说是提香的描摹画为名，特地把他请到位于芝区西久保的宅邸里殷勤地招待了一番。今天子爵就是为了还礼，才邀他们到公馆里来。

摄影会的会员们看到富山这样频频示好子爵，猜不透他的真心，但都认为他有求于子爵，因而鄙视他，可也并不见他有什么目的。富山对于交友是有选择的。他绝不会和一个不论在地位、名声、家世，还有资产上没有一样能够胜过他的人交往。要想做他的朋友，至少某一方面要优越于他。实际上，他确实有一些良友。既然他并没想过利用他们，那么这次和这位有福的贵族交友自然也不是为了利用。他只是看到一个满足条件的人，便结识了。因此，他的朋友圈中找不到一个人可以共患难。在他看来，所谓朋友就是一起玩乐的人。如果说要共患难，那他既不缺少金钱，也用不着别人帮忙，更何况他深信根本不可能会有朋友在他患难时相助。他选择的所谓够格的朋友，不外乎这个原则。他交的朋友都是满足条件的，不过净是些酒肉朋友。如果他在交友上这样就能满足，那他在选择妻子时是否有勇气采取相同的原则呢？他最爱的妻子不正逃过了唯一应该守候的丈夫的眼睛，而为卑鄙的高利贷者的伙计流下了相思泪吗？

宫身边没有别人，便尽情大哭起来，好像在热海的沙滩上被她一脚踢倒还不够，还要在这里继续下去似的。这时候，楼梯下传来了轻轻的脚步声，她拭去了眼泪，故意在屋子中央的桌子旁踱步。不一会儿，她用静绪端来的冷水漱口，又吞服了随身带的药片，心里似乎舒服了一些，于是又倚在窗边向外眺望。

“你看，那边有两个男人在讲话，那里也在子爵公馆范围之内吗？”

“哪里？哦，是的，那是家父工作的地方，似乎还有一位客人。”

“你家也在这附近？”

“是的，就在宅邸里。从这里直走，不一会儿就到了，那个，仓库左侧有高大的枞树，树荫下有一栋二层小楼，那就是我家。”

“哎呀，原来如此。从这下面一直走就能到府上了？”

“是的。就在公馆的后门旁。”

“哦，原来如此。那你可以带我到院子里参观一下吗？”

“虽说都是宅邸，可是靠近后门的地方都肮脏得很，没有可观赏的。”

宫打算离开这里，又望向了树后面的人影。

“我随便问一下，那边正和令尊谈话的是什么人？”

静绪并不知道经常和父亲来往的鳄渊是高利贷者，因此只是按照父亲的话回应道："那是番町做地产生意的鳄渊的伙计，据说姓间。"

"哦，会不会弄错了……"

宫自言自语地嘟囔着。她心存怀疑，又向那里眺望。

"番町的什么地方？"

"据说是五番町。"

"常常来府上吗？"

"是的，常来。"

从这些话中，宫得知贯一现在寄身于五番町的鳄渊家，这样一来就能找到重逢的机会，这个消息对她来说真是难得的收获。不过，今后究竟何时可以相见却是无可预料的事。今天借助神力获得这一奇遇，她心中暗自期待最好能见一面。即使被对方怒目而视，即使见面互相沉默，至少能见面，四年来如饥似渴的爱情煎熬着他的心。

不过她担心的是，这件事太危险了。自己是宾客之身，旁边又有人相伴，而间只是一个伙计，若是狭路相逢后发生什么事，我们夫妇将会受到奇耻大辱。只要别人不知道，只有我一个人受辱，那么即使他把口水吐到我脸上，我也不会厌恶。若要放弃这次奇遇，又太可惜，要相逢只有今天——眼看此事要泡汤，心里怎能不烦躁？不能错过今天这个机会！她痛苦地思绪不止，下定决心就说想去看看静绪的家，让静绪带她绕一圈。她们走到公馆的后门，从公馆和静绪家共用的门走出，到了围墙边的石子路时，静绪斜指着父亲办公的房子说：

"那里就是家父招待刚才那位客人的地方。"

那里耸立着高大的楠树，这时恰好飞来一只啼叫的小鸟。宫的心里莫名地堵得慌。

从下楼后来到这里只花了短短的时间。那人可能还没有回去，万一他从这里出来的话可怎么办？宫还是很害怕，虽没有停下脚步，心里的思绪却烦乱得很，静绪的话都没有听见，就这样不知不觉来到了后门旁。

贵妇不像是在游览，她没有抬头张望，只是低着头，像在思忖着什么。静绪感到有些奇怪。

“还不舒服吗？”

“没有，已经好多了，只是胸部有点难受。”

“那可不行。还是回客厅去休息一下吧。”

“屋子里没有外面好，再走一会儿就会好的。哎，这里就是府上吗？”

“是的，正是敝宅。”

“哎呀，真漂亮！木槿也这样茂盛。一片白，真是美极了！”

石子路的尽头就是畔柳家，再往前虽然也有路，但就不是客人该去的地方了。可以看到仓库、晒干场和水井等。围墙这侧，橡子落了一地，旁边有水流的小路是鸡犬活动和休息的地方，看上去有些破败，静绪连忙转身往回走。贵妇想跟着转身，突然心里袭来了一阵恐惧。

沿着这条路继续走，如果那人正巧出来，那可连回避的地方都没有，非照面不可了。虽然是我期待的事，可静绪还在旁边，怎么办呢？即使我假装不认识他，可又怎么能保证他看到我时不会吃惊呢？本来他憎恨我，我猜他是不想和我说话的，但也绝不会像路人那样擦身而过。在这里遇到我，他将会如何震惊啊！仇人狭路相逢，他会如何愤怒啊！静绪看到他那激动的样子，一定会觉得我可疑。想到这里，宫的身体一阵火热一阵冷汗，脚仿佛被土地吸住了似的瑟缩着不敢向前走。宫不敢想象。只要有一条岔路，她就能躲避一下，可问了静绪得知这里没有岔道。宫后悔不该走上了这条死路，她惊慌失措起来，脸上现出了不安的神色。静绪不时瞥着她，她更加害怕了。这时候她心慌意乱，脚步倒加快了，心想只要能靠近小仓库就万事大吉了。她这样打算着，急迫地赶路，不料这时转角处出现了一个人影。宫眼前一黑。

贯一先告辞，心想着见了峰就顺着她喜欢的话说，说得含糊些。他把黑色中折帽拉到眼睛上方，用上学时训练出的急速步法拐过了小仓库的拐角，从梧桐树间出来，走上了那条石子路。

四周没有别人，忽然两个女人的身影映入了他的眼帘。一个是畔柳的女儿，他一下就认出了。另一个侧过脸的贵妇穿着华丽，看来是子爵家的客人。两方越走越近，到了距离两米的时候，贯一首先殷勤地向静绪打招呼，宫则尽量缩在了一旁，凝视着贯一。宫脸色惨白，仿佛月光下面的葫芦花，凄凉无比，两腿打着战，胸腔发出了行将炸裂的轰鸣，越是怕被发现，就越是颤抖、轰鸣。除了贯一的面影看得清楚以外，自己是死是活都不知道了。

贯一抬了一下帽檐，从她们身边走过时，瞥了一眼子爵的客人。不料双方打了照面。是宫！淫妇！铜臭的肉蒲团！贯一感到震惊，又愤怒，眼珠一动不动，眼眶里不由得蓄满了泪水，恨不得一把抓住他，可还是暗暗咬紧牙关。交织着怀念和羞惭之情的宫也不知如何是好，唉，要不是旁边有人，真想上去抱住他。宫不知该怎样表达思念的心情，只好蕴藏在眼神里，至少他看到后能了解自己的真诚。

贯一跨出一步，和刚才一样步履匆匆与他们擦身而过。宫扭过脸背着静绪，咬着嘴唇向前走去。静绪非常诧异，不清楚怎么一回事，推测可知事出有因，可看到客人的脸色这样忧郁，也踟蹰着要不要询问，静绪小心翼翼地把这位客人带到了庭院入口。

“您的脸色很不好，还是回屋子里休息一下吧，如何？”

“脸色那么不好吗？”

“是呀，很苍白。”

“哦，是吗？这可麻烦了。如果就这样去他们那里，反而会让大家担心，不如先在庭院里转一圈，待状态好些后再回屋子吧。不过今天多亏了你的照顾……托你的福，我才……”

“哎呀，您客气了。”

贵妇从无名指上摘下一只刻着小鸟的金戒指，用怀纸包着递给静绪。

“真是对不起，以此略表感谢。”

静绪惊得不知所措。

“哎……这个……”

“没关系，收下吧。不过，请不要给别人看，也别告诉令尊令堂，好吗？”

贵妇拉着静绪，把戒指塞给了她。二人若无其事地来到树林里泉水上的木桥时，已经能听到那边书房里贵妇的丈夫高亢的笑声。

宫在散步时尽量想让自己激动的心情平静下来，脸色恢复正常，无论如何不能被人看出来。可这就像偷喝酒的人欲证明自己没醉一样。

刚才的那场相逢深深地刻在宫的心上，无法忘怀，使宫永不枯朽的爱情又萌发了新芽。宫心烦意乱，痛苦不堪，每走一步，心中就会更紧张，全身的血液仿佛倏地一下涌上心头，煎熬难耐。这时如果能独自一人待在家里随意活动就好了。可现在却必须在人前勉强社交，强颜欢笑，多么烦闷啊。宫依旧紧咬着嘴唇。

走上假山后面乱草丛生的小路，到处都是蔓藤、金丝草、紫茉莉，还有湿漉漉的芦苇和芝草，路边有一池清泉，泉水尽头是一个池塘，边上生着茂密的斑竹，竹林中隐约可见一座用石头砌成的小高凉亭，石头上长满了青苔。二人蜿蜒曲折地绕到凉亭里，烦恼的贵妇便坐下来休息。

宫看到静绪在柱子边站着，便说：

“你也累了吧，在那里坐下休息一会儿吧。我的脸色还是很难看吗？”

宫的脸色不但还像刚才那样苍白，下唇仿佛受了伤，有些出血，静绪惊讶地说：“哎呀，您的嘴唇在流血。这是怎么回事？”

宫用手绢拭了一下，雪白的丝巾上印着一朵石榴花瓣似的斑迹，又从怀里取出怀镜一看，才知道是自己刚才咬得太重了。这时宫看到了自己惨白的脸色，就算在庭院里走上几圈，大概也无法掩盖。宫在心里不禁如此暗嘲。

忽然，从假山后面传来了一个女人的声音。

“静绪！静绪！”

静绪走过去，拍手以示回应。不一会儿，二人似乎在竹林后说了些什么，然后一齐走到贵妇面前，行了礼。

“他们在客厅里已经等了好久。请您马上过去吧。”

“哎呀，是这样吗？我们到处闲逛，花了不少时间。”

拐了弯，静绪把宫领到了云带桥。过了桥，即可望见正面的书房。宫看见屋子里摆满了杯盏，丈夫正坐在席上。

子爵看到宫，来到走廊里挥手示意。

“走过那座桥，这边有一个石灯笼，请到那边等一下。我想给您拍张照。”

照相机已经架在合适的地方了。子爵走到庭院里，快步钻到覆盖相机的黑布下，左右来回调整镜头。

“啊，光线可真好！”

富山唯继也想看看，于是慢悠悠地从屋子里走了出来。他一手夹着吸到一半的雪茄，另一只胳膊缩在绣有五纹单衣的袖子里，咧嘴嬉笑。

“啊，您得站在那儿，怎么还走过来了？”

子爵一脸慌张地从黑布下面钻出来。

“不行！必须待在那儿。什么？不想拍？——不行！花不了多大工夫，请吧。”

“哎呀，这话说得可真好呀。‘花不了多大工夫’，太好了。”

“不这样请求的话就不行啊。近来比起请我照相的人，还是我请别人照相的时候多。来吧，夫人，请上那边去，静绪，快把夫人领到那边去！”

唯继以眼色示意宫：

“你快点过去，人家好不容易准备好的，拜托你啦。好吧？就站在那个石灯笼旁边。这台相机非常好，所以拜托你啦。没什么可害羞的。什么？不是害羞？对，用不着害羞，在家里也常常照相，就像在家里一样就行了。姿势我在这里看着，你快过去吧。靠着石灯笼，手撑着脸，望着天空也可以哦。怎么样？”

“很好，很好。”子爵点头称赞。

宫尽管心里拒绝，但又无法拒绝，于是走到子爵指定的地方站好。唯继看他，又说：“呆站着可不行啊，手里拿些什么才好。”

唯继咕哝着穿上木屐，快步走过去，按照自己所想，让宫把身子靠在石灯笼上，手撑着脸庞，抬头仰望天空，又拉平了宫袖子和衣摆上的褶皱。“好了”，他稍微退后几步端详，这时才发现宫的脸色不好，看上去很痛苦，他走近问道。“你怎么了？你的脸色怎么回事？哪里不舒服吗，嗯？脸色很异常啊，怎么了？”

“有点儿头痛。”

“头痛？站着难受吗？”

“不，没这么严重。”

“难受的话不必勉强，我去说明情况拒绝他。”

“不，没关系。”

“行吗？真的行吗？不用勉强哦。”

“没关系的。”

“是吗？可你的脸色真的很糟糕。”

唯继恋恋不舍着不忍离开，可是等不及的子爵喊话了。

“怎么样了？”

唯继慌忙移开身子。

“这样可以吗？”

子爵调整了镜头的两三处细节，然后就把底片插进了相机，唯继心领神会地避开了。

宫仰望天空的眼睛里充满了烈火燃烧一半的眼神，忧郁不堪的样子并不是逢场作戏。鲜艳的衣裳衬着苍松翠柏，背景是秋高气爽的天空，四条腿的石灯笼脚边开满了杜鹃花，附近的池塘里还有两只正在寻食的白鹅，真是一幅美丽的画面。子爵欣喜地站到镜头旁，正要摁快门时，贵妇的手忽然一松，身子伏在了石灯笼上。

第五章

游佐良橘在乡下和在东京读书时都以严谨著称，可是在日本周航公司上班的今天却被三百圆高利贷刁难，这件事让他的朋友们都很惊讶。有人说是结婚的费用，有人说是为了在外装面子，还有人说那是他惹下的风流债，这笔莫名其妙的负债和美丽的妻子对游佐来说是两件极端之物。可是这件事是由于他被某件不得已的事牵连，盖了印章，很不光彩，不过确实是受了义理的余害。同情他不幸的有两个人，一个是外交官候补法学士蒲田铁弥，另一个是同公司的货物科的法学士风早库之助。

大凡高利贷的手段，就是把水卖给口渴的人。渴到极致的人即使割肉来换都在所不惜。趁此际卖水，一杯水的价值无疑相当于玉浆。所以那些口渴得不能瞻前顾后之人就会购买，只要能缓解口渴就会高兴地将之视为玉浆，待发现那原本不过是清澈的水时，即使悔恨，也必须要割肉以偿还加倍的鲜血。唉，从世上最胆大的高利贷者处借钱，借钱的人岂不是更加胆大？可是，借高利贷的人都是有用才借的，因此必须要做好相应的心理准备。这是风早法学士对高利贷的看法。游佐不是这样的人，而且也没有这种心理准备，实在是遭遇了大祸，他的为人经常把自己弄得郁闷不堪。

近来同乡会要举办秋季大会，今天委员会会议结束后，他们三人一齐走向游佐家。

“家里没什么好酒菜，松茸倒是很新鲜，还有从厂家直接拿来的黑啤，再买些鸡肉，今夜就能畅谈一番了。”

游佐摆弄着半圆形的熏猪肉罐头，那正是在回家途中买的。

蒲田的声音朗朗传来，让人听了心情愉悦。

蒲田说：“那倒不必了。既然要住在你家，也就不必着急，先来一局游戏怎么样？你最近可以抵抗风早了，真是进步很大呀！不过，反正再长的脚也比不过貂，接下来还得靠运气，不是吗？最近运气也不灵了？哈哈哈哈哈，那可真是请节哀顺变吧。不过没了运气，你的进步也很大啊。这样就能一比高下了。”

风早照例发出嘶哑的大笑声：“再要进步的话，扎杆[①]就要戳破桌布了，这可不行。”

蒲田说：“久病成良医嘛。从此我就能懂得扎杆的真谛了。”

“哈哈哈，你们不知道我最近的缩杆手法吧。”风早说道。

游佐听了笑了起来。

“你的缩杆没说的那么厉害吧。前几天那老板还说，风早缩杆三次就会用去一半新的巧克粉……”

①台球术语，指击球时将球杆与台面成一定角度或几乎与台面垂直，由上而下击打主球。

蒲田接着说："说得妙。"

风早说道："巧克粉用得多少跟手法好坏没关系。游佐一场球下来要换好几根球杆，也不见得就好。"

蒲田抬手制止了他："好了，不要再说了。纠人错误者也不会有大本事。可怜啊，你们的球技和我蒲田比，八十分就已经是顶峰了。"

风早反问："何止八十？"

蒲田道："那是多少？"

"八十五。"

"五分太没出息了！可知你的野心也不过如此。"

"随你怎么说。我们去玩吧。"

"什么叫一起去玩?!应该请我去玩。"

话没说完，侧腹就被人打了一拳。

"啊，好痛！你那么凶，所以每次球都滚到外边去。风早的球暴烈，可以叫作疯癫球；游佐打球太软，可以叫作魔芋球；两个人打球就像雷公打蚊帐。"

风早不禁说道："哎，那你能打多少分？"

蒲田一本正经道："嗯，太多也不行，就比风早多二十分吧！"

二人吵得不可开交，恨不得马上决一胜负。游佐将他们二人分开。

"我们喝完酒再玩吧。夜长着呢，到了后面再玩吧。回了家泡个澡，然后再慢慢开始嘛。"

走在热闹的大街上，在汤屋拐弯后到了一条半宽的小巷，有几家商店，但很僻静，住宅居多，不过中间有一家当铺，旁边是一扇格子木门，门里有个院子，门口栽着交让树，这便是游佐的家。

游佐打开格子门，让二人进去，这时他美丽的妻子出来相迎，她看到有客人时略显出了迷惑的神情，不过瞬间微笑着迎接如常。

“请上二楼。”

“客厅如何？”丈夫询问道，妻子更困惑了。

“现在有客。”

“那你们先去二楼吧。”

两位客人熟门熟路，穿过四叠的长房间径直上二楼去了。他们走后，妻子小声说道：“鳄渊来了。”

“来了？”

“他说想见你，不管我说什么都不回去，他在客厅，你去看看，赶快让他回去吧。”

“松茸好了吗？”

妻子被这不经心的询问惊了一下。

“说什么松茸，赶快去吧……”

“等一下嘛。还有之前的黑啤啊……”

“啤酒和松茸都有，所以赶快去打发他吧。他在家里，我的心情就不好。”

游佐皱着眉头，也觉得有些棘手。二楼照例还在争辩游戏的问题，他们的大笑声让妻子心里更加不快了。

不一会儿，游佐上了二楼。

蒲田提议道：“我们一起去泡澡吧。你借我一条毛巾。”

游佐说：“哎呀，待会儿给你，我们一起去。唉，真没办法。”

风早说：“来，坐。怎么了？”

游佐回答："想坐也不能坐啊。楼下高利贷来了。"

"那家伙又来了？" 蒲田问道。

"刚才就来了，在客厅等着呢。真麻烦啊！" 游佐站起身来，手扶着头缓缓向柱子靠去。

"说点什么先把他打发走。"

"他怎么都不肯回去。真是个怪家伙，被那家伙缠上可真是受不了。"

"给他两三圆算了。"蒲田说道。

游佐解释道："每次都给，可一定要我写新的借据，光给他延期利息他是不会走的。"

风早听了也觉得棘手，说道：

"蒲田，你去谈判，把他打发走。发挥你的雄辩本领。"

"这和其他谈判不一样，他只想要钱。空手去怎么谈都没用。而且不知不觉就会钻入他的圈套，像扑向火苗的飞虫，总之你去探探吧。我在旁边站着听，帮助你临机应变。"

游佐觉得这件事还是难以解决，但拖着也不是办法，于是重振精神下楼去了。

风早说："真可怜啊，走投无路了。他一直都在担心这件事。你，想想办法帮帮他吧。"

蒲田也说："我们去看看吧。担心什么，这种事不必担心啦。游佐太弱了，这样可不行。越这样越会被摸清老底。不过是高利贷，金钱关系而已，不会威胁生命的。"

"虽然无关性命，可有关名誉啊。绅士应该是避开这些事的。"

"用不着害怕！绅士放高利贷才会影响名誉。借了高利贷的人比那种借低利息甚至付不出利息的人大方多了。绅士也不是没有贫穷的日子，穷了就借。又不是借了不还，一点儿都不会损害名誉。"

"领教了。可是借了高利贷的绅士还是很担心啊。"

"退一步说，借高利贷会让绅士名誉受损，那从一开始就不要借不就行了？既然借了就没办法，何必再以借之前的惭愧心理来面对呢？宋朝时，当时发生了某种战乱，献策者中有人认为不必兴师动众，只要派一个人到河流上游向敌方朗读《孝经》，敌方自会退却。这虽然好笑，可是游佐就是在向对方朗读《孝经》哦。已经借了，利率四成，每隔一个月还要吸一次血。遭遇了这样无法无天的事，还怀着没借时的绅士道德、道义、良心是行不通的。要是能理解《孝经》，他们才不会从事高利贷的营生呢，他们不过是一群只会算计的野兽罢了。"

蒲田得意于自己的雄辩，大气不喘地继续说道："一不做，二不休。游佐要是没借也就算了，既然借了，面对这种无法无天的家伙自然不用抱着什么绅士的良心，借前的良心和借后的良心是两码事。武士精神和商人根性原本也是同一种东西。只不过根据情况变成了精神和根性。尽管是商人的根性，也不容许不义不德之事，这和武士精神没什么不同。只是做了武士就成了武士精神，做了商人就成了商人根性。所以绅士没有借高利贷的时候应该有武士精神，借了高利贷后，就不得不具备商人根性了。终归说来就是对付敌方的手段。"

"这些我向来同意。不过呢，至于你所说的绅士借了高利贷还具有荣光这一点……"

蒲田做出一副退缩的样子，说：“这倒是有些白马非马了。”

“要不你下去看看吧？”

“好吧，一剑深入蛟鳄之渊。”

“空拳也无可奈何啊。”

蒲田付之一笑，从二楼下去。风早一个人坐卧不安，正不堪无聊时，游佐的妻子终于端了茶来。

“真是太失礼了。”

“蒲田去客厅了吗？”

风早面对这位美人还有些羞涩。

“是的，他去了，在拉门那里听呢。让您二位见笑了，真是不好意思。”

“哪里的话，我们又不是别人，都是熟人，没关系的。”

“这家伙一来，我就汗毛倒竖、头痛欲裂。做这种恶事，毫无人性。这种人又可恶又坏心，真的是只存在于侦探小说中的人物。”

蒲田步履匆匆地走上二楼来。

“喂喂，风早，奇怪，太奇怪了。”

蒲田说着，从端坐的妇人身后走过时不小心踩了她的脚。

“哎呀，真是失礼。弄疼您了吧。真对不起。”

游佐之妻被踩得痛入骨中，红了脸，拼命控制情绪，装作无事地打招呼。风早见了，便说：

“蒲田这人总是这样粗鲁。”

“真对不起。我太惊慌了……”

“你慌什么？”

“怎么可能冷静呢?!下面那个高利贷者，你以为是谁？”

“你的债主。”

“在别人面前说这个不太好吧。”

“那真是抱歉了。”

“我踩了她的脚，而你踩了我的脸面。”

“可你的皮比较厚。”

“失礼！”

妇人脚上的疼痛突然转移到了小腹，笑个不停。

风早说：“不是说笑的时候，下面有人在受苦哪。”

蒲田：“那个叫人受苦的家伙，你说怪不怪？是姓间的那个，间贯一。”

风早像被偷袭了似的突然转身：“间贯一，学校的那个?!”

“是的，吃了一惊。”

风早从鼻孔了呼出了长长一口气，瞪大了双眼茫然若失地说道：“真的吗？”

“走，你去看看。”

更感意外的是妇人，她抑制不住剧烈的心跳。两位朋友脸上都现出了惊讶之色。

“下面那位是你们的朋友吗？”

蒲田连忙点头道：“是的。是我们高中同年级的男生。”

“哎呀！”

“传言说他退学后做起了高利贷，但是那样温和的男子完全想象不到做了高利贷，所以大家都以为是假的。没想到，下面那人就是间贯一，真是太震惊了。”

“哎呀！上过高中的人居然成了高利贷者！”

“所以没有人相信啊。”

“真是太惊讶了。”

刚才起身下楼去看的风早毫不怀疑地回来了。

“怎么样？怎么样？”

“震惊，真的是间贯一！”

“阿尔弗雷德大帝的样子还有一些吧！”

“是被逐出威塞克斯时候的样子。不过我真没想到他做了高利贷，发生了什么事呢？”

“没发生什么恶劣的事吧？”

“可不仅仅是恶劣呢。”

妇人的美丽脸庞皱在一起。

蒲田：“很过分吗？”

“很过分的。”妇人说着，一副快要哭出来的样子。

风早仿佛下定了决心似的拿起茶杯喝干了剩下的茶。

“不过，那人是间的话倒是好办多了，我们一起下去，以老友的身份和他谈判，怎么样？我善于雄辩，他不至于太过分吧。趁此机会让他把本金一起免了。他的话，应该没问题。”

风早站起来，整理好腰带。

“你好像要去吵架。”

“别废话，你也整理得精神一些，怀表挂在腰带下面，这样恐怕有损威严。”

“哦，原来如此。”蒲田也站起身来整理了腰带。

妇人在一旁说道：“给您拿外套来吗？”

“真不敢当。收拾行装时受到女人的关照，就想起了堀部安兵卫这个角色。可是在戏剧中人数众多，整理东西时都是互相扔来扔去的，互相必须得注意。”

“蠢货！间这个人。”

“突然变强了所以有点奇怪。走吧，准备好了。”

“我也好了。”

二人重新面对面端坐好。

妇人说：“给您二位上茶。”

蒲田说：“有种出门降敌的气势。我们干一杯吧！”

第六章

客厅里，窘迫的游佐和沉着的贯一相向而坐，烟盆里的火焰已经熄灭，他们也没叫人来，贯一身旁的茶托上面的茶杯是过去给肺病患者用过、准备丢掉的，游佐的妻子专门拿出来给他用。

游佐忍着愤怒，克制地说道：

“不行。朋友是很多，可是肯做连带责任人的却没有。你想想，这和其他事不同，尽管是朋友，但是借款的连带责任也不能承担。你就别再强人所难了。”

贯一沉重强硬。

“这不是强人所难的问题。不付利息，也不重立借据，这样我就很为难。无论如何，请务必今天选择一项。要说连带责任，只要你肯承担责任，也不会麻烦别人。不过是个名义罢了，一般朋友都会答应的吧。也就是说，只要借一个名义就行，我很相信你，所以绝不会为难他的。如果今天在这儿无法达成共识，我对我的主人就无法交代。如果不付利息，换成写一份新借据的话，事情也就算暂告一段落了。拜托你了。”

游佐不知该如何回答。

“哪位都可以，请在亲友中选择一位。”

“不行，无论如何都不行。”

“如果你不这样做，我就无法交代。这样一来，就必须要采取关乎名誉的手段了。”

“你要怎么做？”

“当然是扣押。”

游佐脸上强作微笑，其实心中已经退缩了。他苦恼地不断搓捻胡须，快要捻断了。

“为了三百圆和一些零头就要伤害你的名誉，妨碍你的前途，我绝不推荐这种做法。可是如果你不能按我说的来做，我不得已也只好采取那样的手段。此事关乎双方利益，你再想想。”

“那个，再立一张也未尝不可，只是你要求除了本金，还要加上从借款到今日规定的一年利息，还有这次我需要支付的一个月利息九十圆，总共三百九十圆。此外还有加上这三百九十圆应付的三个月利息一百一十七圆，这样算起来总共五百圆。你让我写一张五百圆的借据吧？可是我为了承担那笔账务的连带责任，自己一文钱没花，上次先付了九十圆，这次又要写一张五百圆的借据！岂有此理！你倒是为我考虑考虑，一文钱都没花，怎么能写五百圆的借据呢？”

贯一冷笑一声，道：

“事到如今还说这些话。”

游佐暗地里咬牙切齿地斜眼看他。

游佐因为无法避免的道义而被迫在连带责任书上盖了章，并因此遭遇了不测的大祸。这是对自己的惩罚，自然无法因同样的事麻烦别人，只能拒绝贯一的要求。可是他也无法马上支付利息，进退维谷之际，贯一一步也不退让。游佐就如瓮中之鳖，每一分钟都痛苦难耐。然而又无法逃脱困境，他痛恨不幸的命运，对面前没有人情的低贱之人无比愤怒。无法瞻前顾后了，胸腔即将炸裂。

“首先，今天还没到催款的日子吧？”

“上个月二十日应付的利息还没付，所以什么时候都可以来催款。”

游佐紧握双拳颤抖着。

“真是岂有此理！为何要收延期利息？”

“不是什么延期利息，而是到了期限还没支付，害我空手而归，所以我是当补贴和车马费收下的。所以如果这算延期利息，也不过是一天的份。”

“你，你这家伙！起初我要付你十圆，你说不收十圆，要算上三天的延期利息才收。你不是拿回去了吗？后来我又付了十圆……”

“我确实收了，不过就像我刚才所说，那是对我空手而归的补贴。所以第二天就又来催款了呀。唉，算了，过去的事先放一边……”

“什么先放一边！为什么是过去的事？”

“今天我不是来说这件事的，所以只要解决今天的事。你的意思就是，怎样都不肯立借据喽？”

“不立！”

“那么，现金也不付？”

“没钱，所以不付！”

贯一睥睨着一旁游佐的脸，投去了冷漠尖利的目光，浇灭了他不知不觉燃起的怒火。游佐立刻恢复了清醒，察觉到自己深陷危险之地，一时逞快竟说出了过分的话，这时只得冷静下来。

“那么，什么时候可以？”

游佐趁机求和：“那就等到十六日吧。”

“到那时不会再有问题吧？”

“十六日，没有问题。”

“那我就等到十六日再来……”

“要延期利息吗？”

“别急，听我说，请你写一份借据。这样总可以了吧？”

“不行……”

“我不知道有什么理由不行。另外今天我的补贴也请支付。”

贯一说着打开提包，拿出票据纸。

“我没有钱。”

“一点就行，仅作为跑腿费。”

“又是跑腿费?!给你一圆吧。”

“包括车马费一共五圆。”

“我没有。”

“那就对不起了。”贯一犹豫着，好像舍不得递出票据纸。

“唉，给你三圆。”

这时拉门一下子被打开了。两位绅士慢慢走到贯一的面前。贯一心想，这二人不待侍女的引见就闯进密谈的房间，看他们各怀鬼胎的表情，需谨慎处理，于是挪了一下座位，换了一副面孔。两位绅士分别坐在贯一的左右，把他夹在了中间。贯一恭敬地行礼。

蒲田说："我刚才就一直在观察你，原来是你啊。"

风早也说："你大变样了，我还以为是别人。好久不见啊。"

贯一愕然地望着二人，突然感到身体一热，他想起来了。

"哎呀，真想不到。我还想是谁呢，原来是蒲田和风早。许久不见，别来无恙。"

蒲田问："你过得怎么样？当时我听说你谋了奇怪的营生——发财了吗？"

贯一笑道："发财倒是没有，不过误打误撞了进了这行。"

他毫无愧色，两个人在心里都觉得不可思议。风早还打算以羞辱他来解决事情呢。

"赚钱倒是无妨，可没想到你做了这种行当。你这样性格的人怎么能做得出来呢，我倒是有点佩服你。"蒲田说道。

"这不是好人该做的事吧。"

这句话确实不是好人说的话。两位绅士不由得对这个不知廉耻的老朋友感到憎恶。

蒲田接着说："太过分了，这么说，你不是个好人喽。"

"像我这样的人如果还守着做人的本分，那在这世上可活不了。正是明白了这一点，我才退了学干了这一行。"

"不过遇到了你当好人时候的朋友，还是回到一个好人吧。"风早说罢，亲切地放声大笑。

蒲田附和道：“对对，那时闹得满城风雨啊。是什么来着？对了，你有美人相伴来着，对吧？”

贯一装作不懂的样子。

风早问：“嗯嗯……是那个吗？叫什么来着？”

蒲田也问：“喂，间，叫什么来着？”

在昔日旧友面前以这副面孔相见，贯一倒不觉得羞赧，反倒是多少有些心烦意乱起来。

“这么无聊的事。”

蒲田问：“现在还和那位美人在一起吗？真羡慕呀。”

“旧事就别再提了。对了，游佐先生，请您盖章。”

贯一从笔盒里抽出笔，在票据上面计入金额。

风早问：“哎，稍等，这是什么票据？”

贯一简单地陈述了始末后，风早道：“原来如此，不过你听我们说几句。”

蒲田始终没说话，噤声在旁倾听，只见他把吸剩的烟插进火盆，威风凛凛地将双臂交叉在胸前。

“游佐借钱这件事，还希望你给予特别优待。你也是在工作，不会给你添麻烦的，不过念在老友的情面上，通融一下吧。”见没有回应，稍等一会儿又说道，“怎么样，你觉得呢？”

“通融是怎么个通融法？”

“也就是说，在你不亏损的基础上给他减免一些。我们都知道，本金都是被他的朋友牵连的，他只不过是盖了个章。在借款人的角度，无论如何都会催账的，这一点我们完全能理解。事到如今我们也不说浑话。可是，站在朋友的角度来看游佐，他简直是受了天大的飞来横祸，太可怜了。不过，好巧不巧放款人是你，所以我才出来求情的，这话不是对你老板鳄渊所说，而是对老朋友你说的，希望你听一下我们这恐怕有些无理的请求。据我所知，对于那三百圆，借主已经付了三次利息共二百七十圆。然后游佐这里付了九十圆，合计三百六十圆。对你来说已经没有亏损了，所以我想说的是，就让游佐只还这三百圆本金如何？”

贯一冷笑了一下。

“这样一来，游佐只用付三百九十圆，可是他一文没花，所以心里已经很难受了。你们眼看着源源不断的利益到此中断，也很难受。因此比较一下谁更难受的话，你借出了三百圆，收回六百六十圆，已经算说得过去啦，而游佐的三百九十圆是全搭进去啦。想想这个，好吗？通融一下嘛！”

“简直不像话。”

贯一不由分说地在票据上面写了之前说好的金额，仿佛秋日短暂无暇拖延。风早和蒲田注视着他，眼睛里放出了怒火。他们相视使了个眼色，又严肃地看向贯一。

风早说：“怎么样？就这么办吧！”

“游佐先生，麻烦在这里盖章。期限是十六日，没问题吧？”

贯一旁若无人的行为惹得蒲田怒火中烧。风早看到他这副样子，说道：“间，稍等一下。不跟你说实情，你怕是不明白，这笔钱游佐负担不起，光利息就负担不起。长期背负债务的话，整个人都要被吞没了。这可关乎他的一生，我们也为他担心。只是心有余而力不足。现在看到是你，才觉得可能是命中注定，你就当拯救老朋友于危难之中了，答应我们吧。你也没有损失，我觉得也不算是无理的要求。你觉得呢？”

“我只是鳄渊的伙计，你这样说我难以从命。游佐先生，那今天请您付我三圆，然后在这里盖章。”

游佐手足无措，只能点点头。一直压抑愤怒的蒲田这时终于憋不住了。

“你给我等一下！刚才风早不是求你通融一下吗？我们也不是乞讨，对人要有礼貌，说话要注意分寸。”

“是在说钱的事，跟礼貌没什么关系吧。”

“闭嘴！间！你的脑子里都是钱，我看你完全听不懂人话。谁说这个了？我说的是对朋友的行为不得无理。干了高利贷就要像高利贷者那样明白自己的身份。做了这不正当的职业，和偷盗有什么区别？见了老朋友也不脸红，反倒像见过世面似的，你干高利贷很光荣吗？不觉羞耻，还拿一张票据来侮辱人，你这样我倒要让荒尾让介来看看！你这样的畜生，他还一直念着你，当你还是从前的你，前几天还和我们说，不知道你现在是否安然无恙，他说自己的亲弟弟死了都没有失去你的联系时那样悲痛。你听听，稍微有点儿良心吧！我和风早这样的正人君子都来拜托你，说了绝对不让你为难。唉，今天你就回去吧，回去！”

“没有拿到该拿的东西，我不能回去。你们要是这样担心游佐先生，那就这样办吧。首先把这份借据给我，这件事先暂告一段落。

然后再重新写一份三百圆的借据，由风早和蒲田来做连带责任人。”

蒲田有经验，他知道贯一的手段。

“嗯，可以。”

“那就这么办？”

“嗯，可以。”

“这么的话就能谈下去了。”

“不过真不好意思，这笔钱需要十年还清，无利息。”

“什么？在开玩笑吗？”

蒲田这样说完，得意扬扬地嘲笑了他。

风早说：“先不说玩笑话。接下来花上四五天，好好谈谈，今天我们好久没见，就先这样回去吧。”

“你们要说这种无理的话，那我也就不必顾及情面了。因为游佐先生已经承诺了，所以这张借据我要带回去。我还有事要去别处，日后我再来拜访。游佐先生，请您盖章。您承诺我的事一直拖延着，我很为难。”

“这家伙真是瘟神上身了，开口闭口借据的，烦死了。我来处理！”

蒲田说完，拿起游佐面前的票据说道：“‘现金壹佰拾柒圆’……这是什么，一百一十七圆？”

游佐急忙问：“一百一十七？九十圆吧！”

“这里写着‘现金壹佰拾柒圆’。”

蒲田明知是怎么一回事，倒装作不解的样子。

游佐说：“不可能吧。”

贯一斜眼看着他们一片骚乱，说道：

“九十圆是本金，再加上二十七圆，是应该先付的三成利息，高利贷的规定就是这样。”

游佐一言不发地吓破了胆。

“太……可……怕……了！”

蒲田二话不说就把借据撕成了两半，游佐和风早看着他，他又继续撕碎，然后揉作一团扔到间的眼旁。

贯一不动声色地说：“你在干什么？”

“我在处理。”

“游佐先生，这么说您不打算在借据上面盖章了，是吧？”

游佐以为他要采取下策了，心中害怕得不得了。

“不……不是的……”

蒲田膝行向前：“不，就是个意思！”

贯一认为他的鬼脸实在幼稚，便和颜悦色地对他说：

“借据这样处理算不算好我不清楚，不过你既然插手了，就要像个男人。你和我这畜生不同，你可是堂堂的法学士。”

“哦哦，我是法学士，那又怎样？”

“我说，你名不符实呀。”

“放肆！你再说一遍试试！”

“再说即便也是可以的。学士就要有个学士的样子。”

蒲田闪电般一跃而起，不等贯一说完就用胳膊抓住贯一的胸口。

“间，你这家伙……”

他说着，拧着贯一朝向他。

“这个摔几遍都不够的可恨的家伙，一看到你这张脸就想起了你头戴中学帽子和我们一起坐在火炉边的样子，哎呀，真不忍心打那个温顺的间。你这家伙，这就是人情！”

贯一如同被鹰捉住的小鸟，动弹不得。风早见此，不忍心了。

“蒲田说得对。我们还把你看作中学时和我们在一起的间，我们决不给你添麻烦，你也看在老朋友的情谊上答应我们吧。”

“来吧，间，如何？”

“友谊归友谊，借款是借款……这是两回事。”

蒲田手里一用力，贯一就被勒得不能呼吸了。

“来，你接着说，你说说看！你再这么说呼吸就会停止哦。”

贯一痛苦不堪，拼命想要挣脱，但蒲田可是学习嘉纳流①的，贯一是敌不过蒲田的。因此只好相信他说的，求他松手。游佐大惊，风早也十分不安。

“喂，蒲田，好了好了，不会弄死吧？”

“别太用力了。”

蒲田哄然大笑起来。

“这样看来，金钱还是比不过武力啊。喂，这像不像《水浒传》里的一幕？所以啊，要保障国家的利益和权力，国际法之类都是些皮毛，兵力才是最重要的。世界各国之上要是没有立法的君主，那怎么能公平正大地裁决国家之间的是非曲直呢？唯一的审判机构就是，战争！”

---

①日本柔道流派之一。日本现代柔道起源于嘉纳治五郎1882年在东京成立讲道馆，并教授与研究柔术。1884年，讲道馆参加警视厅武术大赛，大获全胜，击败实力坚强的户冢流，一时声名大起。

风早劝道："快放了他吧，看上去太痛苦了。"

"强国受到侮辱简直前所未闻。我的外交战术就是嘉纳流哦。"

游佐也劝道："让他太受罪的话，我会受到报应的。放了他吧。"

蒲田听了他们的话松了松手，但还未放开。

"喂，间，你的回答呢？"

"勒得太紧了说不出话来。我即使屈服于金钱，也不会屈服于暴力。要是恨我，就用五百圆纸币来砸我的脸。"

"硬币不行吗？"

"硬币也行。"

"那就用硬币喽！"

大意的贯一没有留意，左脸吃了一掌，他叫了一声后痛得双手捂住了脸，一时半会儿都没抬起头来。蒲田这才终于回到了自己的座位上。

"这家伙暂时也不回去。干脆我们在这里喝酒吧，边喝边谈怎么样？"

"好，就这样吧。"

只有游佐觉得不好。

"不能在这里喝酒。这样不给他借据，他是不会回去的。喝了酒只剩他在这里，可就麻烦了。"

"没事，我回去的时候把他带走。好吗？间，喂，跟你说话呢！"

"嗯。"

"你呀，有老婆吗？哦，风早！"

他说着突然拍手喊叫起来。

“哎？吓死我了，怎么了？”

“我想起来了，间的未婚妻是叫宫来着吧，宫。”

“现在还和他在一起吗？魔鬼的老婆倒是个天仙。你今天也在放高利贷吧，唉，你这样可不行啊。不过，干高利贷的人在女人面前倒是温柔得很，是吧，间？他们在外面获得暴利，其目的不过就是吃好吃的，玩弄女人，有面子，除此之外别无其他。是吧？依我们看来，之所以忍所不能忍，努力经营事业，就是为了积累财富，并进一步达成目标，例如积蓄军用资金，或是赎回当掉的传家宝，绝不是为了一己私欲。别的自私自利者先不说，间贯一一定有某种目的。用这种非常手段，一定有着非常的目的。”

秋日的黄昏很快就到来了，他们早早点上了灯。准备好的酒菜也都顺次端了出来。

“喂，那是啤酒吗？给我拿来。火锅放到风早前面，拜托好好地煮哦。哎哟，好松茸，非得是京都的才行——中间雪白，刀子切上去发出声音。今年收成不好，土壤贫瘠，虫子也多，雨水也不足。间，你的目的是什么？”

“我只需要钱。”

“然后呢，有了钱干什么？”

“净说无聊话！有了钱干什么不行？有了钱想要什么都能有，所以我就想要钱。游佐先生，您到底打算怎么办？”

风早说：“来来，先喝了这杯酒，今天得高高兴兴地回家。”

蒲田说道：“对了，我敬你一杯。”

“我不喝酒。”

蒲田坚持道："不喝不行。"

"我真的一点都不能喝。"

贯一推开面前的酒，蒲田顺势一松手，酒杯就摔在了烟盆里，打碎了。

"你干什么？"

贯一也忍耐不了了。

"什么干什么！"

贯一正要起身，蒲田捶了他前胸一下，他突然就仰面朝天地摔在地板上。蒲田趁机夺过他的提包，从中拿出借据来。贯一发疯般地上前抢夺。

"太有失身份了！"贯一上去抢夺，被蒲田抓住了手腕。

"闭嘴！"蒲田嚷道，然后把他压在地上，"游佐，你的文件应该都在里面，快去拿出来。"

游佐听了，脸色一变。风早也为这过于暴力的事感到不快。贯一大惊失色，来回扭动身子想要挣脱，蒲田跨在他身上，厉声叫道：

"都这时候了！还在犹豫什么！快点，快点，快点！风早，你想什么呢？快，游佐，都由我来负责，放心去拿！只要拿走你的文件，以后的事我自有办法！快去找啊！"

眼看二人不出手，蒲田比闷在下面的贯一更着急。

风早不赞同："太过了，不行不行。"

"有什么行不行的，反正都是我负责。游佐，这不是你的事吗？发什么呆！"

游佐吓得颤抖不已，他甚至想上前劝蒲田不要做这绅士不该做的事。蒲田看他们二人这样软弱十分生气，仿佛进入了宝山又空手而归，更加愤怒地反拧着贯一的手。

“啊啊，等一下，等一下，蒲田，你等等，我来解决。”

“得了吧。不能交给你们这些胆小鬼。我一个人就能解决，你们好好学学！”

他说着，一只手欲解开自己的腰带，不料被表带挂住了，他更暴躁了。

“你一个人打算怎么做啊？”风早说着，眼前的情况看不下去了，便靠近他们。

蒲田嚷道：“还能怎么做，把这家伙绑起来，我自己去找文件。”

“算了，太狂暴了，不要这样做。间不是说可以解决吗？”

“这家伙说的话能信吗？”

间痛苦地挤出声音：“我来解决，快放开我！”

风早趁机说：“一定要解决啊——你能答应我们的要求吗？”

“答应。”

蒲田明知他话里有诈，但自己的两位朋友都不同意自己这样做，蒲田也有些受挫，终于放了贯一。

他站起身，贯一捡回散落一地的文件，放入提包中，然后慌慌张张地回到座位上。

“那么我今天就此告辞了。”

看到蒲田如此狂暴，想必待在这里也是徒劳，心中含着恨意，表面上尽量克制，趁他们没有出难题之前赶快撤走。

“等等。”蒲田一副上级对待下级的语气，“你不是说了要解决的吗？按照约定，你不答应我们的要求，今天就别想回去。”

他这样说着，身子向贯一靠过来，一副要吵架的样子。

“我一定会考虑你们的要求，刚才被你这样欺负，我心情很糟糕，今天先告辞了。打扰了这么久真是抱歉。那么，游佐先生，两三天内我再来拜访。”

蒲田看到贯一突然转变的态度，冷笑道：“间，你准备用卑鄙的手段来报复吧？你试试，到时候我每见到你都会让你尝尝我的厉害。”

“我也是男子汉，不会恶意报复。”

“别说漂亮话。”

风早劝道：“好了，适可而止吧。间，你回去吧。日后一定来好好谈谈，到时候再解决。走，我送送你。”

游佐和风早起身送他出去，游佐的妻子从走廊进来。

“哎呀，多亏了您，真是感激不尽。我这心里好生痛快！”

“真是，今天演了一出英雄大戏。”

“太精彩了。我敬您一杯。”

刚才一阵大骚乱搞得房间里一片狼藉，游佐的妻子正在收拾的时候，看到二人回来，便说道：“风早先生，太感谢您了。不过倒是给您添麻烦了。来，您请坐，吃点东西吧！”

她的喜悦溢于言表，然而游佐却叹息着陷入了沉思。

“这下糟了，你那样揍他一顿固然好，可是不知道他会怎样来报复呢。如果明天他突然来收回抵押的东西，可就麻烦大了。”

“蒲田太过分了，我心里也担心这个。嘉纳流倒也罢了，可你不考虑以后，只会让事情变得更麻烦。”

“所以我说等等嘛。”

蒲田在袖兜里找了找，拿出两张揉皱了的文件。

“那是什么？”风早问。

游佐也问：“怎么回事？”

游佐的妻子伸长了脖子窥探着，想知道那是什么。

“我也不知道。”

蒲田铺展开一封，一看竟是开给鳄渊直行的一百圆公证书誊本，债务者自己都不知道。

二人对蒲田所持之物感到震惊，屏气凝神，瞪大了眼睛一动不动地注视着。蒲田无语，又铺展开另一封，妇人越来越靠近地窥探。四个脑袋挤在洋灯周围，像池塘里争抢麦麸的鲤鱼。

“这是三百圆的借据呀。”

他们将两张借据铺开来，债务者一栏署有游佐良橘的名字，蒲田不禁跳了起来。

“成功了！就是这个，就是这个！”

惊喜之余，游佐单手没能支撑住，一手杵进了碗中，膝头向前方摔去，酒壶也碰倒了。

“是我的吗？是我的吗？”

“是吗，是吗，是吗？”风早想去接借据，可好几次手都僵硬地拿不住那张纸。

“啊！”游佐的妻子尖叫着，声音仿佛冲破了胸腔，激动得说不出话来。

蒲田手舞足蹈起来。

“成功了！成功了！太不容易了！！！”

借据又传到风早手中，和游佐夫妇一起，三对眼睛仔细检查着那张借据，想弄清是不是梦。

“你怎么做到的？”

风早目瞪口呆，惊喜交加。借据传到游佐夫妇手中后，被他们铺展放在膝盖上仔细阅读。蒲田更是倒了满满一杯啤酒，道：“血染大刀，来不及拭。”他意气风发，扬起头一饮而尽，“厉害吧！我把他按在地上，用脚拨过来藏到袖子里的——神速吧。”

“不愧是嘉纳流。”

“别开玩笑。不过这也未尝不是嘉纳流啊。”

“你怎么知道这是游佐的借据？”

“这倒是不知道。只想着不管是什么总要先夺上一两个，以此来制裁他。于是快速地藏起来了，没想到正好是游佐的那张，这全都是天意啊。”

风早道：“也不见得是好事。这些东西到了我们手里，是不是三百圆就不用还了？”

蒲田回道：“当然！稍微当个坏人，就可以不还！”

风早说：“可是，那张公证书……”

“那个无所谓。那是副本，公证人那里保存有原本，如果需要是可以证明的。这个副本既然已经到了我们手里，那任凭间贯一如何闹得天翻地覆也都是河童的池子里没水——无计可施了。同理，没有了证据，纵使他拿来弓箭和大炮也没用。不过一点都不还也不好，总之稍微给他一点就行了。好了好了，你们就放心吧。有我蒲田公使在此，那间贯一便会忌惮，如此便可保游佐家安泰。哎呀呀，真是近来一大快事啊！”

他不顾其他人讶异的目光，顾自拿起那张公证书。

“来，我们为游佐高喊万岁！夫人，你来带头吧！——别客气，我说真的。”

谨慎的游佐认为这种非常手段实属罪大恶极，心中不安。可既然蒲田承担了一切，并安慰他说事情已经解决，人生中的敌人业已退散，于是他只好与大家共饮，享受这漫漫长夜之宴。

第七章

在这茫茫的世间，没有骨肉至亲，也没有爱情的滋润，贯一如同没有鸟飞过的荒野上的一块石头。寄宿在鴫泽家里时，他爱恋着宫，宫温柔的声音、柔软的双手、善良的内心让贯一满足，快乐无比，以至于对之外的事都无所求。有这样一位恋人做妻子，就可弥补生命中的不足——她是贯一的母亲，亦是妹妹，甚至也是贯一的父亲和哥哥，只要和宫在一起，贯一就能感受到阖家团圆的幸福。贯一的恋爱不同于普通青年所经历的一场风流美梦，远胜过其他人。宫不是任何人都能得到的妻子，甚至可以说对宫抱有过高的期望，而且贯一对此深信不疑。得到了宫，贯一的心情如同万花齐放，过去荒野上的一块石头获得了滋润，迷醉在霞云之中，安眠在温暖的悠闲阳光下。不承想，这日益浓烈的爱情却突然出现了世间最可恨的竞争者，并且被轻易地夺走了，贯一是怎样的心情！身心相许而不知有诈的恋人突然有如敌人叛变，嫁作他人妇，贯一又是怎样的心情！如今，贯一不仅没有骨肉亲情，也没有了温暖的爱情，寂寥难耐，失望之上更添了失望，憎恨之上又添了憎恨，这块荒野上的石头暴于寒霜之下，暴风雨中，只觉得人生的酸苦透过皮肉渗进了骨髓，这是一种彻底的痛苦。他的宫被夺走，不仅他曾有的失去了，就连将拥有的也失去了。

或许是因为他无法抛却恨意，他的失望也无法消解。贯一不能排解自己的痛苦，一旦刺伤了他的心，那痛苦就永远与心同在。工作时不得不强忍悲伤，他为此更加痛苦，这种痛苦与原来的痛苦互相撕扯，他已经习惯了从两种痛苦中寻找乐趣。他渐渐学会了忍所不能忍之事，无耻地做可耻之事。他逢过强敌，也遇过恶徒，他被愚弄、欺骗、威胁，他不得以毒攻毒、以暴制暴，因此他深受此道的熏染，越来越无所畏惧和贪婪。同时那痛苦还是会折磨着他，每当他心情烦闷无法消解之时，也会丧失龌龊的动力，甚至想到死。可是一旦这样轻易做了，随便地死去，倒不如更努力一些，即使遥远，只要能达到目标，过去的怨恨和失望就会化解，心中清澈明朗，那才是我该死的时候。

贯一贪图高利贷，一是作为一种忘却痛苦的方法，二是为了得到驱散执念的快感。能让他产生死而瞑目的快感的事究竟是什么？不是使用寻常小计对宫和富山进行人身攻击，而是要像个男子汉一样做点大事。然而，每当他苦痛万分、不堪忍受记忆之痛的时候，总是泪流满面地悲叹："唉，与其想这些，倒不如干脆死掉好了。只要死去，万般苦难都会随之消失不见。生命也不足惜，却还没能抛却……死很容易，却还不能死，那是因为思来想去怨恨难消，只要恨意还藏在心中就不能死去。钱有什么好？人们都说我现在的资产可以换来一个宫了。可我不这样想。第一，我不觉得自己有钱。我对这世界失望透了，而且足以拯救我的宝贝也不在了。唉，这宝贝永远也无法复原了。宫即便现在来向我认罪，想与我结为夫妇，一旦变过心，奉献了身体，这样的宫就不再是以前的宫。那么也就不再是贯一的宝贝了。贯一的宝贝是五年前的宫。那个宫就连现在的宫自己都无法复原。我所爱恋的人始终是宫。直到现在她还在我的心里。可是，那不是富山之妻的宫，啊，是鴫泽家的宫！我爱恋着五年前的宫。我就是有了百万，也找不回过去的宫了！这样一想就觉得钱也没用。要是那天我的包里有今天的一小部分钱的话……唉！”

贯一一想到这里，就头痛欲裂地想不下去了。而这些时候，在热海倒在沙滩上泣不成声的鴫泽家女儿和在田鹤见府上逍遥自在的富山之妻的形象双双在他眼前徘徊。他任凭痛苦折磨着他，又无所作为，不管不顾地做出这等不符合他本性的事。把债务人当成不可饶恕的仇敌，用极端的手段逼债。虽然回来之后会后悔，但在当场还是会激动，为情势所逼，不顾一切地残忍行事。这样一来，他把整个心思都放在这件事上，无法排解的痛苦也就暂时可以忘却了。他并不是不知道才走上了邪路，也不是喜欢做这种事。对于这种违背本性而使自己痛苦的行为，他不但惭愧，还很畏惧。不过这种痛苦与他内心的空虚和无处存放的痛苦相比要容易忍受得多，甚至会感到舒畅。

为此劳神费思、日夜沉迷的贯一身心越来越衰弱，骨瘦如柴，脸色疲惫，宛如一潭死水般阴沉抑郁。他总是眉头紧锁，目光无神，但与体力衰弱正相反的是精神却越来越亢奋，思绪繁杂，心乱如麻，最后自己也不知该如何是好，只是徒增烦恼。再一看，他那原来漆一般光亮滋润的头发如今已有些花白，额角平添了几条长皱纹，紧皱的心虽然还没有炸裂，但脸上蒙的阴影越来越重了。

唉！他当年因一念之差，今天整个内心脱出了人世而堕入魔道。贪欲界的恶云层层包围着他，离恨天的雨随时都在浸润着他，一进一出，他只知吃人的肉，半生半死让人肝肠寸断。就在这样整日阴风、不见天日的长夜里，他已经度过了一千四百六十天，遇到怀恋的朋友都只当陌路。他对人家的浓情蜜意毫无察觉。看不出春天鲜花盛开的美丽。尽管有快乐的事情，他宁愿转身而不愿享受，宽阔的道路也不愿走。他不与人善，不欲求福，更不受人恩惠，只是茫然地沉浸在利欲之中，偏执地活着。唉，他这样下去会变成什么样呢？在同行业中间贯一已是大名鼎鼎，人们谈起他来，都不免为他的未来担心。

就是这种无法忍受的痛苦和但求速死的念头，让贯一对债务人的态度越来越严酷，也招致了不少债务人的怨恨。被他弄哭，对他愤怒的人也不在少数，甚至还有同行业者责备他做得过分。唯独鳄渊为此高兴，还夸口“名将之下无弱兵”。他还常常用自己的例子劝诱贯一，“有了今天的成绩，可辛勤劳苦的程度还不够”，想以此来勉励和增强贯一的意志。贯一也不是不知道这种行为残忍、刻薄、不人道，所以鳄渊的话没有安慰到他，不过他倒是从中得到了一点启发，即职业性质本身就是非法的，因而在经营上也必须采取非法手段。因此自己的所作所为是所有高利贷者都会做的事，并不单是自己残忍，世界上所有的高利贷者都不能不残酷。因此贯一深信：高利贷者受到人们的怨恨，绝不是自己造成的。

其实贯一的主人鳄渊直行今天的财富，是用了比他想象中两倍的残忍和他永远学不会的奸诈手段得来的。在这一点上，他的行为的确是贯一的师表。可是，使用了残忍和奸诈的手法的鳄渊也不是一个天不怕地不怕的硬骨头，而是暗自警诫自己晚上不多出门，在家里拜神，还是某宗教的大信徒，经常奉纳寄献，诚心诚意地祈求自己平安。他多年来干着不人道的事，却还能保证人身安全，家业繁盛，那完全是因为自己诚心拜神而受了神明的庇佑。贯一虽然没有鳄渊那样残忍和奸诈，也不像鳄渊那样敬畏神明和害怕出门，他认为生而为人，一次坏事没做过，上天却惩罚他、欺骗他，使他受到这种无法补救的终生的失望和遗憾，陷入这样肝肠寸断的境地。即使上天对人发怒，也不用害怕。贯一最害怕和忌惮的，只有自己的心。

第八章

一

待正事谈完后，贯一冷漠地要先告辞，满枝又留他一会儿，仿佛有事似的到里间去了。贯一只得如她所言暂时坐下等她出来，继而掏出卷烟来，可是手炉里的炭如狼粪，火不知何时已经熄灭了，于是他用毛绒垫子上盖着石罩的油灯点了烟，百无聊赖地吞云吐雾，在夜色中打量着赤樫家的客厅。

矮柜上的时钟时针指向九点五十分。柜子上并排放着一大一小两个装在盒子里的人偶，下面是用三层水色缩缅垫着的七宝烧花瓶插花和蜡石装饰物。床柱[①]上有一个水牛角插花瓶，表面是松树和游隼的劝工厂[②]莳绘，其中不见花。地板装饰有古色古香的铁香炉和布艺花筐，墙上挂着一幅雨中富士的水墨画，一条描金的飞龙透过云间闪耀出光芒。贯一回头看，只见匾额上挂了一幅黄海大战的

①传统和式房间中凹间的木框，用于凹间和其他壁龛、柜子等的区分，决定房间整体的协调性。

②日本明治大正时代陈列百货的商店，是现代百货商店的前身。1877 年首次出现在东京，1982 年左右迎来繁盛期，之后随着百货商店的发展而没落，最终在关东大地震之后消失。

水彩画，坐席的角落里有两盆菊花。

良久，满枝换了衣服走出来。一件平织斜襟小袖，外罩一件纳户色小纹缩缅短上衣，系白色繻珍和黑色朱子织交叉的腰带，还戴了一条亮眼的围巾，头发梳得整整齐齐，脸上略施粉妆，像换了个人似的。

“让您久等了。其实我要出去买些东西，想请您和我同去。”

贯一虽然觉得无礼，但碍于情面，不好发作。

“哦，是吗？”

满枝突然走到他身边，压低声音了说道：“给您添麻烦了。”

贯一厌烦了这句话，却还是应道：“那就走吧，你要去哪里？”

“我去大横町。”

二人并肩从四谷左门町的赤樫家出来。传马町大街两侧的商店灯火通明，虽然还没入夜，可秋夜的寒气已经升起，路上行人稀少，星空也有些暗淡。

“好冷啊！”

“是呀。”

“哎呀，间先生，您不要离得那么远好吗？这样连说话也听不见！”

她靠近沿着街道左侧行走的贯一身边。

“这样我走不了路。”

“您很冷吧。我帮您拿包吧。”

“不，不敢当。”

“不好意思，您再走慢一点。我喘不上来气了。”

贯一只得放慢了脚步。满枝把包得紧紧的围巾往上拽了拽。

“我有些事老早就想和您谈谈了。可是后来一直没见到您。间先生，真的请您常来我家坐坐啊，绝不再和您谈上次谈的事了，您可要来啊！”

“嗯，谢谢你。”

“我能给您写信吗？”

“什么信？”

“问候的信。”

“我没理由接受你的问候吧。”

“那么，想您的时候呢？”

“你怎么老想对我……”

“想念是我的自由！”

“信给别人看到了反倒麻烦，恕我推辞。”

“不过，我最近有事情想和您谈谈，是关于鳄渊的。这件事太让我苦恼了，所以无论如何想和您谈谈……”

这时候已经来到了传马町三丁目和二丁目的转角。贯一心想就在这里甩掉满枝，所以不待她说完，就顾自止住了脚步。

“那么，我就在这儿告辞了。”

贯一出其不意地转身向横街走去。

“哎？您从那儿走吗？请走这条大路吧。何必特地去走冷清的小道？这条大路不是更顺路吗？”

贯一已离她有四米左右，满枝难分难舍地追了上去。

“不，这边更近。”

“不差多少，还是走热闹的路吧。我送您到四谷见附好了。”

“没有让你送的道理。夜已经这样深，你早些买好东西回去吧。”

“不要说这虚情假意的话。”

争执间，贯一不知不觉地仍在向前走，满枝也不知不觉地陪他走。忽然，满枝停下了提高声音道：“啊！间先生等一下！”

“怎么了？”

“这路不好走，鞋子陷下去了，拔不出来。”

“所以叫你不要跟上来。”他说着，不情愿地走了过来。

“失礼了，请您拉我的手一把。啊，快点，我要摔下去了。”

贯一拉住她伸出在围巾外面求救的手，满枝摇晃着挣脱出了泥泞，可因用力过猛，一下就扑倒在贯一的怀里了。

“啊，好险啊！”

“要是我摔倒了，可是您的过错！”

“净说傻话。”

贯一说着，想放开满枝的手，不料这只手就像粘住了他似的怎么也不肯分开，甩也甩不掉。他莫名其妙地盯着满枝。满枝扭过头去，手却越握越紧了。

“好了，放手吧。”

可是满枝却把越握越紧的手往自己的袖筒里拉。

“你可别干傻事。”

满枝一言不发，脸还扭在侧边，握紧了贯一的手向他靠近。

“别开玩笑。你看，后边有人来了。”

“无妨。”

满枝仿佛自言自语似的越发靠近贯一。贯一忍不了了，用力一拉，手没有甩脱，倒是把满枝拉倒在自己身上了。

“啊，好痛！您不必这样粗鲁，我只陪您走到那边转角。不远了，您别再……”

“适可而止吧！”

他再次使劲甩开满枝的手，快步逃开，不等满枝追上来，就从津守坂上飞也似的逃走了。

镰刀似的新月慢悠悠地升起来，穿破了层层云朵，斜挂在树梢顶上。一抹微光透过黑暗照来，士官学校的森林和里面的兵营，还有附近街道的一角，都仿佛从懒散的睡梦中醒来似的，隐约现出了轮廓。坡道上的派出所门灯散发出虚无的血红光芒，可是那光既照不到下坡而去的男人，也照不到被他留下来的女人。

二

坂町的人家集中在道路一侧，全都房门紧锁，看不见一丝灯影。旧炮兵营栅栏外面那些茂密的松树飒飒作响，树下的小路暗淡无光，啼声凄婉的苍鹭早已不见了踪影。夜色凄凉，时近十一点。

贯一走过兵营门前时，突然有两个人大叫着蹿出来，当即把贯一包围了。其中一人戴着黑色中折帽，帽檐盖到了眉毛上，一条鼠色毛线围巾遮住了半张脸，一身黑色印度棉布纹服，里面是纪州棉衬[1]，塞在袴里把屁股撑得高高的，脚蹬黑袜和打了后桩的木屐，手持一根六分花弓的曲棍作为手杖；另一人身穿藏青棉布衣袴，唐棉布外褂，茶色长筒靴，围巾包住了脸，外戴一顶打鸟帽，手持一根槟榔木削成的六角棍，二人都不及贯一个子高，但看上去都是血气和腕力兼备的壮汉。

“强盗吗？我与你们无冤无仇！”

“闭嘴！”持曲棍者冲了过来，贯一用一只手挡住他。

“在下间贯一，若与我有仇尽管过来，若是要钱就直说，不要这样不明不白！且慢！”

没有应答。持曲棍者向着贯一的脑门打了下去，贯一顿时头晕目眩，正欲逃走时，另一个持槟榔棍者向他的肩膀打去。贯一没能站稳，在水管施工的轨道上绊了一下就跌倒在地了。持槟榔棍者急忙又向贯一冲过去，不料用力过猛，被摔倒的贯一绊了一下就飞了出去，在不到两米远的地方着地了。紧接着，持曲棍者抡起曲棍斜着向贯一背上打了过去。贯一站不起来又摔倒在地，发现手边正好有一只脱落的平底木屐，他赶快拿起来，朝那人脸上扔了过去，恰巧打中了鼻子，贯一趁机一跃而起，拔腿就跑，可是刚走出三步，那个跌倒了的持槟榔棍者又跳起身来，双手握住槟榔棍向下劈去。棍子削过贯一的鬓发，落在他肩上，贯一觉得那只夹着提包的胳膊仿佛断了似的痛不欲生。他退后几步，摆好应急的姿势，但见对方铆足了力气向他冲过来，他知道处境十分危急，连忙伸手到提包中

①纪州棉、印度棉布、唐棉布都是棉布名称，其中纪州棉相传是在明治初年由纪州人造出来的，印度棉布和唐棉布分别是印度和中国产的棉布。

掏小刀，可这时两个敌人都已到了身边，两根棍子就像雨点似的落在他身上，他就此昏倒在地。

槟榔棍问："怎么样，可以了吧？"

"这家伙用木屐打到了我的鼻子，啊，好痛！"

曲棍掀开脸上的围巾抚摸鼻子，鼻子像熟透了的番茄一样红彤彤的。

槟榔棍惊道："啊，好多鼻血啊。"

奄奄一息的贯一紧紧抱着提包，右手拿着小刀藏在身后，准备在他们再次过来时使用。为了不让歹徒怀疑，他装作无力抵抗的样子，呻吟不止。

曲棍说："可恶的家伙，不过这回也够他受的了。"

"嗯，我的手都痛了。"

曲棍喊道："我们撤。"

两个歹徒就这样溜进了附近的横街。贯一勉强抬起头来，浑身疼痛，神智渐渐昏迷，不一会儿就失去了知觉。

后篇

第一章

一

两天后，各大报纸都报道了高利贷ICE被殴打一事。其中还有报纸把贯一误认为鳄渊直行，不过唯有负伤者第二天就入住了大学第二医院的消息都一致报道真实。不过搞错人倒不会产生什么问题，不认识他们的读者权当是汤屋里的争吵，一件普通的社会新闻，无论是谁都无所谓。认识贯一和鳄渊的人恐怕会认为此人应该被揍得腿脚不能动。或者还会有人因为此人没有被打死而感到遗憾。凶手不知何人，但看情形显然是借贷惹的祸，各大报纸这样报道，人们也都这样认为。

直行今天早上到医院探望，他妻子虽然担心贯一，却留在了家里。夫妇二人都为贯一的遭遇而悲伤，不吝花费给他治疗，为他祈祷不留下一点小疤痕。

看到自己的左膀右臂、视作亲骨肉的贯一遭了这种罪，主人仿佛疼在自己身上，难以自持地悲伤。为了让别人明白他鳄渊绝不会屈服于这威胁之下，他厚待住院治疗的贯一，还发了疯似的为了了断那些躲在暗处的胆小鬼的坏心思而竭尽所能。

鳄渊的妻子担心丈夫有一天也终将会遭遇到这种黑手，到时候可如何是好？一想到这里，她就不禁满怀悲痛、悔恨、恐惧得难以自持。就连替主人办事的贯一都结了仇，遭到暗算，因为丈夫的行为而成了那些人眼中钉，真是太可怜了。平日里他借放有功，应当感谢。峰想来想去，只觉得惭愧、恐惧、内疚，她抑制这种情绪，可偶尔就会突然涌上心头，折磨自己。

养了多年的老猫有小狗那么大，像一个丢弃的雪球似的蹲在长火盆旁的猫板上，一只前腿伸出，爪子埋在灰堆里也浑然不知，鼻息阵阵在熟睡中。因那天夜里的骚乱和第二天的劳累，峰这时正疲惫得打着瞌睡，突然传来了格子门上的铃声，还以为是丈夫回来了，结果打开拉门，出现在门口的是一位二十六七岁的青年。那人身材不算高大，脸色苍白，面容消瘦，唇上有粗硬的胡子；头发凌乱，深深埋在藏蓝色大衣竖起的领子里，黑色中折帽摘下拿在手中；高高的鼻梁上面架着一副玳瑁眼镜，凌厉的眼神仿佛看什么都心怀愤怒。

峰不禁喜形于色。

“哎呀，是直道啊，你来得正好。”

他把外套脱下放在角落，上着半旧的黑绫西装，下着深纳户色黑条纹的阔袴，橡皮领口和袖口不太干净，脖子上系着鼠色花纹朱子织饰品。峰慌忙起身，把那外套挂在柱子的钩上。

"竟发生了这种事，父亲身体如何？我看了今天的早报后吓了一跳，就赶来了。父亲身体怎么样？"

他来不及寒暄，张口就问出了这句话。

"哎呀，报纸是这样写的呀。没事，你父亲没事。"

"嗯？不是说在坂町受了重伤，然后送到医院了吗？"

"那是间。你以为是你父亲？真讨厌啊，为什么那么写呢？"

"哦，是这样啊。不过报纸真是那样写的。"

"那就是报纸搞错了吧。你父亲刚才去医院探望贯一了，很快就会回来。你稍微等等吧。"

听了这一番话，直道大感意外，也不觉得高兴，只是有些哑然。

"哦，原来如此，是间被打了啊。"

"嗯，间太可怜了，遇到这种事，伤得还挺重呢。"

"他怎么样了？报纸只说了是重伤。"

"报纸报道得没错。说是倒不至于残疾，可要完全康复至少也得花上三个月。真是太可怜了。你父亲也很心痛。不过呢，医院也住的是上等的，看护得也很周到，绝对不会有问题，可无奈他伤势太重。左肩脱臼，手垂了下来；瘀青、肿，还有划伤或者擦伤的伤口，全身都是。而且因头部受伤过重而差点休克。医生说只要他脑子没出毛病就好，不过照目前的状况来看，不能断定无事。那天晚上送到医院时已经丢了半条命，奄奄一息，我一看还以为救不活了，不过人的生命还是挺顽强的。"

"这可真是灾难，太可怜了。可得仔细照顾。对了，父亲怎么说？"

“什么？”

“间遇袭之事。”

“他说凶手一定是因借款怀恨在心、束手无措才出此下策的。你父亲很生气。真的，间向来待人温和，也不会无端与人争执，不管发生什么他都这样。如此一来更可怜了，真是不知该说什么。”

“间还年轻，所以才能得救。要是父亲的话就没命了，母亲！”

“哎呀，别说这种让人担心的话！”

直道沉思片刻后徐徐抬起愤怒的眼睛，说道：“母亲，父亲还没有放弃这营生的打算吧。”

做母亲的苦涩地吞吞吐吐道：“这个……倒是没……我也不太了解……”

“眼看着报应就到父亲身上了……母亲，间遭了这么大的祸，绝不是他一个人的事。”

“在你父亲面前你可不能再这样说。”

“我要说！今天我非说不可！”

“你要说也罢了，以前你也说过很多次了，依他的脾气是不会听的。你也不知道说过多少次了。他就是那种不听别人意见的人，你呀，也差不多闭只眼得了，知道了吧。”

“我也不想在父母面前说这些。其他事我就闭只眼了，只有这件事不行。我一直都这样认为。我在外面没有什么痛苦的事，只有这件事让我痛苦，一想起来就无法入眠。我在外面吃什么苦都行，但一定要把这个心事解决掉。啊，要是还从事这个行当，我们一家人倒不如去乞讨。”

他眼眶里满是泪水，低下了头。母亲觉得自己也受了责备，惭愧、难过，不堪自己处境的艰难，又无话可说，可又不得不说些什么，因此勉强开口道：

“你说的自然在理，可是你和你父亲性格不同，因此对事情的看法也不同，你说的话他一句也听不进去，是吧？而你父亲做的事你也不赞成，所以我夹在中间也很难受。如今家里积了些财富，就此洗手不干，过轻松的隐居生活，给你娶个媳妇，我还想看孙子呢——我虽是这么想的，可是你父亲那人，如果我这么说，他不知道有多生气。我看透了这个才什么都没说的。我琢磨你的心思也很可怜，可是我什么也不能说什么也不能做，只能默默担心，一筹莫展。苦的人可是我！

“你一定也还没放弃，刚才我说的那些话看来你也不赞同。说了大家都痛苦……还有，不管怎么说，孩子是孩子，父母是父母，你父亲在心里是否听你的，我不知道，但是他知道你说的话的意思，你考虑了那么多，他绝不会不放在心上，可是你父亲有自己的想法，不会全都听你的。

“而且今天他正因为间的事生气呢，你要是再说他反而不好，今天就先别说了，好吗？真的，我拜托你了，好吗，直道？”

正如母亲所言，她夹在中间处境艰难。她为了家里的和平拼命劝阻直道。直道不禁眼泪直流，摘下鼻梁上架着的眼镜擦拭泪水，哽咽着，说：

“母亲这样说，我总是忍耐。只有今天，就让我说吧。如果今天不说，就没有说的机会了。间的遭遇就是上天的惩罚，这惩罚很快就会到父亲身上，要说的话只能是现在，现在不说我这辈子都不会再说了。”

母亲被这番话震慑得不禁觉得一阵寒气。直道擦了擦鼻涕，继续道：

“可是我也在想，我的做法也并不好，对不住父亲。我不喜欢父亲的营生，提建议也没用，我实在是太讨厌看到他从事这种肮脏的行当，于是才丢下你们搬到别处去，不管怎么说，这样都很无情，可实际上我心里苦哇。这绝不是为人子该做的事，父亲母亲一定也觉得我是不孝子吧。”

“没有哦。你也有你的道理，所以我们没有这样想。不过住在一起一定是很好的……”

“我更希望如此。我不喜欢住在这样的家里，宁愿搬出去独自生活，话是这么说，虽然我一个人生活也可以，可还不是由父母养育长大、托了父母的福，明知如此还做让父亲生气的事，母亲请您为我考虑考虑。我不是违逆父命，也不是不喜欢与父亲同住，而是因为讨厌高利贷这种肮脏的行当、用别人的痛苦来养肥自己——这种卑鄙的事业。”

他身子颤抖着擦了擦眼泪。母亲有些无地自容。

“没有超越父亲的才能，还说这种赌气的话，真是羞耻。可是哪怕我吃苦耐劳，也绝不会让父母挨饿。我们三人同住一处，哪怕只是一间陋室，总不至于让人在背后指指点点，也不会造下罪孽，引来怨恨，而是过着清静的生活。这世道也不是只要有钱就行的。况且不义之财又有何用？脏钱绝不会为己所用。以不正当的方法赚的钱传不过一代就会毁灭。因果报应值得忌惮，所以应当早日放弃这行当。唉，明明看得到结局，还不肯回头，真是令人悲叹！”

直道无法不忧虑积恶之报，恐怕有一天父亲也会被怨恨之刃无情劈死，横死路边毫无尊严的面部为野犬啃食，满身污浊地躺在一张破草席下——这些仿佛就发生在他眼前，他认为只有以至诚之心才能防患于未然，虽然知道这种事还没有发生，但想到其惨状还是忘我地大哭起来，哭声从咬紧的牙关间泄露而出。母亲大惊，就在这时，有车停在了门外，格子门上铃响，显然是丈夫回来了。他心跳加快，推着直道的肩膀，压低声音慌忙说道：

“直道，你父亲回来了，别哭了，快去那边……今天就算我求你，什么都别说……”

急促的脚步声已经来到房间外。母亲匆忙起身相迎，可还是迟了一步，拉门被从外面拉开，直行的高大身躯岸然地出现在峰的面前。

二

“哦，直道真是稀客。什么时候来的？”

他说着，宽阔的额角红得发光，一双金壶眼高兴地睁着，照例站在那里等妻子为他脱下外套。峰忧虑直道说话顶撞他，佯装若无其事的样子替直道回答。

“刚才来的。你回来这么早，真是正好。对了，间的情况怎么样？”

“嗯，所幸比想象中要好一些，总之不用担心。”

他整理了一下绣有三处家纹的黑色棉外褂，愉悦地走到火钵旁时，直道才渐渐抬起头来向他行礼。

“你怎么了？哎呀，脸色很奇怪啊。”

他捋着棕榈似的唇须，皱着两条短粗的眉毛。妻子听了不安起来，仿佛踩到了刀刃。直道噌地抬起头，抱着双臂，一副凛然的样子，他看了父亲一眼后视线下移，接着徐徐开口道：

“我看了今早的报纸，上面说父亲受了重伤，所以速速前来探望。”

直行抚摩了一下夹杂着白丝的褐色头发，道：

“虽不知是哪家报纸，可是他们把我和贯一搞错了。要是我碰到这种事，也会饶他们一命。对方不是只有两个人吗？五个人的话，倒是可以当我的对手。”

在直道身旁的母亲悄悄地拽了拽他的衣摆，示意他不要还嘴。因此他迟疑了。

“你到底怎么了？脸色很不好哇。”

“是吗？因为我太担心您了。”

“什么？”

“父亲，我已经说过多次了，不要再做高利贷了。”

“又说！不要再说了。别说了。该洗手的时候就会不干的。”

“到了非洗手的时候才不干，这太难看了。今早在报纸上看到您受了重伤的消息时，我非常后悔为什么没有早一点劝您放弃这行当。幸好您平安无事，但正因如此，您今天必须得考虑我的建议了。这样下去，您很快也要遭遇同样的灾难。并非因为受伤可怕才叫您洗手不干，若是因正义之事发生争执而殒命的话，那绝不可逃避；若是因金钱之事结下仇怨，并因此遭到残暴的损伤，那简直太可耻了。一步走错，就会丧命，至少也是落得残疾的下场。一想到父亲的前途，我简直夜里也无法入睡。

“没有这份活计也能生存，而且父亲母亲的资产也足够安享晚年。既然如此，又何苦与人结怨，被世人咒骂，赚取不义之财呢？为什么需要那么多钱呢？不论是谁，为自己所用钱财之外的财富无非都是为了子孙。您只有我一个儿子，我决不要您一分钱！我不想要这种钱。这样一来，您今日为了赚取这无用之财，遭他人怨恨、被世人讥诮，甚至像现在这样父子反目，对您来说，这份活计并不会为您带来名誉和快乐，难道不是吗？

“如果您还爱我的话，请听听我的建议，而不是给我财产。甚至不能说是建议，只是我的恳求。这是我一生的愿望，请您一定要听！”

他在父亲面前低着头，不敢轻易抬头，脸颊已经被热泪浸湿了。

直行对此无动于衷，只是脸带微笑、语气和缓地说：

“你为我着想才说了这些话，我很高兴，不过这不过是你的担忧罢了。你和我不同，你神经敏感，才会这样想。不过世界并不是你想的那样。一个热心学问的头脑来责备一个经营实业的人，这是不行的。你所说的遭他人怨恨、被世人讥诮这些对我们这一行从业者的怨怼，都不过是世人单方面的无知罢了。受世人讥诮，实际上多数是出于嫉妒，因为不劳之人贫穷且可怜。无论哪一行，赚钱之人必定是会遭到世人的攻击，是不是这样？没有一个有钱之人有好的风评，就是这样。你是个学者，自然与别人看法不同，你不认为钱财重要。学者是这样，可世间不全都是学者，对吗？实业家的精神就在于钱财，世人的欲望除钱财之外无他。如此这般，你想想，人们的欲望是钱，那钱必定不是一无是处的吧。人们喜欢它哪里、为什么喜欢，学者是不会懂的。

“你说除了为己所用之外的钱财没有必要，这完全是学者的想法。如果一样东西只要满足了自己所需就收手的话，国家就会灭亡——社会的事业就无法发展了。如果一国之中净是年轻隐士会怎么样，你觉得呢，嗯？欲望永无止境才是国民的生命。

“你质疑我要赚钱为何用，我不做什么，有钱我单纯地感到愉快。也就是说，赚钱十分有趣。正如你的学问很有趣，我能赚钱也很有趣。如果我对你说，读书适可而止，只要拥有了为己所需的知识就不要再上进了，你会如何回答呢，嗯？

“你说这活计不正当、肮脏，可是哪里有以君子之道赚钱的买卖？我放高利贷，利息是高，可是为什么要高利？你听好，是因为无抵押，就是这样。我给无抵押方提供便利，相应地就要获得高报酬。而且我并没有欺骗人们，把高利说成低利。因为没有抵押，所以借款利息高，大家知道这一点才来借钱的。哪里不正当？为什么肮脏？如果认为利息高、不正当，那么从一开始不要借钱就行了，可是这世道就是有种种哪怕借高利贷也要先拿去救急的难事。如果说高利贷不正当，那么出现不正当高利贷的社会才是不正当。有非借钱不可的借方，才有放贷方。如果没有借方，我们这行也无法成立。满足这种必需的需求就是生意的灵魂。

“钱这东西谁都爱，谁都想赚钱，赚到了就不放手，是吧。要想比别人拥有更多的财富，就不能采取寻常办法。在双方同意的基础上发生的借贷关系、赚取的财富如果是不正当的，那么所有的商业行为都不正当。你这个学者认为所有赚钱的事都不正当吧。”

他的妻子听了这一番论调，不时偷觑直道的脸色，心想他因理论被驳倒而不作声，于是暗自欢喜。

直道严肃地摇了摇头。

“学者和商人同样是人。既然是人，就该守为人之道。我不是说赚钱不好，赚多少都行，只要方法正当。乘人之危索取高利，这断然不是正当行为。竟然还说这是生意的灵魂……比方说，间遭了灾祸。对手是两个人，而且是偷袭，您怎么看这种行为？这是具有男儿气概的报仇行为吗？您怕不是认为这些家伙太卑鄙吧？”他提高了声音诘问道。见父亲避而不谈，便继续以镇静的声音问道，“您怎么看？”

“当然！”

“当然？说什么当然！虽不知那二人是何人，但的确是丑陋、恶劣的家伙。不过，如果从有冤报冤这一点来说，他们倒是很好地达成了目标，是吧？先不说方法和手段如何。”

父亲不为所动，仍含笑抚弄发红的胡须。

“被人说卑劣也好，丑陋也罢，他们称心如意报了仇、达成了目的，一定很满足。倒是我们这一方不甘心，只想捉住他们杀了。父亲做生意的做法和他们完全相同，不是吗？如果您为间的遭遇感到难过、愤怒，那么向您借了钱、吃了苦的人也同样怨恨您啊。”

这次担心的是他的母亲了。在儿子的说辞下，丈夫如何回应呢？她认为儿子这一番话难以辩驳，于是惊慌失措地窥探丈夫的脸色。直行还是一副悠然自得的样子，仿佛对儿子这番话很满意，只是微笑不语。可是妻子知道，他微笑时，是在考虑打败对手的方法。

直道原来苍白的脸色现在已经全白了，声音高亢尖厉，膝间的手不停颤抖着。

“不管我怎么说，也都是些浅显的道理，我不再说了，再说下去也只是让父亲不愉快而已。只是，我以前多次说过，今天又说，都是因为担心父亲，父亲可能不知道我是如何暗自忧心神伤的，我只要一想起这个，就连做学问也变得讨厌起来，唉，只想干脆隐居山中。父亲说这行当没有不正当，可实际上世人都把您看作地狱的狱卒似的憎恨您、鄙视您，耻于与您为伍。您可能会说，我才不管世人的看法，可是请您体察一下儿子听到这些时的难过。您不管世人的看法，可我们还要在这里面生存。在世间被人排挤，最终无容身之处，我们也失去了做男儿的脸面。我认为这最是可悲。如果我们有超然脱俗的见识，并因此与世间冲突、被憎恨、被抛弃的话，那么就算社会不抛弃我，我也欣然地与父亲一道抛弃世间。即使我们父子为弃之路面饿死，我也会认为这是我们一家荣誉、家族的荣誉。如今我们一家被世间疏离，完全是自作自受，非常可耻！”

痛恨的眼泪夺眶而出，他不禁睥睨父亲的脸。直行仍旧不作声。

直道仿佛下定决心要说就只能今天说，滔滔不绝。

“从这次的事可以看出，间是多么遭人憎恨。您的伙计尚且如此，那您是多么遭人怨恨和憎恶……真是不忍再讲。”

父亲突然插话道：

“好，明白了。我都明白了。”

“那您听从我的请求了？”

“嗯……明白了，明白了……”

“既然您说明白了，那一定是要听从我的请求了，是吧？”

“我是说你说的话我都明白。不过，你是你，我是我。”

直道难以忍受地紧握双拳。

“你还年轻，年轻啊。光读书可不行，也要稍微见见世面。是呀，为人之子关心父母，我认为这不是虚假的。我明白你的心情，也理解你的想法。不过我按照自己的信念行事，虽说你的忠告未尝不是个好办法，但我是不会听从的，是这样的。这回间遇到这种灾祸，你担心我遇到更残暴的行径，你为我担忧，是吧？”

直道意识到再说无益，于是不再开口。

“对此我非常感谢，不过呢，我的身体就交给我吧。”直道缓缓起身，又道，“我还要去个地方，你在家里多待一会儿再走。”

他迅速拿起披风大衣披上，就向外走去，随后妻子拿着帽子跟出去，悄悄问他去哪儿。他皱着大鼻子说：

“我在反倒麻烦，所以出来了。你说说他，让他回去吧。”

“啊？这可怎么办好呢！哎呀，我也很难办啊。”

“没事。”

“有事，我该怎么办？”

峰跺着脚，浑身都在诉说着不知所措。

“你在的话就没事，而且他很快就回去了。”

“那你等他回去以后再走不行吗？”

“我在他不会回去的。你快回去吧。”

难以争论的他不顾峰站在门口的为难，头也不回地出门走了。峰害怕丈夫的气势，怕受到更严厉的责备，于是以生怕踩到老虎尾巴的心情回去了。只见直道袖笼着双手，低着头，跟刚才一样岿然坐着。

“该吃午饭了，你想吃什么？”

他没有回应。待母亲又喊了一声“直道”后，他才惊醒似的抬起头来。

“母亲！”

这一无可奈何的喊声不由得刺痛了母亲的心，让她想起孩子幼年多病、自己常在枕边守护的心情，不由得一阵心酸。

“那我回去了。”

“哎呀，怎么了？还早着。”

不知怎的突然不忍心就此让他回去。

“该吃午饭了，你难得来一趟，吃点饭吧……”

“我吃不下……”

第二章

一

主人公间贯一住在大学第二医院的病房里，日夜饱受重伤的煎熬，除此之外别无他事。趁此机会来讲述一下宫嫁给富山之后的事吧。

自一月十七日与贯一在热海的月下一别，择三月三日那天用花轿抬至富山家。就在此时，贯一的失踪无疑为鴫泽家减少了麻烦，可是家里却仍不宁静。宫比父母更加悲伤和心痛。她不仅为悔恨抛弃的爱情而哭泣不止，也忧虑不知去向的贯一是否安康。

或许贯一只是赌气出走，不久就会回来，然而待此想法落空后，又恳切地想要再见他一面，心底里期待着重逢有时。贯一下落不明，自己出嫁的日子又像潮水般逼近。她茫然地不知所措，甚至去了素来不信的占卜。卜者说，未来或可相逢，眼下却不会有音信。若是勤于动笔者，或许会写一封长信来抒发怨恨之情，于是宫只好相信他，翘首以待。然而不幸地，卜者的话并不准，宫并没有看到贯一的半句怨言。

总而言之，开始心想不见一面就不动身，然而这一愿望落空之后，又想着至少来一封信也好，可是事皆与愿违。反倒是一件不希望的事像个圆球似的毫无障碍地逼近，她等贯一的来信等得那样苦，可是三月三日这个日子越突然就到了眼前。她终于舍弃了曾经以心身相许的初恋，在痛苦至极的苦闷中举行了本应是一生中最快乐的大礼。

其实，宫在同贯一分开之后，才明白了自己是如何爱着贯一。

在每个不堪失爱的傍晚，宫总是倚在那张桌旁思念，闻着他留下来的衣衫却更加苦闷，把他的照片放在脸颊上憧憬：只要他能原谅自己，写一封温柔的信，那自己就会抛却父母和家，马上奔他而去。甚至到了纳征那日，宫的心里还未确定富山唯继就是自己的丈夫。不过，她也无法丢下终究是要到唯继家去的这一念头。

宫理不出头绪来，心烦意乱。她不可遏制地爱慕着分别的贯一，可也没有痛改前非，坚守操守，下定决心成全爱情。她心里当真没有这样的觉悟。没有贯彻初衷的决心，对没有感情的缘分迟疑不定，可是事已如此又不能强求。思念贯一的爱情，又贪恋富山的财富，她无法抉择，无所事事地、糊里糊涂地终于来到了确定不移的三月三日。

这日，这夜，甚至饮交杯酒的时刻，奇怪的是，宫在心里还没有确定富山唯继就是自己的丈夫，只是提醒自己不能不把这个人当作丈夫。她暗想着，我的这颗心一开始就许了贯一，身体由于姻缘的缘故而许给唯继。因此，身体虽然许了唯继，可心却永远不忘贯一。宫知道这心思是不道德的，可既然不可避免无德之身，反倒不用深究。就这样，宫成了唯继之妻。

新郎专心致志地爱着宫，竭尽全力地照顾她。宫尽管一天天风光起来，可看到与意中人重逢的机会越来越渺茫，渐渐忧郁的心怠于接受丈夫的爱情，只是机械地服侍他。唯继悦纳着妻子花一般的身体、温玉般的容颜，每当他怀抱着冰冷的容器似的妻子，扬扬得意地触摸她，几乎没有愠怒之意。他最得意的是两个月后最爱的妻子怀孕，翌年春便诞下了一个标致的男婴。然而宫无法接受的是，产后三个月婴儿即染恶疾，无法医治，长子虚弱无力因肺病夭折了。

生产后的宫并没有色衰香淡，只是添了哀愁，却更具风情了。丈夫愈加爱护她，在人前毫不避讳地宠爱她。唯继丝毫不知妻子为何常常忧郁，看着她的脸在心中暗忖大概她天性如此，于是也不去追究。

宫如此被疼惜，初始的想法却始终未改变。背弃贯一的恩情而嫁到这里来，犯下罪过，不经意间又诞下婴孩，这罪过又该如何弥补？她羞愧不已，悲伤万分，甚至怨恨起父母来。失去那个孩子后，她就在心中发誓决不再给唯继生孩子。两年过去了，三年过去了，直到四年过去后，宫依然贯彻着这个誓言。

宫心中的忧郁加深，如今一想起为何要嫁到这里来，就痛苦不已。机械地守着丈夫，如同置物一样住在这栋房子里，完全没有尽到一个妻子的职责，就像虚无地守望浮云的笼中之鸟，当时唯一欲求的富裕生活、富足的消费都如同泥土一般不值一提，反倒是在这四年里对贯一念念不忘。自热海一别，贯一就不知去向，在田鹤见家遇见之前，完全杳无音信。鴫泽家也不是没有得到一丝一毫贯一的消息，可是哪有父母会愚蠢到把消息告诉女儿。由此宫也就断绝了一切消息。

出乎意料地重新见到这个梦里都不会忘记的人，她是一种什么样的心情呢？就像饿汉见到可以充饥的食物，她恨不得一眼望穿四年来梦寐以求的人。忍不住，再也忍不了了，她的欲火自那日以来剧烈猛涨，她迫切地期望将不道德的自己委身于他，用一万件快乐的事来换取这一件事的成全。

她听静绪说，贯一住在五番町的鳄渊家。可通信不便，距离虽然不远，但以自己的身份不能独自在外闲逛，这件几乎无法达成的事让他痛苦。然而，和几年来不知贯一死活以及对他的怀念相比，如今可以说得上是如囊中取物那样方便。她以此安慰自己之余，为了排解心中相思之苦，决意写封长信。这封信不送给贯一，即使见面也无法说出口，只是记录一下虚幻的命运和寂寞的心情。

二

宫忘不了贯一，也忘不了漫长的热海的伤离别。看吧！每年的一月十七日，那次悲伤的离别总要在难忘的心上再添一层新的烙印，加深她的悔恨。

“十年后的今月今晚，我的眼泪会把月亮蒙上，要是月亮被云蒙上，就一定是贯一在什么地方恨着你，像今晚一样哭泣。”

就算捂上耳朵，这个声音夜总是在宫的耳边回响。她每当这一天的晚上看到月亮，就会试着观察月亮是不是被云蒙上了。事实上，过去那个人在身旁哭泣的象征一次也没有，他果然不再恨了吧。这样一想，宫的心就会放下来，还会在心中感慨道，莫非他和我一样，在思念我吗？他现在在哪里，过得如何？

今天，第四个月夜又到了。晴朗的天空从下午开始渐渐多云起来，寒风凛冽，不寻常地成了一个寒冷的日子。宫格外心烦意乱，拿着笔想把那封信写下来，可是心中实在太烦乱而失去了力气，越这样越烦乱。

不堪越来越重的寒气，宫叫人速速取来暖炉。她移动到一间洋式房间里去。这间被窗帘遮得严严实实的十叠大的屋子没有丝毫缝隙，暖炉渐渐热起来，温暖如春。宫敞开宽松的友禅缩缅长衣的衣襟，倚着一张铺着红纹软缎的座椅，美丽的眼眸凝视着雪白平坦的天花板，仿佛哪里映出了心的影子。

丈夫不在家，宫就是这个家的主人，上无必须由她服侍的公婆、须顾忌的小姑，下无缠人的孩子，所有事务都交给两个侍女，她则整日无所事事，出门有车，三餐有肉，家里还有一个百依百顺取悦于她的丈夫。她正处于一个年轻妻子的黄金时代，如在梦中般快活。宫心中不禁浮现出一个想法，即世上姑娘们心心念念的幸福生活之最如今就在我身上。

唉，我也是为了梦想的生活而把不可复得的恋人抛弃了呀。可是，这种身体上的极乐享受不应该由五年前今天的无尽悲哀交换的，一想到这里，她不禁苦涩地叹息一声。事到如今，她才醒悟到，自己的愿望是和恋人一同享受物质财富带来的愉悦。如果身体的愉悦和心灵的愉悦不可兼得，必须从中选一样的话应该选哪个——她终于知道了，可惜为时已晚，束手无策，追悔莫及。

在这个寒天的温暖房间里，把渴望爱情的身体依偎在意中人身边，该如何以一腔热忱来抒发情感？想到这里，宫感到胸口如同撕裂般痛苦。如今自己等待的是一个等不到的人，她这种得不到的苦闷无处抒发，只得离开那把似有似无的座椅，走到窗边，无心向外张望。一看，不知何时竟下起了雪，庭院里铺了一层薄薄的白。一月十七日的感觉剧烈地涌动，宫在窗边伫立，注视着不断飞舞的雪，仿佛在倾听。就在这时，唯继回来了。他轻轻打开门的声音没有传入沉思中的宫的耳中。一双冰冷的手伸入前襟，宫吃惊地大喊，想扭过头去，却发现是丈夫从后面紧紧抱着她。丈夫常用的香水味暴露了一切。

“哎呀，您回来了。”

“好冷。”

“雪这样大，您一定受冻了吧。”

“不知怎的，冷得叫人受不了。”

宫让丈夫坐在座椅上，亲自给暖炉添了柴。刚才还在想着贯一，现在又服侍丈夫，她自己也觉得不应该。窗外飘着雪，在风中飞舞的雪，落在枝头的雪，铺满庭院的雪，一眼望去全是雪，莫非这就是他对我的怨恨？思及此，内疚、悲伤，身体像被绞着似的悲痛难耐。可是，丈夫看到眼前的美人和白雪，非常得意，他岔开着腿，脸色也渐渐红润起来。

“啊，下吧下吧，真是有趣。这种天气最好吃着什锦火锅喝个小酒。去弄个什锦锅，什锦锅好。再做一壶咖啡来，稍微多加一点白兰地。”

宫正要去，唯继喊住她。

“你不去也行的。让他们把东西拿来，就在这里做。”

他按了一下电铃，然后走到火炉旁，还拉着宫的手夹在自己胳膊底下。宫的脸上毫无悦色，只是任他摆弄。

“你怎么了？不舒服吗？”

宫被他拉了一下，几乎跌坐在椅子里，唯继把脸靠近，鼻子快要碰到她，认真看着她，说：

“你的脸色很不好。是下雪太冷了吗，还是胸口痛？头痛？都不是？你到底怎么了呢？那么高兴一些不好吗？这样冷漠，让人感觉没有感情。我是在质疑你对夫妻之情冷淡。嗯？不是吗？”

突然门被打开，用人奉命端来了主人要求的东西。唯继对妻子的爱慕向来毫不顾及他人，宫不好意思地退后。用人知道唯继不会放手，因此若无其事地把器具和酒瓶放到桌子上后立即退了出去。对这份执着的爱慕，宫感到非常忧郁和羞耻。

雪花随风飞舞，临近日暮时分，唯继的眼角仿佛在说，谢天谢地，快活的夜晚就要来了。

“近来你似乎特别忧郁，不是吗？我看是这样。老是这样待在家里可不好。最近你完全不出门，这样不愿动弹会更忧郁的。前些日子，我碰见鸟柴夫人，她说：‘怎么最近老看不见您夫人啊？出来看看戏什么也好哇，总是连个人影也不见。不管多么爱护，也不能总关在家里呀。您就当行行好，让别人也见见吧。’之类的话让我很是难堪。还有，你应该也知道，这次的选举，实业家福积当选了。我也大大出了一份力呢。这不，他最近要举行庆祝会，之后还要举办一个慰劳会招待那些为他出力的人，还要携夫人出席，所以你非去不可。令人吃惊的是，他还说：‘我的宴会如果富山夫人出席就大为增色了。’从来没见过你的人都知道你的美貌。所以，我真的很骄傲啊。外面这样称赞你，轻易出行也不好，还是少见人为好。可是像最近这样每天待在家里，从最重要的健康方面考虑对你的身体不好。其实，我每个星期天都想带你出去。你刚到我家来的时候，不就是这样吗？生下孩子后，对了，半年之后你就不怎么出门了。不管怎么说，你那时候不还出门转转吗？

“好，咖啡好了吗？哦，好烫，好喝！你也喝点，给你一半吧？太多了？你看，我就是说你这种冷淡的样子不太好。那你就喝没有加酒的吧。什锦锅还没好吗？哦，在那边准备，做好了来告知我们？可以，在洋式房间吃火锅什么的确实不够风雅，吃火锅必须坐在长火盆前相向而饮才好。

“对了，参加福积招待会时你定要穿得漂漂亮亮的，让他们大吃一惊。所以，衣服什么的只要需要就早些准备。衣服要选你称心的，这样才能隆重穿出。你最近似乎对衣服不感兴趣，这可不行。总是穿这种小纹短褂没意思。为何不穿那件披肩呢？很适合你。

“后天就是星期天，去哪儿转转吧。要不先去三井看看衣服？哦，对了对了，柏原夫人说一定要问你要一张照片，每次遇见就老是催促我，被她催得没办法。明天有事我要去趟她家，再不带去可就麻烦了。你还有吗？没了？这可不行。一张也没了？真是糟糕。那么，后天去拍一张吧。趁还年轻，我们两个人一起拍一张好吗？

“太好了，什锦锅好了？我们走吧！”

宫被丈夫拉着正要走出房门时，忽然想起了什么似的又向外眺望了一阵。

“为什么总是下个不停？”

“说什么傻话呢。快，走吧，走吧。”

第三章

宫已经厌倦了富裕的生活。当初她嫁到富山家，是因为姑娘家的一时糊涂，只图荣华富贵的身份，一开始她就不曾看重丈夫的爱情这种有也好无也罢的无用之物。如今富贵的愿望已经达成，而且渐渐忍受不了那种烦扰的爱情，还不如那如影随形的昔日恋情，让人不禁隐秘地回味。

因此，她讨厌出现在唯继面前，宁可孤守空房，随心所欲地回忆往事。出其不意地在田鹤见府上看见了贯一，他的书生气质一如往昔，那只有一次的爱情好像又有了可能，从他一如往昔的姿态来看，一定还守身如玉，待时机成熟就要回到自己身边。

这样的日子会到来吗？宫在心底叩问自己，虽然难以回答，但她觉得这里面一定有一个自己不知道的秘密。一方面似乎很渺茫，另一方面却又确信无疑。

也就是说，宫自知无法忍受丈夫的爱情，是从在照相机前晕倒的那天开始的。要忍受这种逼人的爱情，倒不如把这个富裕却令人厌倦的家抛弃，而且要走就要快，她常常这样想。只是之所以没有这样做，是因为尽管自己暗自抱有这种期待，但担心对方还对她心存怨恨。

起初，宫虽然不爱唯继，但绝不厌恶。可现在已经产生了这种念头。回想起来，丈夫当初也是欺负自己分不清爱情和财富的价值，才炫耀财富，以此来夺取金钱换不了的爱情，以至于让自己遭人怨恨。贯一对我的责备完全是丈夫之过。

宫抱着这种心情又迎来了今年的一月十七日。看到大雪，越发对让贯一遭受痛苦的罪恶之源——她的丈夫感到厌恶至极。毫不知情的唯继只顾着和美丽的妻子共度良宵，不惜诚心诚意、甜言蜜语滔滔不绝，哪知宫的耳朵里听到的不是人声，而是大雪纷飞的声音。

天亮后，大雪停了。阳光的照耀下是一片美丽的白银世界，暖和的阳光晒了不到一天，七成的雪就融化了。翌日，道路不再阻塞，虽然还有几处泥泞，但因为又是一个晴天，很快就晒干了。

被这场雪封印在家的人看到晴朗的天和畅通的道路，都不愿再待在家里，街上的人比昨天多了起来。他们不知道那些僻静的横街、后街、小巷，还有弯曲的小路上今日还是无法通行，只看到了大街上晒干的路面，就被唆使着走出家门。就在行人最多的上午十一点，一个弯着腰的疲惫的车夫艰难地拉着一辆轮子满是泥的车，载着一位身穿黑绫外套、戴着暗青绿色绉绸头巾的年纪五十岁左右的妇人，从南来到芝饭仓大街。

人力车在一条横街上向西折去，沿着某神社的石墙爬上一段斜坡。斜坡狭窄，茂密的树木遮挡着南方，这条路处处残雪，泥泞交杂。人力车吃力地爬了上去，在一堵土墙上一道安装了电灯的大门里钻了进去。

这里是富山唯继的住宅，这位女客是宫的母亲。唯继很早去了公司，每天按时给宫梳头的人业已归去，不过东西还没来得及收拾。宫身穿一件带有鹿纹的肉色绒布衣服，大圆发髻犹如水滴般光滑，洁白如玉的脖子上系着一块白绢。她一副感冒的模样，不停咳嗽着从里屋出来迎接母亲。第一次看到女儿如此憔悴的样子，母亲心中大惊。

宫在家赋闲，每个月都能回娘家看望父母。母亲也会常来探望她，对过着隐居生活的母亲来说，没有比这更好的保养法了。在母亲看来，女儿终身已定，富山家富有，唯继身体康健，看到他还事业有成的样子更是乐不可支。母亲每每见到宫都觉得自己立下了汗马功劳似的，其他熟识的父母都毫无见识，福缘浅薄，可怜可悲！因此，她每次跨进富山家大门时都感觉在通过一扇凯旋门。

宫亲切地、欣喜地将母亲带入房里。长久闭门不出、需要亲友的宫感觉得到了拯救，而且她心中还有份期待，或许母亲会隐秘地说说贯一。这样的想法能稍稍宽慰一下她心中的苦闷。

母亲在说多日来积攒的体己话之前，问女儿为何脸色这样差。想到丈夫也曾问过同样的事，宫不禁有些担心起自己的身体来。

“是吗？可没觉得不舒服。可能由于不常活动身体的缘故吧。不过，近来时常感到气闷忧郁，莫非是血道症？”

“啊，这就是血道症。我也经常这样，怪不得。可你这样瘦，对身体不好，看医生为好。放着不管会成为顽疾哦。”

宫只是点了点头。

母亲突然想起了什么似的，忙问道：

“会不会是有了？”

宫笑了，一点儿也没有之前的害羞，反倒是觉得母亲的话可笑。

“没有那种事。”

“这么久了都没动静，这可不行。真的没有那种反应吗？”

“没有。”

“你看你，没有还跟立了大功似的。已经没了一个，打算怎么办？不赶紧生，以后会后悔的。按说，有两个比较好，可那后来你一直没有动静，还是身子太弱吧。今后得好生养着，这样虚弱可不行。你这样不在意，总以年轻的活法，你不知道家里一直都在等你的消息呢。我和你父亲都在担心，你这个薄情的孩子。不生孩子可是女人之耻呀，我们都焦急万分，可你竟然如此心安理得，丝毫不见难过。对了，你之前不是很喜欢孩子的吗，不想有自己的孩子吗？”

宫不知所措地说：“我也不是不想要，可是没有我也没办法。”

“所以呀，不管怎样都要调养，身体好了才行。”

“虽然您说我身体弱，可我并没有感到不舒服，去看医生也很奇怪……不过，母亲，有件事我早就想说，我一直很挂念的事，让我很难受。我想就是因为这件事，身体才不好的。”

母亲睁大了眼睛，把膝盖向前挪了挪，一副着急的模样。

“怎么了？”

宫寂寥地抬起低垂的头，道：

“我吧，去年秋天，见到贯一了……”

"真的吗?!"

母亲听了，仿佛知道了一个秘密，不由得压低声音应声道，甚至还环顾了一下四周。

"在哪里？"

"你们没有他后来的消息吗？"

"嗯。"

"一点儿也没有？"

"嗯。"

"他现在怎么样也不知道？"

"嗯。"

母亲嘴上随意应着，心里陷入了五味陈杂的旋涡。

"真的吗？是不是父亲没对您说？"

"不，不是的。你们在哪里见到的？"

宫说了事情的大致情况。母亲听了，得知当时没有节外生枝，这才如释重负似的叹了口气。实际上，想起当年在热海的梅园做的坏事，还有宫的不幸，觉得女儿很可怜，这些至今仍在刺痛一位母亲的心。不过，比起那些旧事，母亲更担心眼前这件事会不会成为女儿前途的一大障碍。

"那贯一什么反应呢？"

"我们互相装作不认识，然后就分开了……"

"后来呢？"

"没有了。但后来我一直挂在心上。如果贯一出人头地，我也不会多想。可他一副无精打采的样子，看上去经历了磨难。我因为难为情，没有仔细看清。可他着实一副可怜的样子。而且，我还听说，他在番町一个姓鳄渊的家里帮忙，被差使做些关于土地和房子的工作。要真的在那种地方，可不是什么好事，曾和我一起长大的人竟会变成那样，想起往事，我总觉得无地自容……”宫用衣服袖口悄悄抹了抹眼泪，继续道，“心里难受。”

“唉，成了那副鬼样子。”

母亲的脸色也一变，仿佛受到了寒流的冲击。

“之前呢，也不是没有想起过，只是自从去年遇见后，我每天都很挂念，还经常做可怕的噩梦。我每次见到父亲母亲，都很想告诉你们，可实在难以启齿，所以一直都没说出口。我想就是因为这个，才伤害了身体吧。”

凝视着其他地方的母亲只是默默点着头，眼睛一动不动，似乎在思考。

“于是，今天就想和母亲商量，能否为贯一做点什么呢——当时我也说过的，还是让贯一继承鴫泽家吧，否则我无法安心。之前我不知他的去向，才没办法，但现在只要打听一下就能知道。抛弃他是我的错，请父亲去见他一面，好好谈谈。然后还像之前那样照顾他，助他实现理想，好风光地继承我们家的家业。这样一来，我就把他当兄弟相待，作为娘家哥哥，希望他也能助我一臂之力。”

宫这番话绝非自欺欺人。与其将其作为远隔万里的恋人而相思，倒不如让贯一就在近处，即使被他当众杀掉。两者同样要受苦，后者更能好受些。

“这话也不无道理，你当真认真想过了。贯一，我们也常常提起他，现在在哪里，在做些什么，也不是不担心。只是你父亲觉得无论如何也不能就那样消失，还对他怀有恨意。确实我们毁约在先，年轻人生气也是无可厚非，可再生气，也该为自己的前途考虑吧。从小就受到我们家照顾，他能够有今天还不都是仰仗我们家？既然受恩于人，就该明白事理。稍微考虑一下这些多好，可他却不顾一切地离家出走，世上哪有这样没良心的啊？

“而且就算我们违反了婚约，并不代表他已没有容身之地而得自谋生路啊。而且我们也建议过他继承鴫泽家业，如果他愿意，也可以留洋。以为他只是一时生气，仔细思前想后之后应该可以接受我们的建议。就算他不肯给我们面子，也不至于让我们受到这种惩罚吧。更何况，你父亲也曾详细解释理由，差点儿低头求他了。所以我们已经对他仁至义尽了，只是贯一太不知好歹。

“还有，你父亲曾受到贯一父母的关照，作为报恩，我们才在贯一十五岁的时候领养了无家可归的他，供他读到高中毕业。这还不够吗？

“真是的，我说你呀，这全都怪贯一自己太过分。所以，你父亲和我绝不会再关照他了。如今却要我们找到他劝说，没有这种事。否则就显得我们太没见识了。”

其实母亲暗自担心的不是没见识或者厌恶，而是可能会发生自己不愿意看到的令人恐惧的、应该警惕的事。

“站在父亲母亲的角度，这样想也不是没有道理。可是如果这样下去，我不会心安。现在想来，这不是贯一的错，也不是父亲母亲的错，全都怪我，让贯一对你们怀有恨意，让你们厌恶贯一。如果我再不介入，让大家和好如初，那我是绝对不会心安理得的。贯一的错，请务必看在女儿的面子上，让往事随流水而去吧。请你们重新把贯一当作养子！若能如此，我心中的苦闷也能消解，身体一定也会恢复健康。求您了，求您去拜托父亲，好吗，母亲？如果你们拒绝，我的身体会垮掉的。”

说出这番话之后的宫仿佛尽数忏悔了自己的罪过，心中稍稍舒畅些。

“既然你这样说，我回家和你父亲商量看看。可你的身体虚弱不全是因为这些吧？”

“不，完全是因为这个。这件事始终折磨着我，有时思虑过重，就觉得实在忍受不了，在遇见他之前还没有这样强烈，自那之后就突然——是啊，怎么说好呢？——意识到自己实在是太不幸了，他一定还怨恨我，看到他那又可怜又可怕的样子，我感到莫名的悲伤。除此之外我别无所求，如果贯一能回到以前那个温柔的样子，并且始终受到父母关照，那是一件多么令人高兴的事啊。我就是一直为此而苦恼。总想和父亲谈谈，眼下就请您先去和父亲好好解释吧，求您了。这两三天内我就回家。”

可母亲深思熟虑地说：

“依我看来，事到如今……”

“母亲！你们也没必要再去恨贯一了。我本想让您和父亲说情，没想到您这样说，这样父亲肯定不会答应我的请求了……”

“你已经把话都说到这个地步了，我也不是不答应……”

“算了，您就是不答应。父亲估计也恨他，不会答应我了。我也不期待你们原谅他了，不答应就不答应好了。”

母亲担心满眼泪水的宫会焦心，便说：

“唉，你听嘛。那个，哎……”

“母亲，算了。我没事。”

“怎么可能没事？”

“有事也不用您管。”

“这个嘛……怎么说呢……”

“算了算了。反正我的事你们都不放在心上……”

宫不禁哭了出来，连忙用袖子掩面，却泪流不止。

“你看看你，这有什么可哭的嘛！你真奇怪。我说了，你的话我明白了，回到家就跟你父亲好好谈谈……”

“算了吧。我都明白，以后我的事自己做。”

“这种事你自己怎么做嘛，那可不行。这件事绝不允许你一人去做，绝对不行。”

“…………”

“我回去会和你父亲好好商量的……这不值得哭吧。”

“因为母亲不能理解我的心，所以我没法拜托您了。”

“别说了！”

“我就要说！”

一脸严肃的母亲拿着烟杆在火钵边上敲打，这支客人专用的烟杆由于长期无人使用，烟袋有些松动，经母亲一敲就掉到火钵灰里了。

第四章

贯一虽然头部受伤，但万幸没有引发脑膜炎，只是肢体上的几处创伤不免造成了一些不便。如今他的身体逐渐康复，尽管有些吃力，但可以独自下床走动，这样整天无所事事、在病床上静养的无聊的住院生活让贯一生不如死。此外还有一些似与伤痛无关又似有关的烦恼扰乱着他的心。

那就是满枝的频繁探病，以至于让主治医生、助理医生、护士、护工、前台、伙计以及几名患者纷纷对贯一侧目，怀疑他和满枝的关系非比寻常。整整三个月，这位美人频繁进出，留言兀自传遍了整个医院。还有位博士慕名而来，一探究竟。开始无人知晓这位美人是何许人也，医院的医务人员当中有人曾经吃过高利贷的苦头，便泄露了这位大名鼎鼎的高利贷 CREAM，大家闻之都震惊不已，他长得令人赏心悦目，就连贯一都跟着出名了。

贯一不知为何满枝来得如此频繁，猜测其中必有隐情，他不止一次地询问满枝，可是满枝却说只是来探病，贯一认为这不过是一种托词，却没有理由拒绝满枝的好意。说起来，就算明知这是爱情陷阱，贯一也不会心甘情愿地跳入，再者，他素来不喜欢满枝的为人，所以只能不关注她的美貌，不接受她的情谊。此外，身为有夫之妇的满枝这样频繁进出，恐怕会有损贯一的名声，所以每当知道她要来，贯一都不禁吓出一身冷汗，奇怪的是伤口的疼痛也会加剧，甚至全身麻痹。可贯一对自己的薄弱意志力无计可施。实际上，贯一为了逃避每日的烦扰，努力回避着这位宿敌。可如今他被封印在第二医院的病房中，无所遮挡地躺在病床上，犹如俎上的鱼，凭空任人宰杀，贯一对自己这不幸的遭遇烦闷不已。

痛苦卧床期间，贯一发现了一个可怕的事实，回想自己的境遇，如同绵里藏针的心情。虽说还在养伤，恐怕也是三分外伤，七分内伤。贯一最担心的，果然鳄渊开始怀疑他和满枝了。但由于鳄渊的猜忌，他略微猜到了鳄渊和满枝的关系。

今天，那个令贯一苦恼的人又来了，而且丝毫没有怨恨之意，还带来了一份礼物。不知不觉一个小时过去了，她就在枕边站一会儿，又坐一会儿，完全不见要回去的意思。贯一为避免与她接触，特地将身子背向她，醒着也闭上眼睛静卧。趁护工出去的工夫，满枝把椅子靠近了床边，用手指敲了敲贯一的枕边，道：

“间先生，间先生，您，您……”

没有睡着的贯一没有作声。于是满枝起身，绕到床的另一侧，盯着贯一的睡脸。

“间先生。”

见贯一仍未作声，满枝轻轻地摇了摇他的肩膀。贯一意识到不能再装了，这才睁开了眼睛。满枝以为他尚未清醒，便一副同情的表情凑过来，手放在他的肩上，脸靠近他枕边，道：

“我有件事情不得不和您说，请您听好。”

“啊，你还在啊？”

“每次都待很长时间，您一定很困扰吧？”

“…………”

“我想说的不是别的事……”

贯一不喜欢满枝毫无间隔地依偎在自己身边，便特地转身到另一侧，看着那里放着的椅子，说：

“请坐在这里。”

满枝知晓贯一的心。还不是因为讨厌我，她心想着，用手绢拍打床沿。他这样对我，我竟然还爱慕他，想到自己被贯一戏弄，满枝难为情地呆立在原地。可是贯一也没有对移动座位的满枝再说什么。

满枝满腔怒火，提高嗓门道：

“唉，明知您没把我放在眼里，但我为什么无法对您发火呢？您真是！”

满枝用力摇晃贯一的枕头，见贯一闭着眼一副冷漠的样子，便越发焦急起来：

“您对我太狠心了！间先生，您倒是说话啊？！”

贯一似乎再也忍不下去了，歪着嘴说道：

“我没什么好说的。首先你的频繁来访确实让我很困扰……”

“您说什么？！”

“希望以后不要再来看我了。”

“您说什么……”

满枝扬起眉毛追问道。贯一只是仰着脸闭上了眼睛。

满枝早知道贯一素来对自己冷酷无情，也知道他的无情还会更甚。在满枝看来，刚才表面上她虽然生气了，心里绝没有因此而放弃，仅仅是和贯一起了争执而已，借此获得的乐趣来满足她那未能如愿的爱情。她眼眶泛红，像不知何时停留了朝露的花蕾，泪水在眼眶中打转。

“你家里不是也有病人吗？早点回去为好！你常来看我，真的让我很困扰。”

“我从一开始就知道您讨厌我。”

“不是，是最近的事。”

“啊！莫非是因为鳄渊先生？”

“嗯，是的。”

“所以我不是说有话想对您说吗？还有，您好像一提起我就很阴郁，没有必要这样。这件事，不仅您感到困扰。我也很难为情。前些日子，鳄渊先生还说了让我难堪的话。我倒是完全不在意，可事情并非如此。这样下去，以后一定会给您带来麻烦，所以我一直都在担心。”

贯一听了，没有应答。

“其实我老早就想和您谈谈了，可是这种让人讨厌的事不想从自己口中说出，也不想让您知道，所以就拖到了现在。鳄渊先生说的那些话不是最近才发生的，我也实在没办法。只能随便应付说几句，避开他。我喜欢您的事……鳄渊先生并不知道，本以为就此结束了，结果自打您住院，我常来探望，他也常来，所以就看到我几次，或许让他想到了些什么。于是，前些天他问我和你究竟是什么关系，让我老实交代，不要隐瞒，我实在没有办法，就告诉他我们已经在一起了。”

“什么?!”贯一抬起缠着绷带的头，生气地盯着满枝那张得意的脸。满枝一副犯了大错、十分懊悔的模样，把左边长袖撩起来盖到膝盖上，把玩着那红得像牡丹一样的袖子，生怕受到贯一的责备。

“真是岂有此理！你竟然说出这等蠢话！”贯一瞥了一眼满枝，继续说道，“算了，你快回去吧！”

因为太生气了，本来坐直身子的贯一猛地躺倒在床，因用力过猛而碰到了腰部的伤口，疼得不禁呻吟起来。满枝吓了一跳，慌忙问道：

“你怎么了？哪里疼？”

满枝说着，便伸手欲掀贯一的睡衣，却被阻止了。

“你快回去吧！”

贯一说罢，背转身子，强忍着疼痛不再出声。

“我不回去！您说话这样无情，我更不要回去。本来我也不是非赖在这里，但您也该好好说话啊！”

满枝赌气站着不走，被突然打开的房门吓了一跳。来者是谁？护工？不是。护士？不是。医生巡诊？不是。伙计？不是。都不是!

一位老绅士悠然走来，他身材高大肥胖，穿着一件芝麻厚呢的披风大衣，看到病房里的情形，脸上立刻显出不悦的神色。满枝心里有些慌了，但脸上依然保持镇定，优雅地弯腰寒暄：

“哎呀，您来啦。”

“哦，这真是，感谢您常来探望。”

虽然致以了同样客气的寒暄，但他那双明显饱含反对之意的金壶眼恶狠狠地瞥了一眼满枝的侧脸。在病床上躺着的贯一顿觉“糟糕！”，慌忙起身迎接直行。

“怎么样了？有这样一位好人前来探病，真好哇！”

听了这挖苦的话，两个人都有些尴尬，没有回应。这情境鳄渊仿佛早已预料，径自大笑起来。该如何回应，该做何解释，该如何面对——贯一为难地稍稍低下了头。满枝却毫不胆怯地在椅子前面的手炉上取暖。

“不过，府上的事也很多吧，你百忙之中还时常抽空前来探望，真是太不好意思了。好在贯一的伤势就快痊愈了，所以请不必担心，以后就不劳烦你过来了。”

满枝听了，深感不快，面露不满地说：

“哪里，不用客气，我每次都是办其他事顺道来看看，不劳您费心。”

直行的眼中又现出不悦之色。贯一怕他受窘，从旁帮腔道：

“这位多次前来反倒让我不自在，还请您帮我回绝她的好意。”

“当事人都说了感到为难，尽管你是好意，也不用为他担心了，知道了吗？”

“如果我的到来让您为难，今后不来了。”

满枝恶狠狠地瞪了鳄渊一眼，故意转过脸去看向别处。

“不不，哎呀，我不是那个意思……”

“不必说多余的话！不知您是不是因为我是一介女流才这样说的，早知如此，我就不用接受您的命令了！”

“不，你曲解我的意思我就有口难辩了，毕竟我是为了你好……”

“您说什么？区区一个探病，对我有什么不好吗？”

“关于这一点你不明白吗？”

直行做出一副温和的样子，脸上露出笑容。

满枝有些生气地说：“没有！”

“你还是太年轻。虽然这样说有些失礼，还是不妨告诉你吧。好吧。你和间都很年轻。一个年轻女子常在一个年轻男子的住所进出，就算你们是清白的，也会惹出人们的闲话，明白了吗？还有，间是单身汉，倒也罢了；你已经有赤樫先生了，这样也会影响到你的名誉。这，难道不是对你不好吗？是吧？”

满枝听了，在心中暗忖道，实际上是对你自己不好吧，还把别人的闲言碎语说得这么了不起，真是可笑。

“您能如此为我着想，真是感激不尽。我倒无所谓，不过间先生将来是要娶一位美丽的妻子的，当然比我重要了。现在因为我让他困扰，真是对不住了，今后我会谨慎行事的。”

“我刚才的话真是太失敬了，你能理解真是感谢不尽。不过间能有你陪着说说话，倒也是件高兴的事。就连我这个老汉，恐怕就算生了要死的病，赤樫夫人也不会来看一眼吧。”

贯一苦闷地只能充耳未闻。

“没有那回事，肯定会去看您。”

“是吗？那也不会像这样频繁吧？”

“这倒是，您有夫人，要是我太频繁前往的话……”

后面的话满枝不再说了，她笑起来格外妩媚，羞得用手帕捂了嘴。直行突然睁大双眼，贪婪地看着她。

“哈哈哈，那你是因为他还单身，所以才安心到这里来的呀。我可要告诉赤樫先生了哦。”

“好啊，您尽管去说！家里知道我会常常来这里探望，而且您刚才也对我提出了忠告。本来我也是繁忙之人，不来探望他的话又觉得过意不去。事实上，间先生对于我的来访也深感困扰，可能是像我这样的人来得频繁，容易引起别人注意吧。可我来不为别的，只是为了探望。所以您也用不着再说那些话了吧。

“然而，总是如此我还是关心他是有原因的。间先生是在来我家的途中受的伤。更让我感到抱歉的是，当时他准备走大道而来，因为我说走津守坂更近，才会在中途遇到这种事。我越想越难过，连家人也都很担心，所以让我常来看看。刚才您的忠告着实出乎我的意料。我这样做，间先生恐怕也不太欢迎吧。”

满枝说着，心酸、怨恨，甚至有些悲哀地看着直行。直行窃窃地将满枝的所有表情都融化到了他那双金壶眼里。

“原来如此。这样我就明白了。你的深情厚谊，贯一也一定会心怀感激。我也应该向你表示歉意。不过呢，感谢归感谢，刚才的忠告你要是曲解可是不行哦。你能怀着这样的心情常来探望贯一，我也很高兴，刚才我说的失礼话也是出于一番好意，都是为你着想。这也是一个老年人该做的，希望你不要听过就忘记。老年人总是会被人讨厌。你也讨厌我吧，是不是？”

鳄渊一边捋着红胡须，一边斜觑满枝的表情。

“是的。不过老了也没有什么不好，毕竟年轻人和年轻人更合得来。”

“对了，你家里的赤樫先生也是一位老年人吧？”

“就因为这样，整天唠叨个不停，真是让人受不了呢。”

“那既不唠叨，又很温柔的人怎么样？”

“那我也不喜欢。”

“那也不喜欢？真是憎恶分明啊。”

“也不是说只要是老年人就一律讨厌，年轻人就一定合得来。只有我喜欢，而他讨厌的话，我也没办法。”

“是的，不错。不过像你这样的人表示了喜欢，应该没有人会讨厌吧？”

“您竟然说这样的话。怎么说呢，我不曾遇到这种事，不知道。”

“是吗？哈哈。是吗？哈哈哈。”

鳄渊故意笑得前俯后仰，椅子差点倒了。

“间，你觉得呢？赤樫夫人的想法，是这样吗？”

“是什么呢，这种事？”

贯一冷漠地答道，好像在说“我哪知道”。

“你也不知道吗？哈哈哈……”

“我自己都不知道的事间先生当然不知道，呵呵呵……”

满枝毫不认输地发出夸张的笑声。

直行不知在看什么，眼神发出一点光亮。

“那我就告辞了。”

“哦，你要回家去了吗？我也该走了，要不我送你一程吧？”

“不用，那个……我还要顺便去趟西黑门街，告辞了……”

“没关系，送你过去。”

“不，说今天我真的……”

“没关系，无妨。其实关于旭座公司股票的事已经找到解决的办法了。如果不好好商量一下，将来‘琴吹’的收款就会有麻烦。幸亏今天遇到你，我们谈谈吧。”

“明天再说也不迟，我今天实在有些急事。”

“不要着急拒绝我嘛，生意不分年纪，你这样讨厌我何苦呢？”

推诿了好久，最终他还是拉着满枝一起走了。只剩下贯一一个人，仿佛做了一场噩梦似的不停叹气，过了一会儿无事可做，躺在枕头上，茫然地呆望空无一物的前方。

第五章

一

能看得见花柏、冷杉之类的古老树木的院子看上去不像庭院，倒更像一个荒废的广场。只有和煦的阳光洒了一地，梅花的花骨朵星星点点，可却没有形成更美妙的风景，带有春天气息的景物充满了春愁。几只在空中飞来飞去的鸟啼叫着，午后两点的院子里一片寂静，偶尔能听到患者通过走廊的声音。

整日卧床的乏味生活犹如重物压在人身上，非常苦闷。手边的书也看不进去，贯一好不容易进入了梦境。他总是被奇怪的梦境骚扰，有时明知在梦里，拼命想醒来，却仿佛被困住，被人的喊声惊醒，才渐渐从慵懒中苏醒过来。

他愕然地定睛一看，站在床边的不是别人，正是在梦中纠缠他的主人公满枝。贯一看着看着，不住地怀疑自己在梦中，还是回到了现实。让他相信是在梦中，是因为满枝比平时更美了，仿佛在梦中见到，四周散发出光芒，她仿佛年轻了五六岁，让人误认为是他的妹妹。可谁能想到其实她家里还有个六十岁的丈夫。

满枝梳了一个台湾银杏发髻，头上只插了一枚玳瑁莳绘梳。身穿一件黑缩缅短上衣，上面是光琳画风的春天原野的颜色，纳户色缟纹样御召下面是深红豆色的更纱缩缅，腰间系着紫色的乐器纹样的腰带，衣襟是用彩色丝线缝制而成的肌肤色，脖颈白皙，妆容略浓，手腕上还戴着那只炫目的金手镯。一副今天无法推诿才来的姿态充满了风情，看起来反倒更加妩媚了。

“非常抱歉在您休息的时候前来打扰。我本不该再来的，但因为有话必须要说，所以不得不再来拜访。还请您今天多多体谅！”

满枝似乎在等贯一许可才敢坐下似的，不知所措地站在那里。

“哦，是吗？大前天我都已经说过了……”

贯一拼命平息内心燃烧的怒火，不再作声。

“是关于鳄渊先生的事。我真的很困扰，不知如何是好。间先生，是这样的……”

“不，这件事不要再说了。”

“哎呀，您千万不要这样说……”

“抱歉。今天我腰上的伤口又痛了。”

“哎呀，那，疼得厉害吗？”

“不，还行。”

“那您还是躺下吧。”

贯一裹紧了棉睡衣，躺了下去。满枝生怕有闪失，小心扶着他，最后在一旁边的椅子上坐了下来。

“其实在您面前说这些事有些难以启齿，其实那天，我被鳄渊先生拉出去一起吃过饭后，他说还要我陪他一起，于是去了汤岛的天神茶屋。然后，他果然还是絮絮叨叨地说了那些讨厌的话，还一直怀疑您，他一直在说，所以我最担心这个。那么大年纪了，简直不明事理，我不知道他把我看作什么人，可他就像对待做接客生意的女人那样戏弄我，不止一两次了。我很惭愧，那天回去后哭了。当时我对他郑重地说，希望不要发生第二次。可那个人疑心实在太重了，说不定会迁怒于您。如果让您困扰了，我向您道歉，希望您能理解，原谅我……

“下次遇到鳄渊先生时，他可能会说些什么。恐怕这对您来说也是困扰的事，可无论如何还请您劝劝他。如果您心里有什么想法，但说无妨。和我这样一个您讨厌的人说话，想必您也很痛苦，和我这样的人纠缠在一起，都是因果报应，你还是早点儿放弃为好。

“您要是因果的话，那我也……我也是因果报应。这事说起来也真是一种因果报应啊。”

满枝手里拿着那根金嘴烟杆，烟丝哧哧地燃烧着，她茫然若失，满脸沮丧。然而，贯一自始至终没有看她一眼，也没有回应，宛如一块躺着的顽石。

“我劝您还是死心吧，这完全就是因果报应。既然您已死心，那我也就看开了。

“间先生。希望您永远不要忘记我对您说过的话，您也答应过我。您还记得吧？哎，您该不会已经忘了吧？到底是怎么一回事？”

贯一被满枝逼得没办法，只得勉强地回应道：

“没有忘记。”

满枝一脸怨恨地盯着贯一的脸，眼睛一眨不眨。这时门外传来了人的声音，房门缓缓地被打开了。

护工领着一位客人站在门口，那位客人上了年纪，看上去谨慎郑重，正要请他进来时，他小声对护工说了几句话，并递上一张名片。

满枝瞥了一眼来访的客人，只见那人花白的胡子垂到了胸前，面容消瘦却并不贫贱，身材不算太高，并不丰满的脸颊由于年老显得更加消瘦，仿佛冬枯时耸起的山峰。他穿着尚可，朴素端正。满枝虽不知他是谁，只觉不敢怠慢，早早地为他准备好了座椅。

贯一接过护工递来的名片，漫不经心地瞥了一眼，“鴫泽隆三”的名字映入眼底。大惊失色的贯一被这种巨大的惊愕所驱使着，转身向门口望去，几乎同时，他又突然趴到枕头上，一动不动。他拼命控制狂乱的呼吸，熊熊怒火的眼睛还在凝视着名片上的字，眼眶中却不禁涌出包含了千万悲伤的泪水。

护工见此甚觉奇怪，便问道：“请他进来吗……”

“我不认识！”

“什么？”

“我不认识这个人！”

如果身旁没有他人早已成为碎片的名片，现在只能往地上一摔。贯一双目紧闭，双手用力抱着自己颤抖不已的身体。他忘不了那份恨，也忍不了心中的怒气，他抑制着内心，可还是觉得头发倒竖，沸腾的热血直冲颅顶，心中狂乱如被乱蜇一气。他竭尽全力克制住了，脸色灰白。护工惊恐地偷偷望了一眼那位客人，说道：

“您不认识这位客人吗？”

“素不相识。跟他说认错人了，让他回去！”

“是吗？可他提到您的名字……”

“啊，无论如何，让他快走。”

“是吗？好吧，我这就去回复他。”

二

护工转达给鴫泽后，并将那张扔在地上的名片还了回去。鴫泽背着双手没有接受，可是佯装平静的脸上的痛苦已经无法掩饰。

“啊，原来如此。不可能不认识，哈哈哈，可能是时间太久了，他忘了吧。既然如此，就没办法了。我直接去见他。这是贯一的房间吧？哦，那就没错。”

鴫泽疑惑着，向那把为客人准备的椅子走去。满枝起身向他示意，并请他坐下。

“贯一，是我啊。好久不见，把我忘了吗？”

护工到房间的角落里去沏茶，满枝便跟着去帮忙，或者说是去下达命令的，然后她又亲自端茶来了。鴫泽见她这样，不像是寻常来探病的客人，于是开始关注此女。贯一佯装不知，把身子转向一边，沉默不语。在一旁仔细观察的满枝心想着这贯一依旧如此冷漠，感到可怜又可笑。

“贯一啊，是我。早想来看你了，可是却完全不知你的住处。前天突然得知后，便连忙赶来了，你的身体怎么样了？好像受了重伤？”

鴫泽对仍不作声的贯一有些生气，可满枝在旁又无计可施。

“睡着了吗？”

“是呀，怎么办呢？”

满枝在一旁看到老者的窘样，凑近了贯一枕边看了看，看到他正用垫子擦眼泪，哽咽着肩膀起伏。满枝不知发生了什么，大吃一惊，脸上未露惊色，也没说什么奇怪的话，装作没看到的样子说道：

“客人来看您了。”

“我刚才说过了，我不认识他。请他回去吧。”

他说罢，掩面又不作声了。满枝早已想到是这样，便没有再多问，回到座位上后说：“您是不是认错人了？他说不认识您。”

鴫泽捋着长须，无奈地苦笑道：

“怎么可能认错人！就算五年不见，七年不见，我还没有老糊涂到这种地步。可他却说不认识我这种话！我认识他，也没有认错人，所以才来看他的。看在我这样一个老人来看他的分儿上，让我见他一见吧。”

鴫泽等着贯一与他寒暄几句，可怎么等贯一仍旧一语不发。

“真是的，什么？我这样说了仍旧不肯见我吗？啊，这样啊，那就没办法了。

“不过，贯一，你好好想想，虽然我不知道你怎样看待我们，可你后来的行为和今天的态度怎么说也不太妥当吧？总之你这样对待我这个老人，你觉得如何？其实我这次来就是想听听你的说法，我也有些话想对你说。可是我都特意来了，说明我已经让步了。我这样来见你，并非只是我自己来自说自话，我妻子也很挂念你的身体。我不记得当时是要抛弃你，今天和五年前是一样的想法。当年，你一个年轻人很容易意气用事，误会了我的意思，我感到很遗憾。如果今天还要曲解我，那只会更加遗憾吧，我知道你的住处就第一时间赶来见你。大概没有比被误会更痛苦的事了。一番好意，却因为一点差错就被怨恨，虽然我不求什么回报，但是也不想遭人怨恨。我们原是那样和睦的一家人，我们也打算就那样度过晚年的，却因为一点小误会，你毫无音信传来，真是太让人难过了。我夜不能寐，你伯母也一直念叨。我希望还像过去那样，我也好早日过上隐居生活。可是得不到你的理解，这些话我也无法说出口了。不过这倒是其次，最重要的是希望能消除误会。我们见面，我想当面对你解释，希望你见我一面。如果你还是无法理解，那也是没办法的事。我去过你父母的墓前了，告诉他们这些年来的事，和我对那些事的想法，可是结果却变成了这样，深感遗憾，却无能为力。我把这些都告诉了你的父母，然后希望我们能在顾全体面的前提下断绝关系。五年没有往来，或许在你心里已经断绝了，可在我们这里还没有。

“我想过了，我鸭泽或许做得不好，那么你间贯一能原谅我这一次吗？而且就算没法原谅，多少也应该让事情体面一些。我要说的就是这个。可是我不是因为说这个来的，我也有做得不好的地方，我向你道歉，而且还要告诉你我的心情始终没变，希望你能明白。我好久没见过你了，是吧，贯一？今天就让我见见吧。”

这是过去从未听说过的恋人的秘密呀！满枝满心好奇地听着。

贯一逞强着始终一语不发，鸭泽终于难耐，从椅子上起身，想强行去见他。满枝虽然不知道怎么回事，听客人说了以上一番话，似乎还不打算放弃，然而贯一却只是默默流着眼泪，沉默不语，看来客人并不是不认识的人，满枝觉得贯一不能再装作不认识了，她只想把恋人从眼下拯救出来。

鸭泽偷偷窥视着贯一的床头，皱着眉头，正要说话时，满枝说道：

“我也是来探病的，虽然不知您是哪位，可是这一两日来病人因为发烧，终日昏沉，偶尔还会梦呓、哭泣、发脾气……”

鸭泽转头望向满枝，一副恍然大悟的样子。

“哦，原来是这样啊。”

“听您刚才一番话，他对您这样一位关照他的人说认错人简直太失礼了，可能还是因为烧未退，所以希望您不要放在心上。待他退烧后，请您再来。今天我先收下您的名片，待他身体好转之后我把今日之事全都转告与他。”

“哦，这可真是麻烦你了。”

“其实呢，昨天他也对来探病的客人说了奇怪的话，到底还是病弱之身，实在无能为力。今天又这样，和昨天相反，竟然一句话不说。不过这样反倒是比说些浑话来得好。”

鸭泽勉强露出一丝笑容，好像在说“既然如此，就此作罢”。满枝也高兴地笑着，叫护工准备了热水，为客人添了热茶，劝客人坐回椅子上。

“既然你这样说，我就明白了。那我改日再来。我叫鴫泽隆三——名片已经递给他了，上面还有我的住址——不好意思请问一下，你是鳄渊先生的亲戚吧？”

“我不是他的亲戚。不过鳄渊先生与我父亲交好，而且我就住在附近，所以常常过来帮忙照顾一下。”

“哦，是这样啊。我有五年多没见间了，听闻他去年娶了亲，不知是真是假。”

他想知道这位美人究竟是何人，于是故意这样问。

“这种事从未听说过。”

“哦，我也是这样想的。”

只见满枝的打扮不像谁家的女儿，也不像贯一的妻子，而且穿得如此华丽，便怀疑她是出卖色相的女子，可是她谈吐优雅、举止大方，又不像那种人。她究竟是何人？鴫泽难以判断。但她所说的父亲与鳄渊交好、帮忙照顾一番话听起来又不像妄言。虽然不知道她真正的身份，不过既非人女，又非贯一之妻，一定与贯一有某种不为人知的关系。若果真如此，贯一一定是随着境遇的变化而堕落，品行不端，失了操守，这样一来也没必要和他延续之前的缘分了。这等鼠辈出入鴫泽家，终将招致祸乱，他想到这里，内心生起了恐惧。这样说来，贯一怨恨他们也是件幸事。今天就先回去，深入调查和深思熟虑之后再来也为时不晚。他的失望中透着几分隐秘的喜悦。

“哎呀，真是承蒙您的关照了。近期我还会再来的。不好意思，可否请问一下您的芳名？”

“我是……”她从紫色盐濑的手包中取出名片，“真是不好意思。”

“哦，这个，您的名字是赤樫满枝吗？”

他更加怀疑这女人的身份了。如果是有夫之妇，就不该准备名片，而且背面还有一行文字，更应该谨慎才是。她这样应对妥帖、善于交际，服装雍容华贵，洋溢着贵族气质，或许是欧式女性职业的自营业者。可是她的美貌又让人感觉不像，真是一道美丽的谜题。鴫泽老汉忘记了被贯一冷待的愠怒，而是被这道谜题困惑着离开了医院。

满枝送客之后返回病房，只见床上的贯一已经坐了起来，紧握着消瘦的拳头，怔怔地，沉默隐忍，独自凝视着某处。

第六章

从几天前起，鳄渊家一亮起灯，就有一个不知从哪里来的老妇造访。此人看上去六十多岁，满脸皱纹，皮肤倒是不错，短发，看起来也不寒酸。只不过奇怪的是，她身穿茶色碎花御召缩缅的披风，背着一根箭尾棍，上面挂着盖着油纸的更纱包袱，脚蹬一双脏兮兮的橡胶底运动鞋。

她要求见鳄渊，可不巧的是来了几次，鳄渊都不在家，于是她又急忙回家去了，可翌日又不厌其烦地来了。峰渐渐觉得奇怪。

到了第三天，她的举动怪异起来，尤其是眼神恐怖地肆无忌惮地盯着人看，时而独自大笑，让人胆寒心惊，像一个疯子，更何况她每天一到晚上就来，分秒不差。峰担心她是来作祟的，便拜托直行见她一面，劝她别再来了，于是今天鳄渊特意四点回到了家。

“老爷，那人精神不太好哦，可是看起来还是个旗本之类的，长了一张高鼻子、大眼睛、瘦长而可怕的脸。她在门外叫门的声音实在是从未停过。每次都是‘来人，快来人’这样幽幽的两声。听了真是毛骨悚然，太讨厌了。为什么那种疯女人会跑出来呢？太不吉利了！”

峰抬头看柱子上挂的时钟，还没到点灯的时间。直行一脸为难地皱着眉头，紧闭着双唇。

“我不认识她，一点也想不起来。她叫什么？”

“我问了，她没说。看她那副样子恐怕自己也不知道吧。”

“今天晚上会来吗？”

“她来了就麻烦了，不过她肯定会来的。每天晚上都来，我都受不了了。她要是来了，你可要好好说说她，让她别再来了。”

“这我可不能保证。他可是个疯子。”

“因为是疯子我才觉得难受，才求你来的嘛。”

“你求我，我也对一个疯子没办法呀。”

听了丈夫这一番靠不住的发言，峰失望了，心慌起来。

“你要是没办法，要不就交给巡查来办吧。”

直行大笑起来：“哎呀，不用那么大惊小怪的。”

“才不是大惊小怪，我很讨厌她。”

“没人会喜欢一个疯子。”

“在那里，你看。”

“什么？”

不知道那老妇到底是什么人，是不是疯了，是不是真实存在，是乞丐，还是商贩，或者老爷认识的人，揭露她真实身份的时刻马上就要到了。

一整天来天色阴沉，被遮盖的太阳吝啬着不肯洒下阳光，天色渐暗，寒气逼人，家家户户比往常更早地关上了大门。西边的天空仿佛挂着透出微亮的厚厚一层冰，那里远远地隐约透出了寂寞的余晖，在快速消散之前，在小巷的角落里留恋、彷徨着不忍离去，油灯点亮了，发出了崭新的白色光芒。

一阵风起，卷着沙土。奇怪的老妇像被风刮出来的似的又出现了。短发凌乱着倒竖起来，衣服下摆随风乱舞，她在町南走啊走，走进了鳄渊家所在的横町里。鳄渊家的石墙上立着刺刀一样的东西，从上面伸出来一枝盛开的梅花，门灯倾斜着映照着大门。

她看上去一副回了自己家的模样，径直走到门前伸手就去开门，门没开，她便又幽幽地叫门。

“来人，快来人。”

风呼呼吹过，峰听了她的声音瑟瑟发抖，一动不动。

“老爷，快来呀。”

“哦，那个疯子吗？”

直行也觉得那声音令人毛骨悚然。他把酒杯放在坐着小锅的火盆一角，命侍女去拿灯。他来到玄关，从门里向外问道：

“来了，请问哪位？”

“你们老爷在吗？”

“在，你是哪位？”

门外没有回应，只听见一个类似咕哝的声音小声地说着什么。

“你是哪位？请问尊姓大名？”

“见了我就知道了。哦哦……哎呀，梅花开得可真好哇。这时节做插花用梅花最好了。来吧，请往这边，不要客气。来吧。”

他正要去开门，尚未打开，老妇又猛烈地敲起门来。直行心想，真是个疯子。不过这样下去她也不会走的，要不就见她一面，他这么想着打开了门，老妇一下就钻了进来。

“我就是鳄渊，有什么事吗？”

“哦，你就是鳄渊啊！”

直行被冲进来的一双眼睛盯着，仿佛一阵阴气袭来，猛地打了个寒战。老妇死死盯着他看了一会儿，随即用满是皱纹的双手掩面而泣。直行怔住了，瞪着他那一双金壶眼凝视着那张哭泣的脸，不知所措。

她哭个不停。

“我不知道！这到底是怎么回事？哦，你不是说找我有事吗？”

身体如朽木般的老妇猛地抬起头来，从喉咙挤出声音喊道：

“你这个大骗子！”

“你说什么？”

“大、大恶人！我这种人没去坐牢，我的……我的……雅之那样的大孝子……我先祖乃是甲斐国武田大膳大夫信玄入道，被山村野夫欺骗，这样谁会嫁到我们家里来呢？柏井家的铃子若是肯嫁来，别说我了，雅之会很高兴的。世上或许有因为贫穷而扔掉孩子的父母，却不会有送孩子去坐牢的父母。他才二十七，还不了解这个世界。我真是被骗了啊！来吧，来来，我来报仇来了，你就受着吧！”

直行吐了吐舌头，自言自语道：

“唉，真是个疯子。”

转眼间，老妇怒气升腾起来，神态也越来越恐怖，像一只怪物，一举一动完全不像人，龇着脚露出稀松的白牙，一动不动地盯着直行。

“我已故的老伴儿再三嘱托我保护好就这么一个宝贝儿子，应该是我去坐牢。你是在看不起我一介女流之辈吗？我告诉你，我可拿着长刀！怕了吗？”

她忽然畅快地大笑起来。

“啊算了，原谅你了。我家的铃子在家里每天穿戴得漂漂亮亮的，那么美！不光人长得标致，心胸啊，才艺样样都好。读书、写字、女红都不在话下。她现在每天都在家里翘首以待，有让雅之早点回来的法子吗？承蒙您关照了，马车还在等着，鞋子我就放在这里了。什么？我也要走了。”

她一边说，一边忙不迭地脱下自己的鞋子，又把背着的包袱结解开，把上面的油纸铺开。

“来，把你的头放在这里面。一下就滚下来了。很快就掉下来了，赶快让它掉下来吧！”

老妇看到束手无策的直行，眯着眼睛，挤出一声不知从哪里来的奇怪声音缓缓地笑了。直行被一股阴气攻击，不由得缩了缩肩膀。

根据她提到的坐牢，还有雅之，直行想到了这个疯女人的身世。他有一位债务人，名叫饱浦雅之，他十几天前以伪造文书起诉了他，被处以罚金十圆和一年刑期。原来这位是他的母亲。他的母亲是因为这件事而精神错乱的吧。

想到这里，直行不愿多想其他。表面上来看，是雅之因文书伪造罪而服刑，实际上陷入了直行的圈套。

高利贷者所用的恶劣手段中，借款人需要找一个连带责任人来做担保，高利贷者以要交涉为由引诱之，之后声称只需写一份保证书即可，连带责任人在保证书上签字盖章，这样只要借用亲戚好友的名义，找个印章盖上。他们声称这本来是双方同意达成一致之后的行为，不构成伪造。这样轻易地做的文书实际上就是伪造了在法律上有效的文书。借款人尽管也知道这样假借他人名义不是合法之举，可是在急需用钱之际实在没有别的办法，他们想着只要在期限内还清借款就不会出事，结果就这样陷入了圈套。

对于逾期不还者，他们就会马上露出爪牙。用起诉来威胁，趁机谋取不义之财，待食其肉、枯其骨之后，他们没有极限的欲望更是会牵连到连带责任者身上，强制要求还钱。如果事情闹出来，那必然是债务人会被判为罪人，置身其中谁都会因此而恐慌、狼狈不堪、心烦意乱、呼天抢地、拼尽全力筹措资金亡羊补牢。这时的高利贷者已经具有了扼人喉、折人脊的能力，人的生死大权尽握在他们手中，为所欲为。

雅之也是陷入这圈套中的一人，他私下借用了同学父亲的名义。事情败露后，那位同学恰好到海外留学，他的父亲声称不认识他，二人之间调停未成，他的行为最终触犯了第二百一十条。

法律如铁腕一般拉走了雅之，只留下摔倒路边的失了拐杖的老母亲泪眼婆娑，头也不回地去了。啊！母亲是多么挂念她的儿子呀！在父母眼里，儿子这样优秀，又与柏井家美丽的女儿订了婚，今年秋天就要嫁进门，年底还要到刚刚兴起的铁道公司谋得一个好职位……万事休矣，他成了为人不齿的法律下的罪人。耻辱、愤恨、悲叹、忧愁，这位母亲承受不了打击，终至发了疯。

事已如此，多说无用，唯有好言劝她离开，直行顺从地说道：

“嗯，无妨。是要我的脑袋吗？可在这里不行，我们到外面去吧。来，我们一起去。”

疯女人痛苦地摇了摇头，道：

“你的话都是骗人的。你就是用这种方法骗了雅之的吧。让我见识一下，你是如何欺骗孝顺又正直的雅之，拿了他的钱又送他去坐大牢的！事到如此，你还一副无辜的样子吗？！”

她把打开的油纸放到直行面前，不知之前包了什么东西，一股恶心的腥臭扑鼻而来。直行只得转过脸去。疯女人看到他那副样子，雀跃起来。

“哦哦……看看你！真叫人高兴啊！这样你的脖子越来越细，啊，就是那个，马上就要掉下来了！”

她慌忙拿着油纸去接，仿佛马上就要掉到地上。直行趁机抓住她的胳膊欲推她出门，她死死地抓住门框，与直行对峙。

“唉，你想把我从悬崖推下去是吧，像对别人那样？你想骗我的时候把我推下去，是吧？”

她叫唤着，身子扭动着往门里钻，怪力出奇大，直行被她推得站不住脚，一屁股坐到了地上。她见了大笑起来。直行迅速站起来，抓着她的领子往外推。就在他打算关上雨门的时候，又卡住了推不动，疯女人一脸狰狞地又出现在了门口。那张脸太可怕了，以至于直行失去了理智一巴掌打了上去，趁着疯女人呆滞的时候锁上了门，那老妇从外面使劲敲门。

“快！给我你的脑袋！你拿走了宝贵的文书，又拿走了宝贵的鞋子！鞋子小偷！大骗子！把你的头拿来！”

直行站在那里观望形势，不忍而来的妻子从他身后小声唤道：

“老爷，怎么了？”

丈夫指着门外，示意他人还在。峰看到土地上散落的橡胶鞋和油纸，还纳闷怎么用这种东西做抵押的时候，又听到了那老妇的声音。

“开门，快，开门！”

峰全身颤抖，不堪忍受这声音，劝丈夫回房。

敲门声持续了一阵子，直行从后门溜出打探情况时，只见风吹着门边的梅漫天飞舞着花瓣，微弱的灯光下不见老妇的身影。

翌日同一时刻，老妇又来了。直行让侍女谎称主人不在家，并将她遗落的两件东西还给她。因前夜的暴行，她面色如灰，听侍女说罢就回去了。

峰害怕翌日她仍来，请求丈夫在家里待着，果不其然她又来了。再次让侍女出去告诉她主人不在家，结果这次她没有立即离去。

“那我就在这里等待他回来。其实我有东西必须要取走，如果拿不到就不回去了，所以不管等几日都会一直等下去。”

她蹲在门口一动不动。侍女劝了她很多遍，她仿佛一句没有听进，如一尊石佛般毫无反应。侍女只得回来如实禀告。直行也无计可施，只得又干等了两个小时。

峰心里苦得很，这样只能求助警察了。可是她一这么说，直行就心烦意乱，完全听不进去。峰问直行，如果她又来，有办法撵她走吗？直行只说，只要她不害人，就权当一条无家可归的野狗，让她待着好了，不必在意。听了丈夫说的“不必在意”之后，峰更生气了。不光这件事，峰每次同丈夫商量时，丈夫总是把自己当作女流之辈而不听取自己的意见，真是委屈和怨恨。有时峰害怕过了头，就产生了求神拜佛的念头，丈夫不可依靠，就只能祈求神明保佑。八百万神他都诚心祈拜，几年前神道教开创了一门新派，称为天尊教。这一派尊崇的神体乃是一颗发出紫光的大明星，曰大御明尊。在天地混沌、日月未明之际，其出现在高天原上，司天地与万物，补万事之不足，盈万物之亏损，佑国土百姓安宁。自从信了此天尊，峰便一心一意尊奉为自家的守护神，一出事就诚心祈祷。

这天晚上，峰特地净身献灯，祈愿消灾祛怨。翌日到了献灯时，那老妇又来了。丈夫外出未归，如果今天那老妇再大声辱骂，并闯进屋子里怎么办？峰大脑一片空白，全身颤抖，便遣侍女出去打探，自己则躬身来到神像前，声音颤抖地虔诚诵念祷告词。疯女人听侍女说主人不在，也没有再争论，和昨天一样在门口同一个地方蹲下来等待。侍女锁上大门回到屋内，外面安静了一阵后又传来了骂声。侍女以为主人回来被逮住了，结果从厨房小窗向外窥探时，发现除老妇之外没有别人，可那老妇却不停辱骂着，仿佛有人在她身边。她的话侍女听不清楚，大体上就是“我儿被这家主人欺骗陷害”之类前言不搭后语的泣诉。

第七章

一

扬言替儿报仇而要取直行脑袋的疯女人已经连续来访第八天了。虽然令人厌倦，可也不能逐她而去，而且她待在门口并不引起骚乱，因此也只好任她去。正如直行所言，她毕竟没有害人，就权当一条野狗栖息于自家门前吧。一个身穿缩缅披风的人在黄昏的门前瑟瑟发抖，她伸手搔了搔灰色的短发，眼睛里露出妖精一样的光芒，以为她在笑其实是在哭，以为是在哭其实是在发怒，对着无边无际的黑色薄暮诉说她的悲伤和恨意——拿着腥臭的油纸正在等候仇人首级的疯女人！现在确实没有害人，可总有一天她会对这个家作祟。人的执念在一念之间会把水变成火，把山变成海，把铁劈开，把石碾碎，还会毁灭一个家庭，杀人不费吹灰之力。峰害怕极了，暗自神伤。

直行绝不会把自己陷害雅之伪造文书一事告诉峰，所以在峰看来，错在老妇的儿子身上，自己家不该承受这份怨恨。这些事不过是事业上的成败，而且一想到放款有时也会收不回，这些事说到底不过是你来我往的生意罢了，峰强烈地意识到这都是老妇自作孽，与丈夫没有丝毫干系。话虽这样说，可一想到老妇为人母的悲伤之情，确实是肝肠寸断，倒也不足为怪。可是自己家却遭人怨恨，受到这种殃及，简直想不通，只剩下恐惧在累积。

老妇一天都不忘来到鳄渊家，她一定是在背地里要取我们的性命，她在门外待很久，一定是在用自己的怨念诅咒我夫妇二人——峰对此深信不疑，一到傍晚就烦恼不已。那老妇在门外期间，峰就到大御明尊前祈祷，否则坐立难安。心中稍有懈怠，灯影也忽闪起来，她就以为得不到天尊庇佑和守护，于是便忘记一切地专心祈祷，关上屋门，里面香烟弥漫，纵使汗流浃背也不停止。哪怕天降刀枪，老妇也每日必来。战战兢兢等她来的第九天同一时刻，却不见疯女人的身影。这一天寒气逼人，身上仿佛结了一层霜。外面狂风大作，鬼哭狼嚎，大树呼啸，房屋摇动，飞沙走石，被云层遮挡的天空里弥漫着扬尘，天是灰暗的，天色混浊，一副恐怖至极的傍晚景象。

鳄渊家门前的门灯被风吹落了两面玻璃灯罩，灯火熄灭，灯也被吹倒。屋子里灯火比往日更加鲜明，映照着主人用餐的饭桌，坐在火盆上的小锅里咕嘟嘟地煮着，一壶酒尽，还没听到疯女人的声音。峰的一半恐惧中多了几分安心，脸上露出了愉悦的表情。

“疯子看到今天的风也退缩啦。每天都回来，今天看来是不来了，怕是被这风吹到哪里去了吧。哎呀，这可真是得天尊保佑哇！”

她接过丈夫递来的酒杯，接着说道：

“再喝一杯吧。虽然菜色朴素，不过在这心情愉悦之时会更加美味哦。哎呀，要是一直这样就太……老爷，快七点了，看来今天晚上她不会来了。这样的话就要锁上门了，真的好久没有像今天晚上这样心情舒畅，发自内心地高兴了。那疯子总来折腾，还不知道我要缩短多少寿命呢。于是我祈祷天尊希望她永不再来。来，喝吧！这酒真美味啊！那老婆婆可不仅仅是可怕呢，还很瘆人，瘆人可比可怕还要吓人，我简直受不了。她一来，我就害怕得汗毛倒竖，那和单纯的害怕还不一样。能感觉到她身上的执念，我经常在梦里梦见被可怕的东西追赶着，我跑啊跑还是被她抓住了，想说话却发不出声音来，不知发生了什么事，那种心情真是……唉，不说这个了。我有些醉了。”

侍女又添了一壶酒来。

“金，今天晚上没有来啊，那个疯子。”

“真是太好了。”

“待会儿我要奖励你一些点心。你和那疯子挺熟了呢，能制服她的非你莫属。”

“哎呀，您就别逗我了。”

刮来刮去的风如同汹涌的浪潮一般轰鸣不绝于耳，其势可动摇房柱发出吱吱声，吹倒物体发出的响声、断裂声、折断声此起彼伏，身居室内也不由得胆寒。不断往长火盆里加炭，铁茶壶中的热气如云雾喷发般袅袅上升，然而背后还是像压着一块铁板般寒气阵阵，直行多喝也不易醉酒，便一个劲儿地喝。峰心里高兴，也多喝了几杯，脸颊红扑扑的，似涂了一层漆，光彩耀人。

疯女人果不其然没有来。欣喜醉酒的峰和丈夫，还有得到褒奖的侍女，不到十点都沉沉睡下了。

风像中了邪似的更烈了，高处的枝梢仿佛扫帚一般弯了腰，零星散落的星星也终于在强风之下摇摇欲坠，夜晚的寒气几乎吸走了一切有限的生气，阴森的夜色愈加冥重恐怖起来。突然间，一道光劈开了黑暗，照在了鳄渊家的木门上。那光照得低，被东西遮住了，让人以为那是某种火光，难以辨认。在那红色的烟雾中，正房和仓库的影子朦胧出现，不一会儿便看不见了，在强风之下瞬间消失了。又过了一会儿，同样的火光又出现了，虽然薄弱，这次却没有上扬，也没有消失，而是保持着燃势，风势稍弱时便一闪一闪地传到了纳屋的床边，这时的火焰升腾，照得四周一片明亮。墙边有人影闪动，可是由于黑暗不知那人是谁。

顷刻间，火势便横纵蔓延开来，火苗蹿进了纳屋，喷出的黑烟旋涡或破碎，或重叠着向外喷涌而出，目之所及的房屋和仓库全都沉入了火底，火焰划破了黑暗，伴随着烟雾四散，烟雾更是在风的作用下愈演愈烈，呈喷发之势，在狭窄的空间中不论遇到任何物体都不由分说地搅乱其中，噼啪作响。纳屋的一侧火势迅猛，仿佛天空都被烧焦了。刚才那不明所以的小火焰这时明亮地闪耀着。旁边就站着那疯女人。她在狂舞的烟雾下泰然自若，被火光映照得绚烂的脸不免让人怀疑她是否就是引起这场灾难的恶女。她严密地监视着眼前的火焰是如何燃烧，如何破坏的，一步不移地看着强风、烟雾和火焰相互交织、争相增长、互相借力的情景，脸上流露出的笑容为世间仅有。

狂风肆虐，响动惊天，然而正在熟睡中人们谁也没有听见，也没有人出来奔走相告。就在这期间，火势蔓延到了下屋，厨房也燃烧起来了。火底突然传出人的叫喊声，原来是那疯女人在狂笑不止。

二

待人们喧闹起来，烈火已经燃烧了大半个房子，仓库的窗子中向外喷涌着火焰，已经无法控制。再加上强风大作，消防虽然抢救，可是火势已经蔓延了三十几户人家，直到凌晨两点火势才得以控制。据说在喧闹之中抓到一个可疑之人，就是那疯女人，她不肯离去于是被捕了。

被认定为火灾源头的鳄渊家一丝一毫都没有被抢救出来，全部都化为了一片焦土。警察第一时间询问了里面住人的信息，只有一名侍女大难不死得以逃生，她说自己醒来时，火势已经蔓延到了枕边，向屋内唤了两三声后跑了出来，不知道主人们的情况。天亮了，夫妇二人还没有出来，警察担心会有疏漏，便在废墟中搜寻。

灰烬之下找到一具已经半烧焦的尸体，不忍直视，但还可以辨认出那就是夫人峰。在附近又搜寻一番后，没有发现其他人，却在仓库附近挖出了烧焦的人骨。或许是醉酒逃跑的缘故，也或许是贪恋粮财而忘我的缘故，总之夫妇二人都因这大火丢了命。房子和仓库一夜之间化成了烟，鳄渊家都被红土和烟掩埋了，风一吹，尽是袅袅的烟尘，其中唯一完好无损留下来的，是主人卧室里的金库。

与父母不居一处的直道还在旅途中，尚未归来。贯一在峰的尸体被挖出来后从医院里赶来。他本应三天后才出院，现在可以说几乎痊愈，工作无碍。虽说如此，事态紧急且严重，他担心自己初愈的身子难以承担琐碎的后事，便一边鞠躬尽瘁处理后事，一边等待直道回京。

连枕头都无法举起来的病人如今却必须健康地站起来，常常来亲切关照他的身体硬朗的主人却在一场大火中化成灰烬和断骨，贯一见此不知该如何吊唁，对于这突如其来的事态，他甚至不敢相信。虽说人终将死去，可是却无法想象自己朝夕相处的人死去。贯一失去了这五年里的家人，房子和仓库一夜间都被烧成了灰烬，就像自己口袋之物无缘无故地消失，叫人难以置信。今后又会发生什么事？无常的忧愁渗入他的肝肠。

藏身之处全都化为废墟，像一场梦。再加上一直依赖的主人夫妇二人丧命，他们的音容仍在，贯一无法分清幽明之界，他苦于医院里长久以来的枯燥生活，对这个家的思念和向往让他在深夜里从位于市之谷的临时住处来到了这里，拄着拐杖站在不远处凭吊。

连日来风寒料峭，这夜里突然有所减轻，朦胧的月色温暖地普照，天朗气清的街道安静地沉睡。周围还充斥着烟熏火燎的臭味，被人们慌乱踩踏的路上还有水迹，被夷为平地的现场还堆积着烧毁的柱和瓦，烧焦的围栏和一片狼藉的院子，宅子已经完全失去了原有的形状。一列焦黑的短树干旁边，碎砖瓦堆积的地方就是仓库，站上去灰烬中还残留着热气，灰尘扑面而来。贯一拄着拐杖怅然地站在那里。他所在之地两三步前方就是直行遗骨被发现的地方。月色仿佛饱含怨念的死人脸，照在红色砖瓦上面，仿佛肉体粉碎后被抛弃在那里，目及之物全都残缺的，四望之下一片寂寥，只有一个黑点的人影，独自神伤。

呆立的贯一心中还清晰地映出了鳄渊家的情景，眼前历历浮现出了满面红光的峰和主人的脸，他似乎忘记了自己，缓缓抬头看天，又低下头来，时而向前走，时而退回来，他沉浸在思考中，偶尔还擦擦眼泪。他不禁为坎坷的人生感到凄凉。亲近之人都离开了他。看吧！有人抛弃他，使他遗恨终生；有人被夺走性命，使他陷入悲伤。前恨还未消，又添了新悲。弃他者已去，不弃他者逝去，终究只剩下自己。活着就该庆幸吗？死了就该悼念吗？活着的人活在忧伤中，逝去的人死于非命。说起来，这样的生与这样的死孰哀孰悲呢？

我烦闷地活着，和他们惨烈地死去无异，不同的只是去留有别。他们的死能给我痛苦的生带来慰藉吗，还是只有我活着才足以悼念他们死去的创伤？我肝肠寸断，我心力交瘁，他们肉身溃烂，他们粉身碎骨。痛苦度日的身躯仍被他们的魂魄缠绕着，被他们的死状惊吓着。失去家产，失去家，最后自己也不得善终，哪怕是犯了极重罪之人也从未受过这等虐刑之辱，畜生们的结局也没有遭受如此业报，是天意，还是宿命，抑或是因果报应？然而这世间不止直行一人作恶。人情如暗中挥刀，路上设陷，表里面上行恶，处处为非作歹。如果直行的行为就要遭此报应，那么还会有人不遭报应吗？更有甚者，恶事做尽，却未遭天谴，命亦不薄，报应更是绕他而走。他们的惨死不应拿来羞辱，只不过是遭遇奇祸罢了。

贯一想到鳄渊夫妇生前对自己的深情厚谊，悲叹于他们的死，为这永别感到无限惋惜。不知自己能在此停留多久，贯一在主人遗骨被挖出的地方祭拜，又去夫人横尸之地祭拜，心中无限感伤地与他们告别，他的心中突然翻滚起来。想到无人来这小巷尽头吊唁逝去的二位，不禁悲上心头，可我在这里不能停留过久，他想到这里又不忍离去了，又回来坐在一个小土堆上。

其实，他在家中面对遗骨时也是思绪烦乱。在这里，在逝者近旁，他想或许能得到一些类似于遗言的消息，他把沉重的头支在拐杖上，仿佛在寻找主人夫妇在地下的冥念。然而最终他一无所获，泪水滂沱着从脸颊上滑落。

夜晚的黑暗中传来一阵车的轰鸣声，一辆车飞驰而来，在废墟旁停了下来，翩翩而来的人径直走到鳄渊家废墟前停下了脚步。

贯一听见那人踏着残破的砖瓦向他而来，他抬起头来，只见一个人影走来，还没看清来人是谁时，那人开口道：

“是间吗？”

“嗯，是您！您回来了？”

此人正是贯一盼着的直道。贯一慌忙起身相迎。相向而立的二人在月光下无语凝噎。

“太突然了，不知该从何说起！”

“是啊，这次我正巧出门，让你费心了。”

“出事那天晚上，我还在医院，不知道发生了什么事，天亮之后才赶来。现在说已经为时已晚，可是如果当时我在，绝不会发生这种事。太可惜了。两位在家里太大意了，才落得如此悲惨的地步！他们才这个岁数，真是太可惜了！”

直道这时才睁开一直紧闭的双眼，道：

“都烧光了吧？”

“唯一留下的是金库，其他都烧光了。”

“金库还在？里面是什么？”

“有少量钱，主要是账本和证明书等。”

“都是借款相关的？”

“是的。”

“唉，我倒是想让这些都烧掉！”

直道的脸上难掩遗憾之色。贯一清楚直道与他父亲意见相左，近年来一直分居别处的内情，因此他也知道直道所忧是为何故。

“家烧了，仓库也没了，这些都无妨。毋宁说，既然已经被烧了，也没有办法。父母离世，不管是我还是你，这样哭泣悲伤的也只有我们二人，别无他人……想必别人正为此高兴。这样想来，失去双亲也不全都是坏事。”

可是直道还是流下了思念的泪水。忌惮他的父亲和畏惧他的母亲绝对不是对他没有一丝疼爱。除了忌惮和畏惧这两点，他比其他孩子得到父母的爱要多得多。父亲活着，才能与他相争。而如今他逝去了，直道恨自己没有听从父母之言，懊悔对父母没有尽到孝道，他深深自责。

温暖的风扑面而来，吹起了直道的外套下摆。他无端忆起这件外套正是母亲为他做的，虽不是重要的事，但世间哪有人会无故给他人一张纸呢。我现在从测量工地回来了，我的知识和我现在的位子是承蒙了谁的恩德？正是从来不能求也不能希求重复获得的父母，现在却成了阴阳两隔之人。

炎炎猛火之中，父母该有多么痛苦地呼叫救援啊！他们究竟呼喊的是谁呢？想到这里，直道就呜咽不止，浑身化成眼泪。

“世间为此高兴的人，让他们高兴就是了。因为只有您一个人的心意能让二位满足。很抱歉跟您说这些，但是您直到今日都拥有双亲这件事在我看来非常羡慕。这世间再也没有比亲子之爱更纯洁无瑕的事了。我从十五岁起就成了孤儿，因此常受人嘲笑。被人嘲笑是我自暴自弃的根源，也是我最终不能成为一个大丈夫的原因。这自然是我自己的罪过，不过失去双亲确实是一件非常悲惨的事。因为这世上有的人薄命，所以不存在几岁离开父母这种道理，他们的存在至少是一种安慰。”

贯一从未像这样与直道说过亲近的话。在直道看来，贯一做了恶事，应当远离。理由是，贯一做了父亲罪恶的帮凶，因此直道将贯一视为畜生，甚至动过杀掉他的念头。今天听了贯一一番话，直道对自己的先入之见产生了疑惑。

“你说自己不是一个大丈夫。”

“是的。”

“那么，你现在不是一个大丈夫？”

“当然。”

直道低头不语。

“哎呀，在您面前说这些真是失礼了，抱歉。我们走吧。”

直道仍旧低着头，一言不发地点了点头。

夜更深了，这里寂静无声，十分安宁。深深陷入思虑的直道脚下，瓦片发出尖厉刺耳的声响。土地是一片废墟，所有东西都残缺不全。其中一人站立，一人坐在废墟上，月光隐约地照在他们无言的身上，描绘出一幅悲凉的画面。

过了一会儿，直道突然开口了。

“你能变成一个大丈夫吗？”

他的声音里充满了忧伤。贯一大致明白他的意思。

“嗯，谢谢。”

“可以吗？”

“虽然您这样说，可还是请让我就这样吧。”

“这又是为什么？”

“事到如今，已经没有成为一个大丈夫的必要了。”

“没有必要吗？我也没有必要劝你。你再考虑一下吧。”

“不了，抱歉让您失望了。我从未与您像这样促膝长谈过，我是什么样的人，您大概不了解。而我每回听到您的事，所以很了解您。您是非常纯粹之人，在精神上毫无伤口，对您诉说我的心事其实非常难为情。我要说的事比较扭曲，或许您不能立刻听得进去，或许根本不想听。纯洁的您和扭曲的我从一开始就无法交流，因此我说这些也请您不必放在心上。”

“嗯，我知道了。”

“您说让我成为一个大丈夫，我非常高兴。我知道这行当不是一个大丈夫该做之事，却还是做了，我心里也很苦。可为什么偏要这样做呢？虽然难以启齿，但是我想说这或许是精神上受到严重创伤后的反弹吧。我若能喝酒，或许早就自暴自弃成了酒鬼，毁了身子，可是我不会喝酒，又没有切腹的勇气，也就是因为没有骨气才成了今天这副样子。”

直道纯洁的内心被他这番真诚的话语打动了，同情地说道：

“听你这番话，你有今天这境遇看来是有苦衷啊。究竟怎么回事？可以都讲给我听吗？”

“都是些痴话，不过也无人能够诉说。而且我发过誓，决不向别人讲自己的事，所以非常抱歉。总之，是因为某件事而被骗了。”

“哦，既然如此我就不再过问了。那你既然知道这行当不是大丈夫该做之事，由于我父亲等诸多原因又认为这件事不值得羞愧。我一直认为这是可耻的，有时还下定决心干脆在父亲面前以死谏言，只有这一种方法了。父亲坚决不听，我也抱着决不放弃劝说的决心，做好了不管做什么都要劝他回头的觉悟。然而经过这次的灾难失去了父亲，我遗憾的是他没有痛改前非就去了，这是我终生的遗憾。同时失去了父亲和母亲，连最后一面也没见到，在他们临终时又遭遇了这等悲惨之事……大凡为人子，没有比这更悲伤的事了，你觉得呢？而且，没有改正前非便死去这点更是遗憾。如果父亲早日金盆洗手，也就不会遭遇这等灾祸了。我是这样认为的。可是，已经发生的事如今无力回天，我非常希望你能代替父亲改正前非。只要你能改正，我就当父亲也改正了，这样才能满足。这样一来父亲的罪过也会减轻，我的忧虑也能消失。只要你步上正途，你也能心安理得地快活于世。

“原来如此，听你一番话，你干这行当也是有迫不得已的苦衷，那么请你在看对父亲的追善和救赎我的分儿上，别再放高利贷了。我把父亲的财产都让给你，你用这些钱做些让人受益的买卖，没有比这样更让我高兴的事了。父亲非常喜欢你，你也非常尊重父亲吧！既然如此，就请你代替父亲改正前非吧！”

一直在听的贯一如清晨承载了露珠的草叶，没有抬起头来看直道。直到直道说完也没有看他，无论直道如何问他，贯一都没有抬起头来看他。

突然一道光照在了横贯废墟之上的小路，光越来越近，原来是巡查来夜巡。二人一齐看向光的来处，一动也不动地等待着，直到灯光照到他们身上。巡查十分惊讶，只见他们二人脸色惨白，凄凄惨惨的脸颊上面垂着泪水——而且这里哪是人哭泣的地方啊！此时已是凌晨两点半了。

续篇

与红叶山人书

红叶山人足下。吾幼嗜读稗史小说。当时行于世者。京传三马一九。及曲亭柳亭春水数辈。虽有文辞之巧丽。构思之妙绝。多是舐古人之糟粕。拾兔园之残简。聊以加己意焉耳。独曲亭柳亭二子较之余子。学问该博。熟惯典故。所谓换骨夺胎。颇有可观者。如八犬弓张侠客传。及田舍源氏诸国物语类是也。然在当时。读此等书者。不过闾巷少年。略识文字。间有涉猎史传者。识见浅薄。不足以判其巧拙良否焉。而文学之士斥为鄙猥。为害风紊俗。禁子弟不得纵读。其风习可以见矣。年二十一二。稍读水浒西游金瓶三国红楼诸书。兼及我源语竹取宇津保俊阴等书。乃知稗史小说。亦文学之一途。不必止游戏也。而所最喜。在水浒金瓶红楼。及源语。能尽人情之隐微。世态之曲折。用笔周到。浑思巧致。而源氏之能描性情。文雅而思深。金瓶之能写人品。笔密而心细。盖千古无比也。近时小说大行。少好文辞者。莫不争先攘臂其间。然率不过陋巷之谈。鄙夫之事。至大手笔如金瓶源氏等者。寥乎无闻何也。吾及读足下所著诸书。所谓细心邃思者。知不使古人专美于上矣。多情多恨金色夜叉类。殆与金瓶源语相似。吾反复熟读不能置也。惜范围狭。而事迹微。地位卑而思想偏。未足以展布足下之大才矣。盍借一大幻境。以运思驰笔。必有大可观者。吾老矣。若得足下之一大著述。快读之。是一生之愿也。足下以何如。

学海居士

第一章

如果把时间换算成钱，一秒算作一毛，那么每个人每天除了八小时的睡眠之外，还有十六个小时，相当于五圆七十六钱。按一年三百六十五天来算，就相当于巨款两千一百零两圆四十钱。因此每逢岁末的二十七日，市面的气氛就会沉重起来，仿佛在宣告世界末日的来临。人们在家坐立不安，便走到外面去。在街上走路的人拼命赶路，赶路的人互相推搡，接踵摩肩，不小心擦伤他人也顾不上。每个人都集中于稍纵即逝的时间而造成了紧张慌乱的气氛，简直要把人逼疯。他们后悔不该白白度过前十一个月，一秒秒积累起来的两千多圆巨款不知哪里去了，他们不得不抓住后悔的尾巴，睁大血红的双眼，拨开草丛，掀起砖瓦，到处搜寻。何况现在时间价值飞涨，一秒的价值甚至已经不止一毛，直逼十钱，时间如连发的速射炮嗖嗖飞过，让人们惊慌失措。

从不疲倦的天空今天仍无变化，悠然，湛蓝，明亮，广阔，浩荡，安静，而且依然覆盖着应该覆盖的，终日北风吹，夕阳照光辉，腊月尘飞扬。放眼望去，路边的人家都同样挂着门松，枝叶苍翠交错，屋檐下挂着象征长长的稻草绳，映着晚霞在风中摇曳，这一派尽显繁华迎接春天的景色让旧岁惊魂未定。

人们为了挽回损失的两千余圆，到处奔走，有人手里提梅走过，有人肩上扛着猎枪，有人同艺伎同车，有人穿着喜欢的衣服嘴里叼着牙签，有人驾双匹马车，有人提着大包小包，也有人边走边看杂志，有人带着五个孩子走进劝工厂——他们各有所得，但显然并不满足。损失较少的人心中暗喜，而损失较多的人却在担忧，极少完全没有损失的人心情很好，每个人都在心里计算，盈余者绝不亏损，亏损者则要设法转亏为盈，每个人都在追求自己的目标。人世间，人们更想要鲜花绽放的白昼和月明星稀的夜晚，而不是三个相同的早晨。然而，是勇是怯，只有到死前才会明了，有一个人对于眼前的一切不屑一顾，踩着醉醺的脚步，一手拖着铁鞭，怀里抱着一卷书，身穿一条满污的嘉平绸的袴和一件洗褪色的法兰绒单衣，上套一件纹样模糊的布衣，头戴一顶变成瓦灰色的约翰逊帽，外套是一件焦茶色的花纹罗纱披风大衣，看上去是别人穿旧了给他的，比正常的大衣薄些，也更像是体型硕大的人穿的，袴在风中被吹得岌岌可危。此人看上去三十六七岁，虽然并不消瘦，但却像是傍晚寒风中的一棵枯树，孤单却坚强，美丽飘逸的长须从耳根直垂到胸前，分拨呈八字状。面貌爽朗，面露几分傲色，却不凌厉，加之他正逢酒兴，像在春天的田野边散步，从那条西向横町向这条大街走来。

“寂空夜静高楼上，买酒卷帘邀月醉，醉中挥剑射明月。”

他这样有节奏地低吟浅唱，自得其乐地走着。天晴，呈琉璃色，还映着夕阳的余晖，忽然一阵北风来，刺骨般得冷，可他脸色犹如烈火，喘着粗气，蹒跚而来，口中还振振有词：

“往往悲歌独流涕，君山灭亡湘水平，桂树砍却月更明，丈夫有志……”

他吟诵到这句诗时，一支近卫骑兵队从大街南边策马而来，摆成一字横在面前，挡住了他的去路。他握紧铁鞭，瞪大双眼，注视着那些带起一阵尘土的马背上穿戴整齐的健儿从身边经过，他目送他们的背影远去，不禁发出了“壮哉！”的感叹。

“我游四方不得意，佯狂施药成都市。”

他茫然低声吟诵着这首诗的首联。他的举动引起了来往人们的注意：这时节居然还有人独自宿醉，是得意，是自弃，是豪杰，是悟者，还是酒鬼？有人从他身边走过，有人窥探他是否为熟人，还有人揣测他的身世。他喝得烂醉，对此一无所知，只是茫然望着熙熙攘攘的街道，停下来犹豫着该去往何处。

虽然人们将他视为怪人，可这已不是他第一次出现在此处了，他常散步于此，不过像今天这种烂醉如泥的样子，就连平时注意他的派出所巡查都感到意外。

过了一会儿，他啪啪甩了甩铁鞭，便向右拐去。刚走了两条街，一辆人力车突然从西北方向的窄斜坡上飞驰而来，正巧撞到了他的腰。他顿时被撞出了四米远，在地上滑过一段距离后停下来，一动不动。车夫惊慌地刹了车，回过神来定睛一看，感觉对方是个不好应付的家伙，便立刻掉转车头逃走了。车上坐着一位身穿黑绫防寒外套、头包素鼠色缩缅头巾的妇人，她掀开盖在腿上的红桦色海獭绢毯，喊道：“快停下，掉回去！”车夫听了，也只是一个劲儿地向前跑。这时，从后方传来一声呵斥：

“等等！喂！”

许多行人目睹了刚才的事故，都在责备着车夫的不是，无法忍受的妇人硬要车夫停车，然后下车回去看看。

爱凑热闹之人趁此机会也都忘记了自己的要事，仿佛蚂蚁吃糖一般地涌了上来。有人围住了蹲在地上的伤者，有人站在妇人身边，都睁大了眼睛站着看。妇人在返回的路上摘掉了头巾，只见她梳着圆发髻，扎着艳红鹿子百合花纹的羽二重发带，斜插着玳瑁七宝金玉簪和高莳绘政子梳，装束打扮清丽脱俗，花一般的容颜惹人爱怜，众人皆看得出神，敛声内惊。

妇人被看得羞涩，把刚摘下的头巾又戴了上去，赧颜通红地在人群中着急地跺脚。帽子、铁鞭、怀里的书本和脚上的萨摩木屐散落一地，醉汉撑起半个身子来，他用手掩着流血的右侧脸颊，抬头看向他走来的妇人。妇人在他面前胆怯地向他致意：

“刚才大意了，撞到了您，真是对不住。哎呀，您的脸！眼睛也受伤了吗？真是……”

“不，不是什么大事。”

“真的吗？哪里疼吗？”

妇人看他无法把腰直起来，担心地询问道。

车夫也从妇人背后冒出来连连弯腰道歉：

“真是太对不起了，老爷！请您原谅啊！”

醉汉转过脸来看着车夫，没有愤怒，只是严肃地说：

“是你的错！明知自己闯了祸，却不停车。就是因为看到你要逃跑，所以我才叫住你。做事如此鲁莽，真是给主人丢脸！”

“是，非常抱歉！”

“还请您原谅！”

看到妇人也屈身道歉，醉汉点了点，道：

“以后注意，知道了吗？”

“是！是！”

“快走吧，走吧！”

醉汉说罢，就站了起来。主仆二人看了也感到意外之喜。倒是看热闹的人群本以为能看好戏，想不到虎头蛇尾，失望极了，大多数又忙着转身离去，少数人认为好戏在后头，仍不忍离去。

车夫扶起醉汉，捡起散落的木屐和铁鞭，妇人把帽子擦干净，把书捡起后还给了他。妇人让车夫拿着头巾，转过来细心地为醉汉拂去外套和袴上的泥。尽管醉汉不计较，可是想到他脸上的伤口，妇人十分内疚，默默地想看看能为他做些什么。然而看着看着，她的眼神渐渐锐利起来，似乎发现了可疑之处。醉汉觉得再待无益，便踉跄地向前走。

妇人没有阻拦，但片刻之后仿佛下定决心似的突然追了上去，叫住了他。醉汉眯着眼睛回头看，不知妇人喊的是别人还是自己，面露讶异。

“如果我认错人还请包涵。您……是不是荒尾先生？”

“嗯？”他不由得转过身来，撑着铁鞭站在原地。这是白日梦，还是幻想？醉汉怔怔地睁大双眼想要看清楚，心中疑窦丛生。

“您就是荒尾先生吧！”

“啊？我是荒尾，荒尾是我。”

“您认识间贯一吗？”

“哦，间贯一，他是我的老友。”

“我是鴫泽家的宫。”

“什么？你是……鴫泽……鴫泽家的……宫？”

“是，就是间曾经住的鴫泽家。”

“哦，宫小姐！”

醉汉被这奇遇惊得清醒了大半，盯着宫看，好像要从那张脸上找到过去的容貌。

“好久不见！”

宫高兴地走到他身边。

现在这美人不再是车主了，和醉汉互通姓名后这那说个不停。间贯一住在鴫泽家的时候，他对宫来说是一位如同兄长一般善良的友人，设身处地爱护别人。那时的他们比亲兄妹还要亲切地在促膝谈心，他们或许会对一生中境遇的变化而有心理准备，却无论如何也不会想到有今日的相遇。更遑论曾经亲如兄妹的二人如今一个衣衫褴褛地醉倒路旁，另一个驱车过市尽享荣华，如此云泥之差更是做梦也没想到。如此奇遇加上梦一般的巨大差距暗示了二人的境遇。女人脆弱的眼泪已经濡湿了宫的眼睛。

“你大变样了！”

“您也是啊！”

宫注意到荒尾脸上的伤口流出了越来越多的血，急忙用手帕擦拭，还担心地说：

“很痛吧？您忍耐一下。”

她吩咐了车夫几句后遣走了他。

“这附近有一位好大夫，我们去他那里吧。刚才我叫人去备车了。”

“没什么大事。”

“哎呀，很危险的。您也喝了不少，反正人已经去备车了，就去一趟吧。”

“不，不了，没事。贯一后来怎么样了？”

宫听到这句话，仿佛胸口被刺了一刀：

“关于此事，我有许多话想和你说。”

“可他现在怎么样啊？他还好吗？”

“嗯……”

“应该不太好吧。”

宫羞愧得浑身发抖，就在这时，车夫雇到一辆还不错的人力车并一起来了。待宫抬起头来，才发现周围不知何时已经聚满了陌生人，就连烦人的巡查也来了。

第二章

伤口敷着药的荒尾让介脸色苍白地从醉意中醒来，盘腿坐在明亮的灯前抽着烟，没有褶子的袴遮住了膝盖，神情严肃，和无精打采的宫隔着一张熊皮毯斜对着。此时二人在宫认识的大夫宅邸二楼的一间大约十叠大小的洋式房间里。随着交谈的深入，故事也渐渐展开。

“那时贯一出走后曾给我写过一封信，所以我还是知道一些。看到那封信时，我气得颤抖。当时就想立刻去找你，劝你回心转意，如果你执意不听，我便不再善待你，还要揍你一顿，让你残疾，一生不能结婚——当时我几乎已经下定决心这样做了。可是，连贯一的劝说你都不听，我的话你更没有道理听了。而且，你抛弃了贯一，把自己卖给了富山家，我要是损坏卖给人家的东西大概也是不能简单了之。我当时真是心如刀割，难以接受。”

宫用衣袖遮了脸，可以看见她在连连皱眉。

“宫，我从没想过你是这样的人。既然欺骗相爱的间，我就更不用说了。不仅我恨你，我也替贯一恨你！没错，就是恨，下辈子我也恨你，一定会恨你的！”

终于宫无法忍受地抽泣起来。

“误了贯一终生的正是你。不过，贯一也是，仅仅因为被女人抛弃就自暴自弃，自杀般地堕落，也该受到责备。可是，就算间如何不是，你的罪依然是你的罪。不仅如此，正因为你抛弃了贯一，他才会堕落到如今这步田地。单从这点来看，你不仅坏了操守，还相当于谋害了自己的丈夫……”

宫惊恐地抬头看荒尾，他那严厉责备的目光中带着的贯一的恨让她无地自容，全身颤抖。

“这是一回事，你不这样认为吗？你现在忏悔，这无可厚非。但遗憾的是，如今悔恨为时已晚。贯一堕落得如同行尸走肉，而你也嫁到富山家六年了，是吧？覆水难收。就连水盆都破了。事已至此，上天也束手无策。你虽然也很可怜，不过都是你自作自受啊。我一向这样认为。”

宫只是低着头，呜呜哭泣。

唉！都是我的罪！想不到我竟在不知不觉中犯下这等罪过！罪孽已经深到不仅他本人，就连别人都恨我的地步了吗？既然如此，曾跟我说过“总有一天你会知道”的人又怎能原谅我呢！唉！我的罪过真的不可饶恕吗？也许再也无法见到我的恋人了吧？

宫胸腔欲裂，哭得绝望。

荒尾虽然觉得眼前这个为了金钱而出卖爱情的女人可恨，可看到她在面前如此悔悟，心中不免生出一丝怜悯和感动。宫还是低着头，泪眼婆娑。

“不过，你现在能够如此悔恨，这很好。虽然无法求得贯一和我的原谅，但至少可以求得自我救赎。”

宫听到这番安慰的话语，反而摇了摇头哭得更厉害了。

“能够求得自我救赎，总胜过得不到任何原谅。求得自我救赎，是求得他人原谅的开始。我现在虽然还无法原谅你，还在恨着你，但是今天充分理解了你的心情。当然，也理解了贯一的心情，你明白吗？可是要说你们二人谁能得到更多的同情，我还是觉得贯一更加悲惨，这样一想，我只能对你的痛苦袖手旁观了。

“今天我们相见确实出乎意料。对我而言，女性朋友从来都只有你。不仅如此，过去承蒙你的种种照顾，我感激不尽。因为时隔多年又遇到了你，我真的很想念过去呢。”

宫紧咬着唇，不然似乎马上就要放声哭出来。她用已经浸湿的衣袖不断地擦拭脸上的泪水。

“而且，刚才看到你梳着圆发髻，穿着华丽，我却不觉得你可爱。你说有很多话要对我说，我还想着当年你那样欺骗贯一，好哇！我倒要看看你今天准备如何欺骗我，然后定要与你较量。可是没想到你会这样忏悔，我心里是欢喜的。今天你还是我的好友宫，多亏了你的忏悔！否则，我定会还你十倍的伤痕。好了，求得自我救赎是求得他人原谅的开始——明白了吗？

“至于你让我去劝贯一，代你向他道歉，这种嘱托我不接受。这种事我做不出来。明知错在你，就不会接受你的委托。而且，如果我是贯一，是绝对不会原谅你的。

“今天遇到了友人的敌人，可我不打算对你做什么，就当是我对你的宽容吧。不过，今天我们难得的重逢，不应该说这些扫兴的话。那祝你一切顺利，就此告辞。”

荒尾点头致意，正要起身时——

“稍等，请稍等！”宫急忙抬起她那满是泪痕的脸，擦拭着发肿的眼睑。

“这么说，无论我怎么求您，您也不会帮我向贯一道歉了吗？而且就连你也无法原谅我吗？”

“是的。”

荒尾说着，伸直了一条腿准备起身。

“请稍等，饭马上就好了。”

“哦，我并不想吃饭。”

“我还有话要对您说，荒尾先生，请坐下。”

“不管怎么说，我总不能不回去吧。”

“请不要这么说……还请您再忍耐一下。”

只见荒尾把一只手笼在火钵上方，思考着些什么，移开了视线，默不作声。

“荒尾先生，既然您听不进去，那我就不再求您了。不再求您帮我向贯一道歉，也不祈求您原谅我了。”

荒尾的视线突然动了一下，掠过了继续说下去的宫的面庞。

“我只希望再见贯一一面，在他面前忏悔我的罪过，向他道歉。我只希望在他面前向他道歉。实际上我不认为自己能得到他的原谅。他能否原谅我都无所谓，我已经做好心理准备了……”

宫痛苦地吞下泪水，说道：

“所以，我只求您带我去见他一面。只要您陪我去，他一定会见我的。只要能见他一面，死也无憾。我宁可接受他和您责备我，贯一把我杀掉也可以。我希望贯一把我杀掉。”

像严寒中的松一样毫不动摇的荒尾听到此番话语，不禁心生怜悯，捋着长须，连连点头。

“嗯，有意思！你希望见到贯一，并被他杀掉，这话讲得好！必须得这样做才行。可是，你现在是富山夫人，是有夫之妇，这种事要不得。”

“我不在乎！”

“不行，万万不行！你宁可死在贯一手中，这样的忏悔非常好，可是除了间，你还有丈夫啊。你把你的丈夫置于何地？这样不会损害丈夫的名誉吗？你要三思！

“想想看，当年你为了富山而欺骗贯一，如今又为了贯一欺骗富山！这样你就是欺骗了两个人！如果为了悔悟又犯下罪过，那悔悟就没有意义了。”

“这些我不在乎！”

宫紧咬嘴唇，难掩激动。

“不在乎可不行！”

“不，我不在乎！”

“这不行！”

“这种事我无所谓。我的躯体怎么样都无所谓，唯一的愿望就是能见贯一一面，向他忏悔，然后死在他面前，这就是我的愿望。

富山什么的……我只求一死。”

“真是个鲁莽、不明事理的人！我不能帮你，你如此考虑不周，怪不得当初会抛弃贯一。岂有此理！身为妻子，竟要去欺骗丈夫，还说不在乎?!你竟是这样的人，我倒是有些可怜富山了。有一个你这样不贞不义的妻子，富山真是不幸！富山真是可怜，与其同情你，我倒不如去同情他！我越来越厌恶你了。”

宫湿润的眼睛好像燃烧似的放着光芒：

“您既然这么说了，那我该怎么办？荒尾先生，请您来拯救我吧！来教我忏悔吧！”

“我不教你，你自己好好想想吧。”

“从三四年前开始，我每天都在想这件事，所以总是郁郁寡欢，一副生病的心情。啊！如此痛苦，还不如一死了之——之前我是这样想的。可是如果不能见贯一一面，哪怕只有一面，我都死不瞑目。”

“你还是好好想想吧！”

“荒尾先生，您太过分了！”

宫因内心不安而拉住荒尾的袖口抽泣。荒尾没有甩开她的手，因他也是满心惆怅，凝视着比过去面容憔悴许多的宫。

“荒尾先生，我不是正在忏悔吗？请您就把我当作过去的宫。请帮帮我吧，荒尾先生，请您教教我如何忏悔吧，告诉我吧！”

宫哭得连话都说不清楚了。这时楼下传来脚步声，应该是来送饭的。

果然有人端着晚饭进来，很快就布置好又退下了。二人仍然默默相对着。最后荒尾高声咳嗽了一声，说道：

“你的话我都理解，我不觉得毫无道理。虽然我想教你，可是我不是你，所以不能教你。而且就算我教给你，你也会思量思量的……不，不能再说下去了。如果是好事，我一定会说。不该说的事，不能教别人的事，这些仅仅是我私下的想法而已，都是我的空想。教人空想是不可以的，所以我不会说，不是不肯说，只是不能说！不过，你给我点时间想一想。如果有好的方法，下次见面时告诉你。有机会的话，我们还会再见。什么？我的住处？住处嘛……还是不说为好。佛门子弟，四海为家。说了倒也没什么，可那样的话你就会来找我，我会困扰，所以还是不说了。哎呀，不过，我变成这副模样，惊着你了吧？我自己也没想到，不过这是没办法的事。我也经历了一些，本来也想和你说说，还是下次吧。

“不要多喝酒？哦，醉成今天这样还是很少见的。不过既然承蒙你关心，我以后多加注意。

“你让我帮你，看在我们的情分上，我也应该帮你。你的想法我非常明白，你不是敌人了，可我还是不能助你一臂之力。

“以后说不定会见到贯一，我也有很多事想问他，可却没有去拜访过。这倒无所谓啦。嗯？让我去？明天就去？这可不行！我自己还有很多事要做。啊，你也讨厌那些世俗之事？看和我一样呢。这世上只要走错一步，事情就会变得麻烦。我们这种人活着也没有价值，可总觉得白白死去又未免遗憾，所以仍苟活于世。如果活着如此痛苦，倒不如一死了之。为什么会如此惜命呢？想想也真奇怪。”

他说着，吃完了饭。

“哎呀，被你如此款待，上一次是几年前呢？贯一也是呀。”

宫又哭泣起来。这无尽的悲伤何时才是尽头？——荒尾慌忙整理衣服。

“虽然训斥了你，不过还是感谢你的招待。那么，宫，回头见。”

“啊！荒尾先生，啊，您……”

荒尾已经起身。宫也站起来，挡在他面前，不停地哭泣。

“我该怎么办？”

“要有决心。”

荒尾说了这样一句教诲般的话后，不顾宫的阻拦向前走去。宫紧追不舍：

“什么决心？”

“顾名思义。”

荒尾已经走了出去。宫没有送他，也没有坐下，只是怔怔地面对着墙壁，一动不动。

第三章

一

自家家户户的门松被撤去已经过了七八天，仍未失去正月气氛的富山唯继还在每天到处游乐玩耍，夜里也忙得团团转。宫却对他毫不苛责，任由他进进出出，自己就像旅馆的老板，只是天天按照惯例迎送他。

近两三年来，宫一直这样对待她的丈夫。唯继因为她的性格以及多病的身子，也习惯了这样的生活，而且没有责备她。可是随之唯继的行为也日渐奇怪起来，沉迷于在外享乐上，最初是浅滩上的浪花，近来却越陷越深。宫看着，也没有阻止或是责备。无论对方做什么，只要不牵扯自己，就心安理得地维持着婚姻关系。

话虽如此，可唯继从没忘记妻子。宫虽然总是忧郁、有病在身，可美色不减。所以只要她的美貌还在，丈夫的爱也不会褪色。

起初嫁进来时就不曾爱人的宫，如今不仅没有付出爱情，还开始在心底里厌恶起来。因此，唯继渐渐感受不到家庭的温暖，越来越多地到外面寻欢作乐。即便如此，他每天都不忘按时回家，只为了看到妻子的美貌。只要看到那张美丽的脸，纵使是毫无幸福可言的家，对他来说都像一个没有火的炉子。他并不因此而感到寒冷。因为他有足够的财力，能买到娇娘的献媚，满足一时的欲望，从中得到不知是幸福的幸福、不知是苦的苦，而把宫置于空闺之中。观赏着家里亲手插的花，在外面还能得到艳羡，作为一个绅士已经心满意足了。

作为妻子的宫对在丈夫身边的厌恶片刻没有得到缓解，却原谅了丈夫频繁的外出，还常常关心问候他，这样一位贤妻自然会让丈夫觉得是一个顾家的人，不会等闲视之。不止丈夫，就连公婆和亲戚都怜惜宫的病身时，赞扬她是一个好媳妇。实际上，宫确实不像某些妻子那样爱外门，或者无理取闹，不如某些人沉迷奢华，也从未提出过分的要求，反倒是比别人有更多的才华，平时除了在家侍奉丈夫，比她们容姿秀丽还顾家，就更是惹人怜爱。只是宫内心的秘密无人知晓，她平日小心谨慎，决不暴露出自己的心思，在家侍奉丈夫兢兢业业，毫不敷衍，以此来赢得他人的怜恤。身体享受着荣华幸福，心里又独藏着无法排遣的苦闷与不幸。

十九岁时抛弃恋人的宫，怀念过去感叹今日，日积月累，如今已迎来二十岁以来的第五个春天了。这个春天带来的除了痛苦、悔恨、失望、苦闷之外，只是空老了一岁。她觉得自己像一个无法获得释放的囚徒，带着无法排解的悔恨迎来了新年。新年伊始，掩着病躯也要起床应酬，而且好美色的丈夫也希望她打扮一番。今天的宫确实比往常更漂亮了，但心里却有比平时更深的懊悔和伤悲。

丈夫出门前要喝一杯御寒的葡萄酒，宫就在长火盆边上侍奉着。两盆美丽的梅花在南边的障子前，阳光透过障子照进来，架子上的五六朵金盏花格外鲜艳。最引人注目的是坐在火钵边上的富山唯继，只见他身穿新做的三件套，右手压着里昂产的白色丝巾，从左侧接受宫为他斟的酒。

“啊，手势笨拙……啊洒了，洒了！哎呀，还是在外面喝酒更潇洒些。”

“那您就在外面多喝些吧。”

“可以吗？好啊，好。今夜迟点回来。”

“什么时候？”

“会很晚。”

“如果没有一个大致的时间，守门人会很困扰的。”

“会很晚。”

“那就十点左右吧，过了那个时间，大家可都要睡觉了。”

“会很晚。”

宫感到厌烦，便不再说了。

“会很晚。”

“…………”

“会非常晚。”

“……”

“喂，我说你……”

“…………”

“哎呀，生气了？”

“…………”

“这有什么可生气的？喂！”

他拉着宫的袖子。

“你要干什么啊？”

“因为你不理我。”

“您会很晚才回来，我知道了！”

“其实不会那么晚，所以不要这样。高兴一点嘛。”

“既然您要晚些，那就晚些吧。”

“我不是说了不会那么晚吗？你最近总是生气，怎么回事？”

“可能是因为生病的缘故吧。”

“还有可能是因为我在外面花天酒地。对不住了。”

“…………”

“你也喝一杯吧。”

“太多了。”

“那我替你喝半杯。”

“不，太多了。”

“不要这样。来，做做样子嘛！”

“我说了不想要，您真是的。”

“没事，你看我这斟酒的姿势，是爱子流吧？”

唯继故意提到妓名想看宫如何作答，兴致勃勃地等着。

宫若无其事地喝了一口，皱了皱眉。

“不喝了吗？那把酒杯给我吧。”

“对不起。”

“再给我倒一杯吧。”

“十点多了，您不去吗？”

“没关系，反正这两天也没要紧事。不过说真的，今晚确实会晚些回来。”

“是吗？”

“说是要晚些回来，不是干奇怪的事。本月二十八日有大型排练，你知道的。所以约了下午五点在丝川家里集合彩排，我要唱一段最拿手的——“亲命难违出家门，难波滩头把船坐，忧心如焚泪满襟，只待天明来顺风……”

宫厌烦地看着别处，而唯继却越来越兴致昂扬：

“不时相逢……相逢……啊，狂风吹得两分离，但等回到家中，却发现爹娘已为我定亲……”

“您差不多得了。”

“再听我唱几句——‘坚贞的操守就这样破……’”

“以后慢慢听，您快出门吧。”

“已经进步很多了，对吧？稍微好听些了吧？”

“我不懂。”

“这真是，不懂真是难为情。稍微了解一下吧。”

“不懂也没什么。”

“什么？连净琉璃都不懂，真是伤脑筋。你生性冷淡，所以不喜欢净琉璃，一定是这样。”

“没有。”

“不，就是这样，你向来很冷淡。”

“爱子呢？”

“爱子吗？她倒是不。”

“我明白了。”

“明白什么？”

“就是明白了。”

“你什么都不明白。”

“算了，您快去吧！早点回来。”

“嗯。只要你不冷淡，我就早点回来，你会等我吗？”

“我每次都在等您啊。”

“总算不冷淡了。”

唯继这才起身，宫帮他穿上外套，然后和他握手。但这一举动不能说明宫的不冷淡，因为这对夫妇平时进出时都会握手，不过是听丈夫的命令罢了。

二

站在玄关送走丈夫之后，宫又陷入了茫然，慢悠悠地走进房间。和丈夫在一起时，她总是厌倦，但当独身一人时，身处这种家庭又令她烦闷。在丈夫面前虽然不是逢场作戏，但是不得不维持基本的态度，因此总是非常紧张，一旦独处时，慵懒和疲惫就会突然袭来，心中纷乱不堪。

宫斜倚在火钵旁，忘我地沉思，仍然无法摆脱烦闷的心情，感觉徘徊在无尽的黑暗中。于是，她满怀痛苦地起身走到了门外的廊上。

晴空万里，三四只风筝点缀其中，庭院里毫无美景，一派冬枯景象，毫无顾忌的阳光耀眼得令人目眩，在枝头啼鸣的鹎鸟飞走后，又传来了邻居踢羽毛毽子的声音。尽管寒冷刺骨，宫还是伫立了一阵，时而仰望天空，时而注视眼前的冬枯，同往日一样的阳光，一样的毽子声，唯独今天让她难耐，她又回到房间里，坐立不安，又走进书斋隔壁的卧室，终于扑倒在床上。

躺在雪白的厚厚的被褥上，宫无心整理凌乱的衣服，更无暇顾及美丽的姿态，只是躺在那里。阳光透过窗帘照射进来，带着阵阵幽香。宫感觉自己像漂流在大海中，筋疲力尽的身体任凭风吹浪打，她手撑着下巴无力地睁大了眼。不一会便叹了口气，闭上眼，翻个身，蜷缩双腿，再次坠入沉思的深渊。

角落架子上的小时钟似乎也停止了摆动，房间里一片死寂，四周越来越明亮，两只小鸟忽然飞到屋檐下，影子在宫的肩头上不停扑闪着。

过了一会，宫懒洋洋地爬起来，耷拉着脑袋，鬓发凌乱，望着那透过窗帘缝隙可以看到的庭院一角，心中彷徨。

又过了一会，她走出卧室，径直走到客厅的衣柜旁，拿出一条包着的友禅缩缅腰带，打开后，里面藏着一沓纸，宫拿着它走到书斋，在书桌上摊开来。这并不是贯一留下的信，而是宫与他分别后偷偷写下的相思，打算日后送给他。

自从那年在田鹤见府上与他相见后，宫就越发无法抑制苦闷，可又无人能倾诉，只好借笔慰心忧，把那些难以启齿的话断断续续地写下来，打算日后送给贯一，向他倾诉心头之苦，这是宫原本的打算，可转念一想又疑惑：这封信能送否到贯一那里，被他过目？或许会因为他的怨恨而全部退回，如果被人看到了，岂不是徒增自取灭亡的风险？扔进火中太危险，扔掉又太可惜，最后只能把旧信件拿出来重写、添加或修改。只要把这信铺展开来，就仿佛见到了爱人，面对爱人，就可以畅所欲言。因此，宫仿佛置身于梦境之中，得到些许宽慰。于是，她反复重写这些无法寄出的信，但仅作为草稿始终藏在那条腰带中。

这些慰藉着宫的生活。不过，自从那天邂逅荒尾，她就有了盼望。荒尾若能作为说客，就能帮她实现理想。可目前荒尾还是把她当作仇人，这让她心中纷乱起来，她抱着这样的期待，战战兢兢地等待着，带着总有一天不再是草稿、要送给他的想法决心把信写好。

她选择好纸好笔好墨，一心想把最真挚的感情写在上面：今天所写不再是草稿了。当她用颤抖的双手写了十几行后，突然将信撕掉，丢进了火钵，怔怔地望着腾腾火焰将之烧成灰烬。就在这时，一名女佣打开拉门进来，被那一团火惊着了，困惑地望着宫。

“那个，府上的老夫人来了！”

第四章

一

鳄渊夫妇不幸双双葬身火海的家宅废墟之上，由贯一重建起一座住宅，规模较前者小，质量提升许多，但构造几乎是仿造旧宅建起来的。

门牌上写着“间贯一”，他是这住宅的新主人。本应继承家业的直道如何了呢？他从开始就发誓决不染指肮脏的家产，遗产都赠与贯一，让贯一将其作为经营正当生意的资本。直道本是希望贯一能够改变，可没想到自从贯一成为主人后，不仅重操旧业，而且变本加厉起来。关于二人的关系，恐怕无人知晓。大凡人活于世，都会有一些隐情，即秘密。灰色地带背后有隐藏之事，这种先例并不少见。如今鳄渊家二代家主直道和间贯一之间的秘密也只有他们二人知道，从无外传。

如今住在三番町、不再是鳄渊的伙计的间贯一在这一行里有了些名声，放款量大，赚取的钱财也是不菲。家中内务都交给一名老婢负责，虽然不用自己做饭，但始终是个单身男子，不懂得享受，也没什么乐趣。心中仍认为自己是往日的伙计，依然一副落魄的书生样，仍然带着怪物的名号。

这一天，又在外辛劳了一天的贯一回到家后，和往常一样走进那间寂寞的居室，就像在旅途当中寻得一处可以休息的树荫，坐了下来，傍晚更是给人以悲凉之感，老婢见此，便拿来了灯。

“下午三点左右来了一位客人，说明日同一时间还会再来，请您务必在家等候。我问他尊姓大名，他只说是您学校的友人，留下这一句话就走了。”

“学校的友人？”

贯一猜不出这位不速之客究竟是谁。

“什么样的？”

“这个嘛，四十岁出头，满脸胡子，身材高大，面容刚毅，一副壮士的模样。”

“……”

贯一思来想去，还是想不到一个人选，心中疑窦丛生。

“而且那人还一副傲慢的样子。”

“他说明天下午三点还会来？”

“是的。”

“我不认识这样一个人啊。”

“他真是有些吓人，明天来的时候让他进门吗？”

“他没说是为什么事来？”

“没有。”

“好吧，我就见见他吧。”

“知道了。”

老婢起身准备出去时，又停下来说：

“对了，那人走后不久，赤樫夫人也来了。”

贯一露出一副不悦的神色，应了一声。

“她送来三块神户鸣门卷，真不错。还送给我藤村的蒸羊羹，每次都会送我东西呢。”

贯一越发露出不快的神色，静静听着一声不吭。

“她还让我转告您，明天下午五点多来见您。”

贯一没应答，只是点点头，表示不要再说下去了。

二

昨天曾宣称是学校友人的客人如其所言今天又来了。这不可思议的见面让贯一既震惊又困惑，如同以迅雷不及掩耳之势的一击难以招架，只觉惘然。荒尾让介在温暖的房间里坐下，用手捋着胡须，凝望着这位好久不见的友人。

“多年未见，真是有千言万语。不过在此之前我想问你，现在你是否还把我荒尾当友人？”

贯一依然一副心神未定的模样，心中纷乱不堪。

“用不着考虑吧。你认为是，就是，否则就不是，一句 yes 还是 no 的事。”

“你是我的老友。”

贯一不安地说。

“好。”

“现在不是了吗？”

“为什么这样说？”

“五六年没见，现在恐怕不是了吧。”

“五六年前我们不一直都是知己吗？”

贯一疑惑地看着荒尾。

“是吗？当初你在成为一名学者还是高利贷者这种人生大事时都不与我商量，最后行踪不明，哪里还是知己？”

贯一始终为此事后悔，现在又被对方揭开伤疤，贯一心里苦涩，绷着脸一句话不说。

“当初是你的爱人抛弃了你，可你的友人没有抛弃你。你为什么要抛弃友人呢？就算你抛弃了我，我现在又来看你，我没有抛弃你吧？”

学生时代的荒尾，当参事官的荒尾，还有现在如此憔悴的荒尾，虽然样貌发生了改变，但是贯一体会到了在他身上的这种感情始终没有改变过。过去仿佛消逝的梦境，只给人留下了无尽的痛苦。

“不过，可能在你看来，我是否抛弃你并不重要。可在我看来，友人之间的情义不能轻易能舍弃。我是否要舍弃这份情义，就要看今天你的决定了。

“你没说现在还把我当友人，那么你也不希望有我这个友人吧？既然这样，我也没必要留恋了，我也要抛弃你间贯一！”

贯一低头不语。

“那么，既然今天要把至今为止把你当作知己看待的情义舍弃掉，那这就是永别。临别前，我有一句话想说。

“间，你赚钱为了什么？因为当年自己的爱人抛弃自己，就要拼命赚钱来求得心理上的补偿吗？这虽然无可厚非，但是啊，你为了挣钱，有必要把事情做到如此不仁不义的地步吗？现在你不也是因为他人的责难而感到痛苦吗？所以你就更不应该让他人受苦啊！你现在乘人之危，榨取暴利，这种通过暴力来夺取他人钱财的手段简直和强盗无异，难道你真的能从中得到心理上的安慰吗？虽然财力是综合实力，但人若为了金钱不择手段，为非作歹，是永远得不到安宁的。你现在过得怡然自得吗？怀着像观赏花鸟鱼虫的悠闲心情去逼债的吗？你觉得呢，间？”

贯一听了无言以对。

“恐怕，你没有一天是怀着悠闲的心情吧？看你的脸色！完全就是罪人！和狱中人一样！”

现在的贯一完全变了一个人，憔悴堪怜，让介都不禁落泪。

“间，我为什么哭泣，你知道吗？现在的你无法理解吧。无论你赚多少钱，都无法慰藉你自己。有病喝毒，病能痊愈吗？你倒好像不知道有吃药这回事呢。我的友人间贯一才不是这样的笨蛋。你发了疯做出这些蠢事倒也罢了，可竟然为了一个女人蠢到如此地步，我真为你感到遗憾。间，现在有人说你是强盗，罪人，疯子！你愤怒啊！你站起来揍我踢我啊！”

荒尾越说越生气，恨不得打自己踢自己，以此来逼贯一回应。

“我没有愤怒。”

“没有愤怒？这么说你是承认你自己是强盗、罪人……”

“我也认为自己是疯子，为了一个女人发了疯。所以我实在无颜面对你，已经发了疯，如今也没办法。就这样吧。”

贯一只说了这些。

“是吗？这么说你确实是在以赚取不义之财来慰藉自己了？”

“我没有得到任何慰藉。”

“要到什么时候？”

“不知道。”

“那你娶妻吗？”

“还没有。”

“为什么不娶妻？拥有这么大的宅子，却还是单身汉，不是很奇怪吗？”

“我倒不觉得。”

“你现在是怎么看待她的？”

“你是指宫吧？她就是一个畜生！”

“可是，现在的你不也是一样吗？有良心的人才不会当高利贷者。没了良心，便和畜生无异了。”

“这样说来，世上大部分人是畜生？”

“我也是畜生？”

“……”

“间，因为她是畜生，所以逼得你也非变成畜生不可吗？如果她现在改心换面，重新做人，你也就不再做畜生了吗？”

“她会重新做人？无稽之谈。我虽然是个贪图利益之人，但决不做欺人之事。用欺骗的方式赢得信任，再出卖，这样残忍的事情我是不会干的。我在放高利贷的时候已经明确声明是要高利的，如果不愿意可以不借，所以说这并不算是欺骗客户。宫那样的畜生怎么可能会重新做人？”

“为什么不可能？”

“为什么可能？”

“这么说，你不希望她重新做人了？”

“希不希望的，都没有用！”

贯一一副简直恨不得朝宫脸上吐几口唾沫似的表情。

“你可能对她不再抱有任何期待。但我还是应该告诉你，她现在已经彻底悔悟了。她在对你忏悔！”

贯一不禁发出一声冷笑，有种想要骂人卑鄙的冲动，他边想边冷笑，最后遏制不住地大声冷笑起来。

“她已经悔悟了，你也悔悟一下如何？现在应该是你悔悟的时候了。”

“她悔悟是她的事，与我没有干系。畜生也会悔悟啊，唉，算了。”

“前几天我偶然遇见她，她在我面前哭得十分心痛，看来是诚心悔过了。她还求我代她向你道歉。如果你无法原谅她，还希望我至少能带她来见你一面。我想了想，拒绝了。我也不会劝你原谅她，那是另一回事。我只是想对你说，既然她已经饱受悔悟之苦，也算是对她的惩罚吧！你也消消心头的怒气吧。如果可以，你不就能变回以前的贯一了吗？

“你说自己并没有得到慰藉，何时能得到也不知道。但是既然她已经悔悟了，这对你来说不是很大的慰藉吗？这些年来，你赚的钱也不少，可我看来，这么多钱远不如她忏悔这件事更能让你得到慰藉。你觉得呢？”

“她的忏悔，与其说是对我的慰藉，倒不如说只是她无法排遣心中的痛苦罢了！更何况我也不能因为她的悔悟就可以夺回失去的东西。因此，我不认为能从这件事情上得到慰藉。她的悔悟不会因此消解，我也不会因为恨和无法得到的慰藉而报复她。

“时至今日，她能够悔悟当然是件好事，她做了应做之事。如果当时她不那么草率，就不会发生这种需要悔悟的事——草率，太草率！”

贯一黯然神伤，空忆往昔。

“我不再说她的事了。既然你认为她的悔悟不能让你失而复得，也无法慰藉你，这无可厚非。总之，你是想夺回失去的东西吧，而且因此拼命赚钱，是吧？可是，为了赚钱没必要去做这种不正当的生意吧？我知道你失去了心爱的东西，我也很常常同情你，为你难过，可是以挣钱的方式来慰藉自己这一点我有不同意见，不过还要看你自己。想赚钱当然可以，最好发大财。但是啊，想要赚钱不一定非要暴力榨取他人吧！致富的手段有那么多，不是吗？我说这些，并不是想改变你的目的，只是想改变你的手段。走不同的路，都能登上同一座高山看月亮。”

“多谢了，可我现在还未清醒。就当我发了疯，随我去吧！”

“看来不管我怎么说都是徒劳了。”

“请原谅我。”

“原谅什么？你不是抛弃我了吗？我也把你抛弃了。我们之间没有原谅不原谅的问题。

“今天，我们就互相抛弃，永别了。我还想问你一句，你过得怎么样？”

“你不是已经看到了吗？”

“单凭看到的是无法判断的。”

“我很贫穷。”

“这倒是一目了然。”

“只有这些。”

“怎么可能？你为什么放弃仕途，沦落到这么贫穷的？有难言之隐吗？”

“我的话疯子是无法理解的。”

“别管我能不能理解，给我说说看吧。”

“你问这个干什么？嗯？有何贵干？要借钱给我吗？No，thank you. 纵使一贫如洗，但我内心怡然自得。”

“那就更应该告诉我了。为什么如此穷困潦倒还能怡然自得？有什么内情？快告诉我。”

荒尾故意哈哈大笑起来。

“像你这种冷血动物，就算说了也肯定理解不了。别再管我的事了。”

“就算你侮辱我，我也没什么说的，因为我已是腐烂之躯。”

“相当顽固！”

“身躯已经腐烂，事到如今毫无办法。而你以优异成绩取得了学位，还坐上了参事官的椅子，本可以成为国家栋梁，这些我从不做他想。我常常想你定会飞黄腾达，还默默为你祈祷。就算你说我是畜生、强盗甚至疯子，我还是无法忘记你。我只有你一位友人。前年听说你要到静冈去赴任，我是既欣喜，又想念，可是看看自己落得如此田地，于是一整天没有吃饭。但是我还是想去祝贺你，但以我的身份怎么能去见你容光焕发的样子？于是去了新桥站，暗中看到你那光彩夺目的神采，我几乎忘了一切，激动得流下了眼泪。”

荒尾在心里不由得点了点头。

“我看到你那神气的样子，真是由衷地为你感到高兴。如今的你却是这副模样，你想想我的心情。本来我不想以现在的身份和你说这些话，可是我已经放弃自己了。因受到一个女子的欺骗而愤怒得误入歧途，以至于现在无法改正，只怪我天性愚笨，除了自责别无他法。我已经彻底腐烂了，都完了。你就当知己间贯一已经死了！所以这些话不是间贯一说的，只是某个友人因为担心你而对你提出的忠告。你究竟发生了什么事，你不说我也不知道，但我希望你能保重身体，能在社会上干出一番事业来。你现在虽然贫困潦倒，但我相信你绝不会被社会抛弃，我希望你能保重。这不仅是为了你个人，就算是为了国家，你也应该爱护自己。只要你想凭借自己的才干为社会作贡献，那某个友人也会倾尽全力来帮助你的。”

贯一仿佛突然痊愈了一般，脸上焕发出光彩，说出的话也是那么简单有力。

“唔，那你看到我现在如此模样也心痛了吗？”

“我不是你所说的畜生！”

“话说回来，间。就因为有你们高利贷者的存在，社会上很多有才之人才会被折腾得身败名裂，最终被放逐到社会边缘，荒废一生。不过你能说出为了国家让我保重身体这种话，我还是非常感激，我也同样拜托你，为了社会，放弃这种不正当的生意吧！当今社会很多有用之才会毁灭，皆因女色和高利贷。如果你看到我现在的境遇于心不忍，那你就更应该同情一下被你折磨的那些走投无路的人才啊！

“你当初因失恋而痛苦，有人因为金钱而痛苦，两者的苦恼无异。所以我现在穷困潦倒，也未曾不想找一个友人来分担忧愁，我也想过如果身边能有像原来的间贯一那样的友人就好了。而现在这位友人也在为我的前途着想，希望我在社会上有所作为，还愿意助我一臂之力，我听到这些话真是太高兴了！世上最珍贵的是友人，最可恶的是高利贷者。我有多痛恨高利贷者，就有多怀念过去的友人。然而，曾经的友人今日却是高利贷者——可恶的高利贷者！我什么都不说了。”

荒尾闭了嘴，看着贯一。

“对于你的诸多劝告，我十分感激。我何尝不想把这具腐坏之躯变回原来清白的样子，那真是不幸中的万幸！你也好好保重。虽然我被你抛弃，我还是希望你能再次被重用。看到今天你变得如此落魄，我遗憾，更悲痛。我现在这种心情，能去你的住所看看吗？

你现在住在哪里？”

“算了，高利贷者不看为好。”

“作为一个友人去拜访呢？”

“高利贷者是不会有友人的。”

这时纸门被轻轻推开了，一看，是赤樫满枝。她怎么能如此冒失，在这种时候闯进来？贯一心中大惊。荒尾却比贯一更加慌张。他不知所措地捋着胡须，又觉得被人看到现在的样子十分狼狈，于是立刻把手交叉在胸前，做出一副傲然的态势，可又不太自在。

满枝先向贯一打了声招呼，然后回过头来面向荒尾郑重地施了一礼。满枝的动作和眼神都像个贵妇，脸上没有一丝轻浮的笑容，只是和蔼地坐在一旁。荒尾无法忍受这种漫长的沉默，于是开口说道：

“真想不到会在这里遇到！你也是间的友人？”

“你们是怎么认识的？”

贯一左右看看，莫名其妙。

“倒是有些交情。抱歉打扰这么长时间，我先告辞了。”

“荒尾先生！”

满枝叫住了他。

“我们就在这里谈，您看如何？”

“啊，恐怕这里不是谈论那些事的地方吧。”

“可您总不在家，我一直找不到和您交谈的机会。”

“哎呀！这种事情不是随便说说就能谈妥的。我不躲不逃，有机会再说吧。”

“既然您这么说，那我就再等等。不过事情不能一直拖下去，您务必三思。”

“唔，真狠啊。”

“总之请您近期答复我，可以吗？”

“可以不可以吗？”

“哦，对了，前几天我派人前去拜访，可能对您有些冒犯，听说您大为恼火，还对他拔刀相向。有这回事吧？”

“没错。”

“真有此事啊？”

满枝好像为他感到羞耻而发出了一声冷笑。荒尾知道她的心思，但仍正色道：

“当然！当时我真想把那家伙给宰了。”

“那也是您慎重考虑的结果吗？”

“当然！他又不是猫狗，不能随便处置。”

“哎呀，真是可怕。我这样的人还是少去拜访您为好。”

只见荒尾仰头打着哈哈，仿佛在说“我也一样”。

“看是我来用刀斩美人，还是死于美人眼下。我回去把大刀擦亮，静候您的大驾！”

“荒尾，晚饭马上就要好了，吃完再走吧。”

“罢了，君子不喝盗泉之水。”

“您就不要客气了。我去给您端，您先坐下吧。”

满枝说着就把坐垫推到荒尾的脚边，看上去还以为她是这家的主人。

“你们挺像一对夫妇嘛，挺般配的。”

“您就这么想吧，请坐。”

荒尾原本也没有停留的意思，边走边说：

“间，你啊……”

“…………”

“…………”

荒尾觉得多说无益，便闷闷不乐地独自回去了。但他没说出的话在贯一心中不断回响着，直到荒尾走后，贯一还觉得好像有些话一直在耳边萦绕，让他苦闷得抬不起头来。

三

不一会，老婢点了灯，放在呆滞的贯一身旁。灯光照在满枝身上，使得她的妆容更添了几分妖艳的风情，宛如一朵盛开的牡丹花，热情地向贯一靠近。

“间先生，您这是怎么了？为什么会变得如此忧郁？”

贯一看了她一眼，移开了视线。

“你到底是怎么认识荒尾的？”

“我非常意外，想不到荒尾竟是您的友人。”

“你怎么认识他的？”

“哎呀，他是我的债务人。”

“债务人？荒尾？你的债务人？”

“不过不是直接的。”

“哦，那他欠了多少？”

“三千圆。”

“三千圆？直接债权人在哪里，是谁？”

贯一突然转过身来，不知不觉还向满枝靠近了一些。满枝看了，忍俊不禁地说道：

“您真是只关心金钱相关的事啊。只对自己感兴趣的事积极。平时我和您说话，您就像没听见。”

“哎呀，别说了。”

“当然要说。”

“哦，这么说来还有一个直接债权人？”

“不知道。”

“你说呀！看情况，我想我可以代他支付这笔钱。”

“我不接受您的钱。”

“不给你，我还债。”

“不行，这事不给您说了。而且如果您执意要支付，我就放弃债权。”

“这又是为什么？”

“不为什么。所以，要是您支付，我就放弃。如果你觉得我放弃也没问题的话，我就放弃。”

“这又是什么理由？”

“想知道吗？”

“这不是很让人费解吗？”

“确实很让人难以理解。我自己都快搞不明白了。可是，间先生，看来您不了解吧。”

“不，我还是了解的。”

“是啊，明明了解，却又不理解，我也越来越不知道是怎么回事了。”

满枝把金烟杆在手炉边上敲，饱含怨念地看着贯一。

“不要再说这种话了，先说说荒尾。”

“您太任性了。”

“快，说吧。”

“这就说。”

满枝突然拿起烟杆，旁若无人地吸了一口，缓缓吐出烟来。

“你竟然是荒尾的债权人，真没想到。”

“…………”

“真是难以置信。”

“…………”

“三千圆！荒尾为什么会担上这笔债务？太不应该了……”

“…………”

他看了一眼满枝，满枝还没放下烟杆。

“快，说啊！”

“我这样不紧不慢的，您应该很着急吧？”

“你不是知道吗?！”

“着急的话，心里一定不好受吧？”

“你到底在说什么啊?！”

“是是，对不起，那我跟您说了。”

“请说。”

“我想您应该知道，之前住在我家一个姓向坂的人去了静冈，在那边生意做得不错。然后，荒尾先生当时就是在静冈做参事官的。是这样吧？就是那个时候，他落入了向坂手中。也就是说，荒尾因为高利贷的事被免了职，走投无路才回来东京。所以向坂来找我，委托我来处理这件事。正是去年秋天的事。

可是，这笔钱真不容易收回呢！荒尾目前赋闲在家，好像只在做一些翻译，手里也没钱。”

“原来如此。可是他为何要借这三千圆？”

“他给人做了保。”

“啊！那，债主是谁？”

“一个叫大馆朔郎的歧埠县民主党员，据说是因为竞选失败，借这笔钱是为了竞选经费。”

“哦，是这样啊！大馆朔郎……这倒是事实。”

“您认识他？”

“他是供荒尾上学的出资人。荒尾一直把他当作恩人。”

贯一说罢，又开始心痛了。我敬爱的荒尾让介啊，之所以忍受贫穷之苦，安于天命，是为情义抛弃了功名，为报恩而舍弃了荣华富贵啊！他的贫穷比千万人的富贵都要光荣。吾友真乃君子也！你怀抱着高尚的志向，换来的却是如此残酷的境遇。念及此，贯一不禁泪流满面，闭上了眼睛。

第五章

突然有事要去千叶，贯一赶往本所站准备乘坐下午五点的火车，但可惜晚了一步，只好再等两个小时坐下一趟。他沮丧地走到站前的候车室，坐在最里间的格子花毯上喝热茶，想起包里还有出门时收到后塞进包里的三封信，趁此时拿来看，其中有一封署名M.,Shigis 的信。

“唉，又寄来了！”

他没有拆这封信，看过另外两封信一起塞回包里上了锁，之后把它当作枕头躺了下来，闭上眼睛准备休息一会。但能睡得着吗？看到那个人的字迹，他爱恨交织，尽管在心里发誓不再予以理睬，可却怎么也静下来睡着。

这封信正是宫寄来的第二封，第一封信是在大约两周前寄来的。贯一一字不漏地看了一遍，内容正如荒尾之前所说，是她亲手写的忏悔信。这封信大概也是同样的内容，看了也只是模糊了双眼，徒增伤感，于是从右手揉皱了递到左手里。

宫该多么伤心！在这两封信中，她不但倾诉了心中的苦，也吐露了悔过的意愿，完全坦白了所有事。她曾担心这些信件若落入他人之手，便会作为证据导致自己身败名裂。然而她还是写下了忏悔信，既然是忏悔，她也料到一封信不会轻而易举就解开贯一的心结。

因此，寄出第一封信之后隔了几日，在日渐痛苦中，又提起了笔。宫不知道，贯一没有拆信——无论之后寄来多少封信，他已下定决心，不会再接受宫那愚蠢的忏悔了。

静卧的贯一突然坐起来，打开包取出那封信，点了一根火柴移到信封一角，把信放在火钵上面。一团火焰腾腾燃烧着，上升的白烟是宫的思念，烧成灰烬的部分是宫的真心，几年来积聚的悲痛、悔恨以及最近心头暗生的喜悦此刻都在贯一手中化为了烟，消失得无影无踪。

贯一又枕着包像刚才那样仰卧下。

过了一会，贯一听到一个女人唤别人的声音，进来的客人被带到了一扇纸门之隔的隔壁，看上去像是一对同行的男女。

他们不像寻常的年轻人，只是默默地坐着。

“时间还早。来，铃，喝点茶吧。”男人说道。

“你今年夏天真的要回老家吗？”

“盂兰盆节之后无论如何得回去一趟。可是，你不是说父母改变了主意吗？所以就算你挂念我，我们也没有圆满的结局。既然如此，我就要放弃了。我要像个男人一样干净利落地放弃。”

“雅之，你是个男子汉，所以能说到做到，可是我做不到。我想，你一定对我父母的做法很生气。所以你也恨我，是这样吧？你不要管我，如果你不娶我，我这一生就不嫁人。”

女人断断续续的声音中还夹杂着哭声。

“可是，你父母不同意的话，就算我想娶你也没用吧。这件事我不怪别人，全是我自己的错，没有父母会把自己宝贵的女儿嫁给我这种有污点的人。这也是理所当然的事。”

“不管我父母答不答应，只要你愿意不就行了吗？”

“你怎么说这种话？你不知道我有多后悔。都怪自己不谨慎，犯下那种错，说实话，我也是陷进了高利贷者的圈套，毁了自己的前程，我唯一的母亲……杀了人，又……我们的婚事也化为了泡影……一想到这些，我真是恨不得死在牢里算了……也许这样还好一些！”

“哎呀，雅之，这种话……”

二人一齐哭了出来。

“母亲烧了那畜生的家，把那对夫妇烧死，真是件大快人心的事，可是我身上的污点也不会消失了！母亲说，再有一个月你就进家门了，一天到晚不知有多高兴呢……可是……”

女人又哇的一声哭了出来，呜咽不止。

“我完全没有取消这桩亲事的意思，就当是我先拒绝的吧，请你原谅。”

“不……不……我……没有被拒绝。”

“你如果嫁给我，容身之处就会变小，一辈子都会被别人指指点点。太可怜了！所以我还是主动放弃这份亲事。但是，铃，我绝不会忘记你的心意。”

女人哭得更厉害了。静躺的贯一这时不声不响地起身，来到障子边透过缝隙窥视，可却看不清楚。不过，他总觉得这个男人的声音听起来熟悉。他不就是那个放火烧掉鳄渊家的疯女人的儿子、因伪造文书罪被判一年徒刑的饱浦雅之吗？没错，那个女人刚才就是这样称呼他的。贯一独自点着头，继续倾听。

“既然你说永远不会忘记我的心意，还是按照约定娶我吧。雅之，你遭了那么多罪，如果因此我有意取消婚约，那我……雅之……我这一年来就没必要断盐在神前祈祷了。”

她想起这些苦楚，不禁又哭了起来。

“雅之，你又不是做了恶才变成这样，只是被高利贷者欺骗才蒙受了不白之冤。你遭遇这些，我与你在一起，不甘心……不甘……不甘心，我什么时候因为你有了污点而不想跟你在一起了？雅之，我不是那种女人，不是……那种女人！”

在隔壁偷听的贯一被女人的真心打动，感叹不已。他低着头，把耳朵紧紧贴在门上，手里面夹着一根熄灭的烟蒂。

“你把我想成那样的女人，是因为你不知道你不在的期间我过着怎样的生活。我病了三个多月……这件事你不是知道吗？虽然父母不想把我嫁给你，但我打定了主意。如果说你因为这次事件而在世间难有立足之地，我更应该和你一起在夹缝中生存。否则，我就对不起从小受到雅之母亲的宠爱。

“不听从父母之言，自作主张是不孝。可即便如此，我也要嫁给你。如果你不讨厌我，就请答应我。我的事暂且无妨，如果你有意，希望你能听我的话。”

贯一转身回到了座位上，枕着手臂仰躺着。打动他的不是男人的不幸，也不是女人被拒绝的悲哀，而是她的决心。唉！世上竟会存在这样悲伤又热烈的爱情！贯一头脑发热，心中震动。

接着是男人的声音。

“铃，那还用说吗？如果我没有遭遇这件事，现在我们正一家三口和睦幸福地生活在一起，也没必要说这些难为情的话。如今我沦落到见不得人的地步，你还能对我说出这些话，铃，我相信这世上你对我是唯一的。如果能和善良的铃在一起，那真是再好不过的事。但是想想父母的心情，他们不让你嫁给如今的我，绝不是没有道理的。没有父母不爱自己的孩子。我正是想到这个，才会主动放弃你。子女让父母受苦，这不仅不孝，更是罪恶，罪大恶极！我就是因为自己的轻率让父母受苦，更因此母亲才出了事，实际上无异于我亲手杀了她。如果将来又让你的父母受苦，那不是又杀掉别人的父母了吗？所以我必须得放弃。今后我已经做好心理准备在黑暗下努力生存，出人头地。”

“那么，既然你考虑到了我父母的心情，也请考虑一下我的心情啊！我怎么样你都无所谓吗？”

“怎么会，我只是……”

“算了，够了，你的想法我知道。”

“铃，不是的，你好像完全不懂我的想法。”

“那是你的问题。既然能为我父母想那么多，就不能为作为当事人的我想想吗？我早就决定要嫁给你，因此嫁妆之类的也早就准备妥当，事到如今我还能嫁给别人吗？雅之，你好好想想。你说是因为我父母不同意，就算如此，可你实在是太无情、太任性了！我死也不会嫁给别人的。算了，算了，不用管我了。”

女人哭得浑身颤抖。

“你这样说……那你要怎么做？”

“怎么做都可以，由我的心来做决定。”

男人哑口无言。过了一会，不知是谁先开的口，二人又小声谈了起来，声音小得在隔壁已经听不清了。他们的这段对话轻声细语的，没有一句高声说的，可见二人没有争执吧。

“真的吗？真的吗？”

女人的声音又开朗起来。

“既然这样，也只能这么做了。”

说着说着，他们的声音又低了下去，甚至越来越亲密，说个不停。贯一在心底里祝贺那女人，也羡慕那个叫雅之的男人。仿佛听到了一段不知从哪儿传来的优美旋律，不觉间已经忘了自己的忧愁。

如果那女人是宫，自己是那个雅之，会如何呢？应该选择今天的我们，还是雅之希望的那样呢？贯一陷入了沉思。

宫过去对自己并没有像那女人一样抱着怀抱着真诚之心。如果她当初没有被那颗钻石的光芒迷惑，而且自己有污点，她会全心全意地爱我吗？就算没有被唯继的财力左右，她是否会抛弃狱中的雅之呢？闪闪发光的钻石和承担罪名的身躯，哪个对爱的破坏力更大呢？

他继续想。

把他视同自己的生命，抛弃一切，发誓无论何时都要陪伴他——她的坚贞不渝是否会因为金钱而改变？是否会把自己本来献给爱人的心再高价卖给他人？与金钱利益相争胜，与他人之爱相争败，我们对哪一方恨更深？

他又继续想。

虔诚的爱情不会为利所迷，也不会发生转移。如果爱情会改变，那自然从一开始就不是虔诚的爱情了。别人中的大多数对异性的爱都像我一样虔诚，还是如我坚信的那样，宫的爱只是对我不虔诚？因为愤怒于她的不义不贞，故而对世上的爱都产生了怀疑，并排斥一切。然而，愤怒却不会因为排斥而得到排解，那种失去了本志在必得之物的心情侵蚀着我，虽然最终没有击败我，但却成了变成恶灵般的执念，折磨着我。我这颗向来不知喜乐的心，今天看了他人的两情相悦，不禁为他们高兴起来，并沉浸其中，这是为何？我已不再是宫的爱人，但若能得到替代者，我的心也会得到慰藉。

贯一的思维越发活跃了。

宫近来为抛弃我而忏悔，而且还说为表悔意，甚至可以听命于我。我应该因此而忘却愤怒吗？我们能再续前缘吗？不，她的忏悔只是她的忏悔，我的怨恨终究是我自己的怨恨。这份恨是否必须需要超过富山几倍的财富才能偿还？是否非要把这份恨转移到对金钱欲上？

他苦涩得深叹一口气。

破坏我们爱情的人是唯继！破坏他们爱情的人会是谁？今天我奔赴千叶正是为此。或许能破坏成功，或许不能。这份贪欲带给了我什么？财富吗？难道财富是能够治疗我发疯的特效药？眼前两位的爱情被阻碍，如今破镜重圆欢天喜地。而我们的爱情被阻碍后像落花一样不复返！我应该像这样空虚度日吗，还是随风飘荡，或是随波逐流呢？

此刻，贯一坐在正在驶离船桥的灯火昏暗的车厢里。

第六章

一

从千叶回来五天后，又收到了 M.,Shigis 的来信。贯一照例未拆封地扔进火中。看着那字迹，她的脸突然浮现，和唯继在梅园里密会的场景，贯一和那时一样愤怒。尽管已是第三封信，但面对宫这种妄图凭一支笔就想重归于好的愚蠢想法如同填海一样，反而让贯一更加故步自封。

对此一无所知的宫以为只要能传达给对方只言片语就好，无论他如何看待自己。她不断地书写诚意，每当周围没有人时，就下笔千言。

唯继听说近来宫专心写字，高兴之余，特意准备了上好的墨、笔、砚，还有字帖送给心爱的妻子。宫视之为肮脏之物，一概不用，后来连丈夫的桌子也不用了。她这样不知疲倦，六天后又一封信送到了贯一家。贯一四度付之一炬。没过几日，第五封信又来了。贯一曾决意无论寄来多少封都要烧掉，可看到宫前所未有地执着，不禁有些惊讶，于是今天这封信他没有直接丢进火中，而是想拆开看上一看。

“可是……”

他踟蹰着。

“应该还是求我的原谅。除此之外，没有非看不可的内容。就算有，也是些不可看之事。求我原谅，那我就原谅她，而且就算说不原谅她，事实上不是已经原谅了吗？既然悔悟了，已经悔悟了就够了。因为你悔悟了，所以我原谅你——这种话还是不说了。这件事已经带来了影响。就算悔悟，伤痛也不能痊愈。而且，原谅之后富山的事就会回到过去吗？关于这一点，贯一毕竟还是十年前的贯一。宫！你一生都是被玷污的宫了，不是吗？事到如今再来忏悔，也只是徒劳！我爱的是丝毫没有被玷污的宫，如今只会怨恨你被玷污。况且，一旦被玷污，就算做出十倍的善事，污点也洗刷不清。

“就是因为这些我才劝你，可你说了些什么？！热海一别，我说我的妻子除你再无别人，宁愿丢了性命，也不愿断了姻缘，请你体谅我的心情，做出决定。可你却辜负了我……还有何脸面事到如今前来忏悔……晚矣！”

他用信不断敲打柱子，最后信扭成了绳状。

宫的信一周来一封，贯一收一封烧一封，算来已有整整十封了。如今，贯一的愤怒稍有减弱，定期的来信让他无法忘记忏悔、痛苦的宫。只是，没有忘记不代表挂念，愤怒减弱也不代表原谅她、接受她。起初抛弃爱情，如今又后悔抛弃，一直念着旧情，可事到如今，再怎么忏悔，也只是徒增双方内心的痛苦罢了。每当收到宫的来信，贯一虽然从不拆开看，但心里的痛苦却比宫多几倍，让他恨中又生出了恨意，那消停的怒火又升腾起来，终日抑郁，不知该何去何从，昼夜都在不安中度过。迷茫使得他几乎忘记了自己的敛财行当。昨晚，贯一心绪繁重，一夜没睡，直到黎明才有了困意。早晨七点，春雨绵绵，卧室阴暗，他在梦魇中痛苦呻吟。老婢唤他后，他睁了一下眼睛，似醒似梦间又昏睡过去了。老婢摇了他一下，他才惊醒过来。

“有客前访。”

“客人？是谁？”

“他说姓荒尾。”

“什么？荒尾？啊，真的吗？”

贯一急忙起身。

“要请他进来吗？”

“嗯嗯，赶快让他进来吧。还要麻烦转告他，因为现在刚起床，所以抱歉请他稍等。”

自上次一别，贯一曾三次去拜访荒尾隐居的地方，但每次他都不在。给他写过两封信，但都没有回信。后来他又向满枝打听，得知荒尾还在原来的住处。因此贯一暗自认为，荒尾和自己彻底绝交了，所以一个月来一直闷闷不乐，没想到今天他会主动来，能够倾听我内心之苦的人也只有他了。有朋友来访，没有比这更高兴的事了。他打算备下酒食，让荒尾留宿一宿。他激动不已。

与自己绝交、毫无音信的荒尾为何突然来访，贯一对此并不关心，对其突然来访也不好奇。毕竟疏于通信在他看来是出于自由主义之故，嘴上说要绝交，实际上还是不忍舍弃自己。在贯一看来，荒尾是不会再把自己当作友人来拜访了。

贯一匆匆洗漱完毕，眨着红肿的眼皮，甚至没来得及扣外衣的扣子，急忙赶到客厅，拉开门一看，那里没有荒尾，不是荒尾让介，而是一位穿着华丽的妇人独自羞涩地坐在那里。贯一疑惑地走进去，可疑的妇人仍然背对着他没有回头。外面细雨蒙蒙，庭院里的树木显得苍翠欲滴。

“请问您是姓荒尾的客人吗？”

贯一礼貌地问道，随后就座。妇人好像不愿让他看到自己的容貌，仍保持着低头行礼的姿势，不肯抬起头来，也不肯把捂着脸的手拿开。原本就觉得她可疑的贯一更怀疑起她的来访目的了，定定地凝视着她。贯一做出一副忙碌的神色，窥视着妇人低下的头。

“有何贵干？”

“…………”

他越发感到奇怪，左右打量她。

“您来所谓何事？请告诉我！”

“…………”

那可疑的妇人仿佛一株裸置的百合花，吹拂着清风，无法继续遮掩下去了，小心翼翼地迟疑着。

就在这时，贯一不禁高声惊呼：“宫?！”

宫悲喜交加，伏着身子哭泣不已。

“你来做甚？”

此时的贯一应该愤怒，还是应该痛恨？应该羞辱她，还是应该为自己悲伤？应该怒骂她、责骂她，还是应该责备她？贯一顿时万感交集，忘我地全身颤抖起来。

“贯一，请你原谅我！”

宫慢慢抬起头来，不敢看贯一惨白的脸，而是畏缩地俯下头。

“快走！”

“…………”

“宫！”

这是宫多年来梦寐以求的声音。宫又害怕又怀念地抬头向他看去，却只见贯一眼神凌厉地盯着自己，眼眶里充满泪水。

“如今没有必要见面了，况且你又以什么脸面来见我？最近你给我寄的信，我一封都没看，直接烧了，所以不要再写信来了。我现在在病中，也不能长时间坐着，你快走吧。”

贯一说罢，唤来老婢。

“客人要回，送客！”

他毫不理会手足无措的宫，正要起身。

“贯一，我今天抱着一死的决心来见你，不管你怎么对我，只求你今天饶过我，听我说。”

“为何？”

“我彻底悔悟了！贯一，我今时今日真的真的后悔了！！详情我都写在寄给你的信里了，既然你没看，也就无法理解我有多后悔。就算见面说，有些事终究说不清，所以才要写。虽然我写得不好，但你若能过目，心中的愤怒定会有所消减。我有很多道歉的话想说，可一见到你，又羞愧又痛苦，竟一句话也说不出口。贯一，请你相信，我今天到这里来是抱了必死的信念。”

“那又如何？”

“我之所以抱着必死的信念，是因为有许多话要说。虽然冒昧，但是求你了，求你了，贯一，请听我说！”

贯一看着泪流满面地跪在自己脚下的宫，一副无奈的神情。

“六年前的一月十七日，还记得吗？”

“…………”

“说啊，记得吗？”

“我忘不了。”

“嗯，我那时的心情你今天明白了吧。”

“请原谅我！”

没等宫说完，贯一就已转身离去，紧闭拉门。宫顿时心如死灰，伏在了地上。

“丰，丰！”激动地呼唤老婢的声音从廊下传来，接着便是急促的脚步声，老婢又来到客厅。宫仍未抬起头，那美丽的束发盖住了脖颈，她身穿两件绣有花纹的御召厚外套，露出黄檗色的半衿，柔弱伏下的身体后面高高地系着金茶色底东缀[1]腰带，翻出反面的胜色，白色的羽二重手帕掩着泪水，手指上戴着红白两色的宝石戒指，像一幅画一样让人看了心旷神怡。这位美人出了何事？丰不由

①明治末期栃木县足利地区的一种女装腰带的布料。

得担心起来。

“那个，请恕我直言，老爷身在病中，刚才身体又忽感不适，所以先回去休息了。真是抱歉，今天就请您先回府吧。”

掩面而泣的宫抽泣着说道：

“嗯，是这样啊。”

“劳您专程前来，真是非常抱歉。”

“我要稍微整理一下，请稍等。”

“请便请便，您慢慢整理。又要下雨了，今天特别冷。”

老婢走后，宫没有急着整理衣装，好像刚刚缓过神来，又陷入了沉思。过了一会，老婢看客人没有起身的意思，便又进来。这时，宫突然起身，边整理衣服边说：

“就此告辞了。我还想向你家老爷打声招呼，他在哪里……”

“这个……您不必如此客气。”

“不，只是打声招呼。”

“是吗。那请随我来。”

老婢知晓老爷的真心，却不得已带宫来到卧室。只见昨夜寝具未收的褥子上，贯一和衣趴在上面，睡衣被他踢到了脚边，头枕在枕头边，看上去好几次改变了位置。

一看到宫走进来，贯一还没坐起身，宫早已奔过去跪在他的脚边。贯一想站起来，却被宫紧紧攥着衣袖，还靠近他，一言不发地只顾着哭泣。

“哎，你这是做甚！”

贯一想把她甩开，可宫两手紧紧攥着他的手。

"贯一！"

"要做甚？这样不知廉耻！"

"都是我的错，请原谅我！"

"唉，真纠缠啊！放手！"

"贯一！"

"我说放手！唉，真是的！"

宫用身体拖住贯一不放，二人就这样面对面角力，近得几乎可以感受到对方的呼吸。这张自己曾发誓永不再见的脸如今虽然失去了往日的光彩，却有另一番美。她的面容没有变化，但她已不再是从前的宫，如今又是为何在这里相见！贯一心中无限感叹，他盯着宫。只见宫激动得近乎发狂。

宫为了寻求比人头更大的钻石，抓着贯一的手不放。宫已经知道了，无论多大的钻石都比不上人的那颗小小的真诚的心。她手上的钻石虽然很大，可她曾经抛弃的人的那颗真诚的心却是无边的。啊！如今那颗心在哪里？曾经抱着真诚之心的人，如今却只有一双冰冷的手。宫为了抱着这双手哭泣着忏悔而来，她的悔恨是无边的。

"快，快走！"

"我想恐怕再也见不到您了，所以今天无论如何请稍加忍耐，要打要骂悉听尊便，只要贯一你能稍微出出气。你就听听我来忏悔的理由吧。"

"唉，真讨厌！"

"你打我吧……"宫全身颤抖着说道。

“你以为如今这样就能让我心情舒畅？就算杀了你也难解心头之恨啊！”

“好，杀了我吧！请杀了我！贯一，我希望你把我杀了。来，杀了我吧，死了才好。”

“你自己去死吧！”

贯一甚至不愿亲自下手，他竟然如此鄙视自己！宫心里更难受了，紧咬着嘴唇。

“去死吧，去死吧。你既然抛弃了我，如今又来做这种羞耻之事，为何不到死都抛弃我呢？”

“我从来没有要抛弃你的想法。所以今天才要来向你表明我的内心。就算你不让我死，我也已经如同行尸走肉了。”

“我不想听这些。我都让你回去了，为何还不走?！”

“我不走！无论如何我都……不走。”

宫更紧地抓着贯一的手，内心越发激动，丈夫、世间之类早已抛诸脑后，她一心只想着不能失去这个要用命来换的人。

这时，廊下传来了脚步声，贯一想着是老婢来了，于是想要挣脱宫的手，可宫哪会松手，神色都毫无变化。脚步声直逼拉门。

“喂，有人来了。”

“…………”

宫依然不放手。

撞见此情此景的老婢急忙缩回身体，在半开的拉门外禀告：

“赤樫夫人来访。”

贯一满脸困窘。

“我要过去——有客人来了。你也该回去了。唉，放手！都说了有客人来，你要做甚？”

“那我在这里等你。”

“随便！还不放手！”

宫被贯一一甩，随即倒地，还没起身的时候，贯一就走了出去。

二

满枝看到客厅里有一件紫衬里女士外套，对来客毫无头绪，于是问老婢。平日里被满枝善待的老婢就把事情详细地告诉她。满枝听后，心生不满，希望那可恶的女人早点出来，看她如何待我。满枝焦急地等待良久，贯一还不出来，而且卧室也毫无动静，于是她忍无可忍。

“丰，你再去和向老爷禀告一声。就说我今天有急事，一定要见他。”

“这可让我为难了！里面正闹得凶呢！”

“有什么关系？你就说是我说的。”

“那我试试吧。”

“嗯。”

老婢来到拉门外。

“老爷，老爷！”

“他不在。”客人回答道。

丰打开拉门，说：“哎呀，真的吗？”

老爷确实不在。坐在枕边满面愁容的丰鬓发凌乱，左腋下的衣服撕开了一个两寸的口子，一看到丰，一边慌忙整理，一边说道：

“他刚才就过去了……”

“哎呀，是吗？”

“他不是去见客人了吗？”

“没有啊，客人说有急事找老爷，所以让我来叫他。这么说，他已经过去了？”

“他没过去吗？”

“没有啊！”

丰慌忙走到客厅，对满枝说：

“老爷没来吗？”

“什么？”

“那个……老爷也不在那边……”

“老爷？怎么回事？”

“据说刚才就过来了。”

“瞎说，撒谎。”

“没有，那边只有客人……”

“撒谎。”

“没有，夫人，我绝对没有撒谎。”

“可他根本没来啊！”

“所以我也在纳闷，他到底去哪里了……”

“肯定是在里面躲起来了。”

“夫人，怎么可能呢？”

“说不定。”

“哎呀，真奇怪，是不是去厕所了？”

丰说着，就急忙去找寻。

满枝顿时感觉遭到了奇耻大辱，脸色大变，却还是压抑着，就像明知是毒，却必须要喝下去，心中苦涩。

宫觉得，贯一溜走，自己待着也无望，再加上自己也没有站起来回家的力气，这份报应要到何时才能结束？自己的命运又会如何？宫时而低头，时而抬头，一言不发，只是重重地叹着气。

天空瞬间昏黄，敲打着屋檐的雨点越来越密集。

除了衣柜和壁橱之外，几乎全都找遍了，老婢还是没有发现老爷的身影，她不可思议地又回到卧室。

“到处都没有……”

“哎呀，是吗？会不会是出门了？”

“也许吧。这到底是怎么一回事？置那边和这边等待的客人于不顾。哎呀，他没有非这个时候出去不可的理由，可是家里哪里也没有。看来，也许是真的出去了吧。总之……请您见谅！”

她说罢，又急忙到客厅告诉满枝。

“没有，夫人，我都找过了。老爷不在卧室，我确定。”

说罢，老婢突然检查了一下鞋子后起身。满枝跟在她身后，走过庭院的边廊，来到了卧室门口。

宫不知满枝来历，先是一惊，接着又以笑脸相迎。满枝来这里是为了看看她爱之人曾经的恋人，没想到那人竟比自己还年轻貌美、堪怜高贵，满枝一时妒意与恨意一起涌上心头：就因为她，贯一才会对自己的真心毫不在意。想到这里，满枝恨不能化身一把利剑，置对方于死地，她难掩内心的激动。

宫却稍显羞涩，就像一朵躲在绿叶后迟开的花。满枝像一轮从房屋后升起的冰冷月亮。二人互相行礼后，满枝先开口了。

“初次见面，您是间先生的……亲戚？”

满枝本意是想挖苦眼前憎恨之人的。

“是的，有些亲戚关系。”

“哎呀，是吗。我叫赤樫满枝，这几年来承蒙间先生的照顾，几乎像亲戚一样与他来往，常常互相照顾，所以我们是很亲近的。说起来，我从没见过您吧？”

“是的，我也是前几日才刚从远处过来。”

“哎呀，原来如此。你说的远方是指……”

“嗯……我一直住在广岛那边。”

“原来如此。现在住在哪里？”

“住在池端。”

“哦，池端是个好地方。间先生之前说，自己孤家寡人，让我像亲戚一样与他来往，我真相信了。现在看来，他明明有这样一位厉害的亲戚，为何还要同我说那种话？莫非有什么非隐瞒不可的事？他这个人偶尔也会撒谎。”

宫听了，心里顿时升起一团疑云。父亲过去在医院看到的女人就是她吧。这么一想，贯一刚才说有客人来，就是撒谎。这女人或许是他的妻子一类的人物，嫌自己待在这里碍事，才特地让她过来的吗？如今想起父亲的话，宫感觉好像被仇人欺负。此地不宜久留，正当她要起身时又想到，不知躲在哪里的贯一待自己走后，就会出来牵这女人的手，两人一起嘲笑自己，宫难耐苦楚，踟蹰难行。

“您难得过来，不巧间却有事外出，去的地方有些远，恐怕晚上才能回来。看来您只能改天再来了。”

“打扰久了，您也是有事而来，抱歉。”

“哪里，我经常来，没什么，您才真是太遗憾了！”

“是，很遗憾。”

“是吗？”

“我们四五年没见了，本来今天想好好叙旧一番的，真是遗憾。”

“确实。”

“那我先行告辞。”

“您要回去吗？正下小雨呢！”

“没关系，雨再大，车子都会接我的。”

二人都带着委屈和怨恨，经过一番唇枪舌剑之后，心想再也不要见了。

第七章

家里到处都找了，依然没有贯一的影子。只能等他自己回来了。原来，贯一溜走是因为感到自己家里已无容身之地，心烦意乱之下，伞都没有拿，直接从后院的木门溜走了。

当时只想逃出两难的困境，突然出来也不知该去哪里，天又下着雨，好不容易来到别人家的屋檐下，顺着屋檐走，途中经过了最近偶尔去的棋室，他心想反正无处可去，便走了进去。

棋室里有三组人，各自静坐窗前，边听清脆的雨打翠竹声，边对弈。贯一走到里间，如同鱼干般的老板蓄着发黄的胡须，独自坐在那里擦棋盘。贯一走过他身边，来到火钵旁烘烤淋湿的衣服。

对于旁人的好奇，贯一也不搭理，刚才那些不可思议的情景仍历历在目，想起来惊魂未定，黯然神伤，惊心动魄，究竟是该愤怒，还是同情？该悲痛，还是愤恨，抑或是该窃喜，安慰呢？他自己也不知道，只觉得五内燃烧，四肢冰冷。一种无可名状的感情和烦恼再次袭来。

老板感到奇怪的并不是贯一被雨淋湿，而是他脸上奇怪的神情，不用问也知道，肯定发生了什么。虽然溜到这里，可心里还是无法平静：留在家里的两个女人怎么样了？自己今后该怎么办？贯一迷茫了。内心沸腾着，三张棋盘不时上传来的棋声打破了昏暗天色中的雨声。这时，老板被叫到窗边观战去了，留下贯一独自一人，继续烤着自己未干的衣服，胡思乱想着。突然传来一阵骚动，贯一吃惊地望去，只见几个人都在看自己，还喊着“有焦味”，他这才注意到自己的外衣一角掉进了火里，冒着黑烟。贯一急忙灭火，骚乱才平静下来，贯一也恢复了刚才的状态。

过了一会，门口传来一个女声：

“不知我家老爷是否在这里？”

老板伸了伸自己满是胡须的下巴：

“嗯，在里屋呢。”

贯一瞥了一眼丰，说：

“哦，送伞来了？”

“是。您在这里啊，我到处找您来着。”

“嗯。客人走了吗？”

“是的，早回去了。”

“四谷的那个也回去了？”

“没有，她说一定要见您。”

“还在？”

“是的。”

“那你就说没找到我。”

“这么说您还不回去？”

“等一会儿，再回去。”

“快到午饭时间了。”

“没事，快回去吧。”

“老爷，早饭您也……”

“我说了没事！”

老婢把伞和木屐放下，便默默回去了。

过了一会，贯一披上那件袖口已经烧焦的外套离开了。

贯一心情烦乱，一想到烦人的满枝更痛苦了，决心满枝不走，自己也绝不回家。既然刚才的棋室已经暴露，又不知道去哪里。中午了，从早晨开始还没有吃过任何东西，身上也没带钱，这可如何是好？贯一在雨中茫然彷徨。

初夏时节，白天很长，但在棋室里不过是几盘棋的时间。不知不觉已到傍晚，这时雨也停了，几位棋友收摊准备回家。老板匆忙起身，点灯相送。贯一也回到了家。

他一进门，便冲老婢喊道：“吃饭，吃饭！”他说着，顺手打开拉门，只见灯前有个人影。

贯一停下脚步，瞪大眼睛。可那人仍背对着他，一动不动。满枝还没有走吗？贯一不禁大声咂了一下舌。那女人依旧没有特地回头看他，于是贯一也没再说什么，径直走进卧室，唤丰来服侍更衣，并且把晚餐准备在卧室里。他以为饭后满枝一定会过来找他。她若是回去就好了。贯一心下暗想，伸展了一下疲乏的身体，对着拉门上的月影躺下，弯过一只胳膊当枕头，默默抽着烟。

虽然贯一对宫已不再爱恋，可宫那痛苦的面容一直出现在脑海，像一只蚊子嗡嗡作响，一想到她那情深意切的哀诉，贯一就觉得宫没有离去。风声瑟瑟，不止一次抬起头的贯一仰望着映在拉门上摇曳的竹影。

宫不会永远留下来，自己仍是独自一人。想来，宫的忏悔的确是发自内心的，而自己无论如何无法原谅她的心情也是真心的。自己应该原谅她的忏悔吗？像这样不原谅她，二人之间的距离竟也让他寂寞不已，在无法释怀的情绪上又添了一层悲凉。今夜寡淡的月色也仿佛哀伤一般笼罩着他，他沉溺于自己的痛苦之中，而不是对宫的怨恨。他终究还是难耐心中的惆怅，伸手打开拉门，只见残月挂在冰凉的空中，月光迎面洒在了他脸上，他满腔愁绪地望着这束寒光。

“间先生！”

贯一已经忘记家里这个人的存在了，因此听到这个令人讨厌的声音回头看时，发现满枝已经坐在他身后了，平时她见人总是面带笑容，那双秋波涌动的笑眼也已失去了光彩，而且面容憔悴，怎么了？贯一在心里暗自思忖。

“啊，你还在啊？”

“是的，我一直在。从上午等到现在。”

“哦，是吗？那真是太失礼了。你有什么急事？”

“没有急事，就不能等您吗？”

贯一因她突然变得尖锐的语气感到有些意外，不解地望着她。

“我不能在这里等您吧，我知道。比起不应该在这里等您，今早更不应该来访，是吧？打扰了您的兴致，间先生，真是对不起！”

满枝的眼神中散发出怨恨的光芒，紧紧地盯着贯一。

贯一苦笑道：“这话真是莫名其妙。”

“事到如今，你也无须掩饰。一对年轻男女同处一室，难分难舍哭哭笑笑，这不是一目了然吗？我看着，心里自然有数。我又不是七八岁的小孩，这点事情还看不出来吗？您出去后，我来了这间屋子，也见到了那个女人。”

贯一本不想听她的唠叨，可说到这里时，贯一还是不禁竖起了耳朵。

“她也对我说了很多，所以我对你们的事完全了解了。她甚至都对我说了无法启齿之事。”

糟了，贯一心想着紧握着拳头。满枝犹豫了一下，接着说道：

“不过，间先生，您真是厉害，我佩服您。不过请恕我直言，我真是对您的伎俩感到震惊。有那样一位美人做伴，却偏偏在外面说自己孤独，是个独身主义者。直到今天早晨，你都把这个秘密保守得如此严密，我震惊得无话可说。所谓的高人，大概就是您这样的吧。”

“别说这种无聊的话……你想怎样？”

“嘴上这么说，其实您心里很高兴吧。您一直都爱着她吧。”

看来都是自己中途溜走而造成的后果，真是不该让她知道！贯一心不是滋味，紧闭双唇一言不发，只是转过身去望着月亮，满枝仍然盯着贯一不放。

“间先生，您不必如此沉默。见过那样的美人之后，再听我这样的人说话自然会有些厌烦。这一点我明白。所以，我也不再说了。我想说的只有一句。”

贯一转过身，冷冷地看着她：

“你想说什么？”

“我真想把您杀了！”

“什么？！”

“杀了您，也杀了她，然后我也一死了之。”

“这倒无妨。可是，你为何要杀我？”

“间先生，您还不知道吗？你怎么能说出这种话？”

“莫名其妙，你到底在说什么？”

“我莫名其妙？您不觉得您太过分了吗？”

满枝眼里充满了怨恨和愤怒，倒哭了起来。贯一没想到会变成这样，不免害怕起来。

“您就这么恨我吗？为什么呢？请告诉我理由。我想听，请告诉我。

“我什么时候恨你了？没有那回事！”

“那您为何说我莫名其妙？”

“不莫名其妙吗？你想要把我杀了，可我实在想不出你杀我的理由。”

满枝委屈地垂下脑袋，答：

“有！而且我相信很充分。”

“你自己相信……”

“不，哪怕只有一个人，只要相信自己的心，就一定会做！”

“要杀我这件事吗？”

“我知道很难把您杀掉，我早有这种心理准备。”

“哦，知道了。”

月亮升到高空中，草木的影子更给庭院里的风景添了一层风情，只是贯一不堪廊檐前的芭蕉叶的寒露，回到了屋子里，关上拉门，调亮油，故意看了一眼放在壁龛里的钟表。

“你早点回去吧，时间不早了。好吗？”

“谢谢。”

“不，我只是提醒你。”

“我就是在感谢您提醒我。”

“哦，是吗。”

“如果我是今早那位的话，您就不会提醒我了吧？”满枝恨恨地说道，做出一副起身要走的样子，偷觑贯一的神情，“她究竟是什么人！”

她既非狗，也非猫，只是和你一样的人。贯一这样想道，为了不再继续无谓的口舌之争，没有说出口，仅是脸上现出了不悦。

满枝却受不了了。

“您应该和她认识很久了吧？看她的穿着，应该不是生意人，也不像一个朴素的良家女，您真不可思议，竟然会喜欢她！间先生，那枝花有主了吧？”

贯一听了这番妄言，心头一震。

“不见得吧。”

“和这种人在一起，也许有滋有味，但同时也罪孽深重。您把这件事藏在心里的缘由，现在我终于明白了。这种事公布于众，也不是什么值得骄傲之事，所以保密至关重要。

“可这个秘密偏偏被您讨厌得不得了的我知道了，可想而知您多痛心。我非常理解。可在我看来，这真是件大快人心的事情！之前您那样顽固，折磨着我，这回终于轮到我来折磨您了。您做好准备吧！”

贯一听了，窃笑道：

“你是不是疯了？”

“确实疯了。可为什么会发疯呢？我要是发疯，也是从今早变成这样的。在您家里发的疯，请您让我恢复正常！”

满枝说罢，向贯一身边逼近。贯一虽然厌恶，却无法躲避，像闻到臭味似的把身子侧向一边。满枝依旧步步逼近。

“还有一件事，想要问问您，希望您如实回答。好吗？”

“什么？”

“我讨厌你说这句话，请您干脆地答应。真是的，您这个人！”

“可是……”

“没什么可是。我每次问您事情，您总是爱答不理的。我又不会为难您，只要如实回答就可以了。”

“我自然会如实回答。这不是很正常吗？”

“并不正常，因为我要您真诚坦白地回答我。”

“好。”贯一点了点头。

“那您一定要回答我。间先生，您觉得我是个麻烦的人吧。我心里虽然明白，可还是常来打扰，这些话从我口中说出可能有些可笑。我，一刻都无法忘记您。就算我再怎么想着您，您一直讨厌我。歌里说，流水无情人有情。果真如此。我就是那在流水中寄托梦想的人，可能终究无法实现。我心里明白，间先生，可我还是放不下。

被我纠缠，您也许很困扰，可我确实是想着您这一点，您应该察觉到了。我心里有多么热烈地想着您，您知道吗？”

“这个……也许吧，可是……”

“您说什么？说什么‘也许’！否则，您不至于这样讨厌我。您嫌我麻烦，这就是最好的证据。既然因为我的百般纠缠而困扰，不正说明您知道吗？”

“这样说来倒也是。”

“看来尽管您讨厌我，但您十分清楚我的心意。”

“嗯。”

“那么，迄今为止我对您说了许多话，您都不在意地听着。表面看来，可能因为我的奢望有些过分，但我也有自己的想法，我认为我的做法并不是您所说的大逆不道。即便您说得对，暂且放下这一点，我们互相想念着也没什么。也就是说，您在找理由来回避我，我一开始就知道。但因别人都说你倔强、固执，我才想您的态度大概是生性不愿接近女人，不了解我的心意。您不知道我对您的顽固态度有多心急……没想到！”

满枝说下去了，她拿起烟杆，狠狠地打在贯一的腿上。

“你在做什么？”

贯一推开她，可她仍不罢休，拿着烟杆朝贯一的胳膊和腿一阵乱打。

贯一惊吓得左躲右闪，终于还是挨了三四下，最后不得不抓住满枝的双手。一声不吭的满枝朝着贯一的大腿边咬了下去。真是个莫名其妙的女人！贯一愤怒地甩开了她。满枝擦着眼泪，哭着揪住贯一不放。

贯一被眼前的这幅情景吓坏了，一句话也说不出来。他拼命想摆脱满枝的纠缠，可她就像胶一样黏住他不放，而且哭的越发厉害了。眼泪弄湿了贯一的单衣，渗透进他的皮肤里。

如果放纵她这样，定会没完没了，贯一狠狠地掰开她的手，想要起身，可满枝却不松手，立刻又把满是泪痕的脸贴在贯一身上。贯一受不了了，厉声喝道：

"你这是在干什么！适可而止！"

"…………"

"快回去吧！"

"不！"

"不？好。那从明天起，禁止你踏进这里，你听好了！"

"我死也要来！"

"迄今为止，我确实在忍耐，可是现在我无法再忍下去了。我要去找赤樫先生，把你的事都告诉他。"

满枝抬起满脸泪痕的脸。

"好，您去说吧！"

"…………"

"告诉了赤樫，又能怎样？"

贯一恨得牙痒。

"你……真是……太顽固了！赤樫是你的什么人？"

“间先生，您认为赤樫是我的什么人？”

“莫名其妙！”

贯一恨不得给眼前这个可恶的女人几个巴掌。

“您一定认为他是我的丈夫吧。完全不是。”

“那是什么？”

“我之前说过，他仗着有钱霸占了我，我才变成现在这样。可以说他是我的仇人。也许在别人眼里，我们是夫妇，但在我心里完全不这样认为。因此，我一直都视自己为单身，也一直按照自己的意愿爱着我所爱的人。

“间先生，您若见到赤樫，就说‘满枝爱着我，无奈只能让她为我做饭了’。而我，会和丰一起，一生照顾您。

“您也许以为只要一提赤樫，我便会忌惮。我不怕，反而觉得这样更好。赤樫对此也毫无办法。”

贯一听了，无言以对。满枝毫不躲闪，继续说道：

“实际上，如果我们话不投机生出事来，感到困扰的不是我，而是赤樫！我非常了解这一点，所以就算您为了躲避我而去找赤樫也是徒劳。赤樫也许有些惧我，可我却丝毫不怕他。不过，既然您想这么做，那就去试试吧。间先生，您现在就去找赤樫谈谈吧！

“我也会宣扬您的事迹。如果我把您和一个有夫之妇之间有着说不清的关系，还私下约会的事透露出去，看看究竟谁会遭到更大的麻烦！如何？”

“大家说你有胜过男人聪慧，可也不过如此。”

“什么？”

“我问你，男女说几句话，算约会吗？妙龄女子就一定是有夫之妇吗？用这种肤浅的猜测来污蔑人，真是欺人太甚！我还要提醒你，说话注意分寸。”

“间先生，您看这边。”

满枝拉了拉他的手，贯一用力甩掉。

“唉，你真是！”

“讨厌吧？”

“当然！”

“今后我会加倍让您讨厌。对了，您刚才说什么？说这都是肤浅的猜测？我看倒是您应该说话注意些。如果您还是个男子汉，为何不干脆承认有情人呢？间先生，其实我一介女流不应对您的事品头论足。就算我想，也无法如愿。所以您在我面前没必要隐瞒，不是吗？

“实话相告，就算您另外还有上百个情人，我也不会因此厌恶您，对您死心。我不是那种轻浮的女人。而且，我也不认为泄露您那些秘密能让我那无法实现的愿望得到满足。我不知道您做何感想，但我绝不是那种卑鄙的女人。

“我刚才说要把您的秘密泄露出去，完全出于一时气愤，我完全没有这种想法，所以还请您谅解。不经意间多嘴了，请您原谅。我向您道歉。”

满枝说着俯下身，对贯一行礼。贯一看到她这令人堪怜的样子，不知如何是好，只得暗自搔头。

“还有一事相求，我希望您不要像之前那样待我，希望您是善解人意的间先生。只要有您一句话，您怎么做都可以。间先生，您就毫无保留地把心中所想都说出来吧，好吗？

“就算我不说，我想您也明白我的心意。过去即使我那样认真地向您解释，您还是对我充满厌恶，您从没认真想过我的话吧——是吧？您如此讨厌我，我也知道应该知耻而放手。我这么说，但身为不能留恋任何事的女人，唯独这件事情，我也不知道怎么会如此没骨气……该怎么说呢。我从未曾对任何事着迷，但真是被您完全迷住了。

“所以，我的愿望就是希望您体察我的心意。对您如此痴情人，却被您彻头彻尾地讨厌，也算是因果吧。总之，我和您性格不合，这也无可奈何。即使遭您冷遇，却还是爱着您，我真可怜。您不喜欢我，可是总该体谅一下我的心情吧！可您并不是善于察言观色的人，这一点通过今早的事我很确定。

“爱人或被爱，这爱并无不同。单恋您的人心里多么痛苦！间先生，我刚才说要杀了您，这不正常吗？无论我多么不才，和您同样为人，却像奴隶一样服侍您。只要您能够真诚坦白地跟我说句话，我死而无憾。如果您能考虑到这些，无论您多厌恶对方，总该流露些真情吧！我的这点要求不能满足吗？

“我也不想这样纠缠您，只要您说一句，仅一句让我心满意足的话便足矣。所以看在我们交情的份上，间先生，请对我说吧！”

她快说完时的声音颤抖得几乎听不清。满枝为了贯一的一句话，不惜把几千圆的借据变为废纸，也希望贯一说出口。她屏息凝神、面色苍白，思量着贯一是从袖口拔刀相向，抑或从心底发出笑声。满枝的心怦怦直跳，痛苦地等待贯一的答复。

贯一心里也很清楚满枝殷切又堪怜的心情，可是，因为她爱我，我就必须立刻回应吗？贯一觉得这一招卑鄙，因此更加固执了。

可是，从人情上，今天好来说，又不能严肃批评她。贯一紧锁的眉头上扬。

“你希望我说一句让你心满意足的话……我要说什么呢？”

“您这是什么话！自己的事反倒问起别人来了，我不知道。”

“你说得倒是没错，可我也不知道。”

“这有什么知道不知道的？您总是嘴上找借口，不肯多想，所以我才急切地求您说一句让我心满意足的话。间先生，我只有这一个愿望。”

“嗯，这个我明白。”

“既然明白，就请说吧！”

“明白是明白，可你不也说了吗？因为有很多话要说，所以总之能先体会到你的心情就好了，我只要说一句能够证明明白你心意的话就好了，是吧？这件事太难了，我没有别的话要说。”

“哎呀，什么话都可以，只要能满足我的愿望就好。”

“什么话才能让你满足呢？”

“只要您能明白我的心意，我就心满意足了。”

“对于你的心意，我深表感激。我永远不会忘记。”

“间先生，您说的是真的吗？”

“当然。”

“真的吗？”

"真的。"

"确定？"

"嗯。"

"请给我看证据。"

"证据？"

"嗯。口头说辞不足为信。不过既然您那样肯定，应该是真的。那么，至少有这一点证据吧。请给我看看，好吗？"

"如果能拿出来……"

"给我看吗？"

"如果能拿出来的话。可是……"

"不，只要您愿意给我看……"

贯一突然跳起身来，推开拉门，跳到了庭院里。跟着冲了出去的满枝满脸通红，仿佛在燃烧，月光在上面投下了冰冷的影子。

第八章

现在家里除了我和老婢，没有客人，但为何会传来女人的哭骂声？贯一怀疑是在做梦，从枕头上抬起头，仔细听辨。

那声音突然激烈起来，其争吵的气势震得拉门隐隐作响。贯一觉得奇怪，掀开棉被正要起身时，突然啪的一声拉门倒了，只见两个女人扭作一团，跌倒在他面前。

看上去处于劣势的那个头发像水草一样散乱，身上的外套被雨淋湿了。她挣扎着想要爬起来，一看到贯一，脸上立刻露出欣喜怀念的表情。

“贯一！”她匍匐着想靠近贯一。另一个身穿薄色鱼子织外衣、背上的腰带打着夜会结的女人立刻跳过去拉了她一把。

“哎呀，贯、贯一！”

贯一听到这求救声，只觉得要昏厥。这不就是魂牵梦萦的宫吗！就算投七次胎也绝不会答应其要求的满枝，因被我拒绝而迁怒于宫，打闹过后还当我面责难她。贯一气得全身发抖。满枝抓着宫，一动不动，然后慢慢回头看着贯一，说道：

“间先生，这就是您那十分珍视的情人吧？”

满枝揪着宫的颈发往上拉。

“是这女人吧。”

“贯一，我很后悔。这人是您的夫人吗？”

“我是他妻子，怎样？”

“贯一！”

宫声嘶力竭地叫喊着。满枝一把将她推到了地上。

“不知廉耻！看贯一坐在那里，你就有很多话要说吗？我要说的话比你多，安静听我说。

“间先生，我想过了，只要她在，我说什么您都不会回应。您如此迷恋她，可她不是抛弃了您而嫁给别人了吗？真是个猪狗不如的薄情畜生！——我明白，您根本不是个男子汉。就算您如何深爱一个女人，她抛弃了您，您居然迟迟不放手，真是没骨气！您这样还是男子汉吗？换作我，早就一刀刺死她了。”

宫试图挣脱，但被满枝按着说不出一句话。

“间先生，无论我说什么，您都会说什么不道德、不正派之类冠冕堂皇的话。您如果是个正派之人，又怎会让这种恬不知耻的女人活着？就算是封我的口，您也应该有点男子气概。可您为何不惩罚她？好吧，我决定今后不会说多余的话了。您也了结她吧。否则我是不会走的！

“间先生，您怎么了？不想尽快这样做来挽回男人的尊严吗？我就在这里为您见证，您就爽快地动手吧！突然这样做，就算您手法不利落，也绝不会出岔子，我为您准备了一把快刀。您看！间先生，用这个来了结吧！”

满枝说着，便从怀中掏出一把明晃晃的短刀来。贯一被她的杀意震慑得指头都已动弹不得，怔怔地斜觑满脸发光的满枝。宫也吓坏了似的，悄无声息地被满枝按在地上。

“您看，我把她按在这里，无论喉咙还是胸口，一刀就能了结。嗯？您还犹豫什么？不会拿刀吗？只要这样拔出来！”

满枝说着，手持刀柄一甩，刀鞘便立刻飞了出去。刀光一闪，白刃就出现在了贯一鼻尖前。

“拿着它刺进去就好。”

“…………”

“看来，您仍未对她死心，不忍杀她啊。即使想杀，也下不了手吧。让我替您做吧！不难，您看着！”

话没说完，白刃一闪，来到了宫蓬乱的鬓发。“啊！”贯一不禁惊呼，与此同时，宫躲开了那逼近的锋芒。

“啊，贯一！”

宫叫喊着，试图挣脱被满枝抓着的手腕，可又被狠狠一推，再次仰面倒了下去。

“贯……贯一！快！快拿刀！杀了我！——用你的手杀了我！死在你手里，是我的愿望。快，快动手！我也希望早点死！我想死在你的手里，求你了，赶快杀了我！”

在这危急时刻，贯一不知怎的，既不敢搭救，也不敢直面，只感到胸口非常苦闷。两个女人在自己眼前争夺着那把利刃，忽高忽低，忽左忽右，仿佛一弯新月在被风吹动的柳枝中穿梭。

“贯一，你要看我死于他人之手吗？你一定要借她之手杀我吗！我虽不惜命，可也不愿死在这女人手里！我不甘心！不甘心！！”

宫像夜叉一样，头发散乱，身子摇晃，嘴唇鲜血直流。不忍杀她，也不想伤害满枝，贯一的内心就像旋转的风车，不知如何是好，好像被身体里的某种怪力束缚，再心烦意乱也动弹不得。他想呼喊，可嗓子就像被铁球噎住了似的，一句话也说不出来。

宫终于支撑不住，使出最后的力气喊道：

“要是你不肯杀掉我，我就自行了断！贯一，把刀夺下来给我。快，快点，贯一！求你了，快！快！快拿来！”

二人激烈地相互纠缠，最后短刀突然啪的一声刺在了贯一面前的榻榻米上。宫趁机挣脱开来，一把夺过，满枝扑上前去，宫将她推开，从背后刺向了她的腋下，这一刺刀柄几乎都要刺进身体里了。满枝一声惨叫后倒了下去。鲜血！凶器！杀害！尸体！哀号！重罪！贯一眼前一黑，几乎昏了过去。宫急忙走近扶住他。

“这样一来，我也无法再活命了。求你了，贯一，亲手把我杀了吧！这样就代表你原谅了我，我才能高兴地死去。希望你能彻底原谅我，把所有恨都放下，好吗，贯一？如果我死了，你还是不肯原谅我，那我生生世世都会怨你。所以，为了不让我在那里踟蹰不前，你念几声佛经，然后干脆地杀了我！贯一！”

宫把那被鲜血染红的白刃放在贯一手里，又把脸靠在他的拳头上，恋恋不舍地摩挲着。

“我死了，我们今生便不再相见，所以为了让我心安，你就说一句原谅我的话吧！不管活着的时候，你多么恨我，我死之后，所有的罪和恨都会变成尘土。我对你忏悔，死在你面前，都是为了向你表达我的悔悟。贯一，就让往事随流水，你也该原谅我了。好吗？贯一，贯一！

“时至今日，再多的后悔都迟了，我无话可说。你当时流着泪对我说过的话，我还记得。你说“以后一定会想起，所以一定不要忘记今夜”，这句话一直在我耳边回响。我当年为什么那样执迷不悟，不能再冷静下来想想呢？都只怪自己的愚蠢，我为何会做出那种死都无法挽回的事呢！贯一，你对我的怨恨都成了真！惩罚我无法再活下去的话实现了！所以，你原谅我吧，好吗，贯一？

“我这戴罪之身如今还有什么非分之想，就太愚蠢了。如果带着这些痛苦死去，我造的业便不会消失。尽管我还留恋这个世界，还是宁愿快点死去，埋葬所有的苦难，早日恢复原本的清白之身，重新投胎做人。如此，来世我定会不顾艰难困苦，永远陪着你，把我的心事对你一一倾诉。我要为你做今世从来没有为你做过的事，让你快乐，自己也快乐地度过一生。来世，贯一，我绝不会再做草率之事了，请你不要忘记我！好吗？一定不要忘记我！

“人的来世要靠临终时的念头，我会带着这种想法死去。贯一，原谅我吧！”

宫颤抖着说罢，便对准放在贯一膝盖上的利刃扑了过去。

“不，不要！”

贯一胸口快要炸裂地惊呼。

“贯一！”

可怜的宫再次抬起头来时，脖颈处已涂满了鲜血，短刀的一半刺进了她的身体。宫紧紧握着刀子，痛苦地盯着面前这个男人的脸，贯一魂飞魄散地抱着她。

“宫，你啊、到底在做什么！”

贯一欲伸手夺刀，可宫还是紧握着不肯松手。

“放下，听到没有，快放下！听话，我让你放下，嗯？你为什么还不放！”

“贯、贯一！”

“怎么了？”

“我很高兴。已经……已经没有什么担心了。你原谅我了吧？”

“快放手！”

“我不放！我要这样安心地死去。贯一，啊，我不行了，快，快说你已经原谅我了。说，你原谅，原谅我了！”

鲜血从脖颈处不断喷出，宫的脸上渐渐有了死亡的阴影。贯一不忍直视，心乱如麻。

“宫，振作一点！”

“说啊……”

“我原谅你！我原谅你了！我已经原……原……原谅你了！”

“贯一！”

“宫！”

“高兴！我好高兴！”

贯一感觉胸口炸裂，一句话说不出口，热泪夺眶而出，掉在了他抱紧的宫的脸上，他贪婪地吻着宫冰冷的嘴唇。宫吸吮着他的唾液，滋润自己痛苦的喉咙。

“既然如此，贯一，我，啊，好难受，再来一下就……”

宫拼尽最后的力气，想把刀子再刺进去一点，却被贯一紧紧拉住了。

“等等，等等等等！先把刀放下！”

“不，别阻拦我！”

“我让你等等！”

“我想快点死！”

贯一好不容易夺了刀，不料宫突然转身，翻滚到了外面。

“宫，你去哪里？”

贯一急忙伸手想拉住宫，可手臂太短没有抓住，贯一急得纵身跳去，不巧踩在了满枝的尸体上绊倒了，摔出两米远，紧接着膝盖又撞到门槛，痛得像被砸断。贯一趴在地上，怎么也起不来，蜷着身子一边呻吟，一边拼命喊：

“宫，等等！我还有话要说，等等！丰、丰！丰，你在哪里？快点去把宫追回来！”

贯一呼喊着，呼喊着，可宫没有回来，老婢也不见踪影。他又着急又气愤，拼命站起后又摔倒，又站起，心急如焚地张望，寻不见宫的身影。但从地上残留的血迹可以判断她的方向，滴滴鲜血连成一道线，从榻榻米延伸到廊下，再到庭院，又从庭院到了门外，明确地指出了那个身负重伤的女人的去向。

贯一忍着膝盖的剧痛，负重一般地一步步沿着血迹前行。终于踉踉跄跄地来到了门外，抬头一看，发现宫还没走远。黎明的天空像水一样发出白光，一轮冰冷的残月挂在上面，夜雾缭绕的大街上，只有一个孤独的身影在艰难前行。

“宫！等等！”

贯一呼喊着，却没有回应。云雾缭绕，没有任何声响。贯一咬紧牙，紧追上去。

二人的距离并不远，要追上这个身负重伤的女人应该不算难事。可无论贯一怎样穷追猛赶，宫依然在前行，距离也不见缩短。贯一焦急万分，使出全身力气，踉踉跄跄地追赶。可是，没有追上宫，身上的腰带反倒松了，掉在地上绊住了脚。他左右脚猛踢，想要继续追，可怎么也无法挣脱。他抬头看宫，宫依然在前行，一副筋疲力尽的样子。突然，她摔倒在地，再也没有爬起来。贯一也没了一丝力气，只能倒在原地，拼命呼喊。

“宫！”

贯一拼尽全力呼喊，却气喘得无法成声，他恨不得咬下一块肉，他已经没有发出声音的力气了。一切挣扎都是徒劳，贯一难以抑制心中的愤恨，仍在不停呼喊，喉咙喊破了，呕出了一口鲜血。他心痛难忍，不禁昏了过去，耳边吹过一阵风，掠过松枝的声音唤醒了贯一。他睁开眼，眼前是一座城壕。只见宫独自走进了那片阴暗茂密的柳林，莫非她要去投河自尽？贯一急忙大声呼喊，紧接着重重咳了几声，吐出了鲜血，地上一摊鲜红。这时，宫从那片柳林深处露出了苍白的脸庞，看着追赶她的贯一。贯一筋疲力尽，无法起身，向她挥了挥手，让她回来。宫俯下身子向贯一行礼，仿佛在请求他的宽恕，随后便消失在茂密的柳林中了。

贯一不顾一切地起身，冲到岸边的柳林，水那样深，宫究竟去了哪里？他踏着沾满朝露的野草，蹒跚地来到深渊边。低头一看，只见水流疾驰而下，激起一片碎浪，几块突兀的怪石堆在一起，像乌龟壳聚在一起形成的小丘，阻挡着倾泻而下的急流，急流拍打在石头上，激起千层浪，水花四溅，不断冲击着两岸，发出轰隆巨响，震得脚下的土地似乎马上就要坍塌。贯一的衣袖被水花溅湿，散乱的鬓发在风中飘荡。

贯一不禁对眼前的景色心生恐惧，紧抓身旁的柳枝不放。仔细一看，草丛中有一条蜿蜒小路，直通悬崖边。顺着这条小路，贯一穿梭于篁竹之间，踏着隐约若现的充满荆棘的小路追寻宫。

贯一唯一的想法就是阻止宫的死，他这样想着，不禁加快步伐，唯恐错过时机，山间猛烈的风让他无法直起身子。

贯一祈求上天保佑宫平安无事，可没走多远，又出现了一条急流挡住了去路。贯一站到激流中凸起的岩石上，大声呼喊：

“宫！”

从后面传回来的只有回声，前面也不见人的踪影。

贯一哭天喊地，在激流和岩石间发狂，血红的眼睛搜寻四周，可却连一块漂浮的树木都看不到，后来他发现二十米左右的地方有一样东西，他揉了揉眼睛，看见随着急流上下漂浮着的东西，是人吗？会是宫吗？贯一定睛一看，一个大浪拍来，把那东西不知又冲到了哪里，贯一的内心快要崩溃之际，忽然又看到它在远处的水面浮了起来。

贯一高兴地走过没有道路的森林，攀爬山崖，脚下是奔腾的水流，水底有很多碎石，他拼命向那样东西走去。走近一看，绿树仿佛在黯然神伤，溪流仿佛呜咽不止，浅滩上竟是宫的尸体！

贯一扑到宫的身上恸哭起来。

啊！宫生前与我之间发生了许多事，现在她死去，我的热泪也毫无用处。这无用的千行泪溅在宫的脸上，她的魂魄怕是不知道吧。

贯一悲伤得不能自已。

“宫，你真的死……死……死了吗？自杀本就可怜，没想到竟以这样的方式死去！

“先是被利刃所刺，随后又溺在水中，你不感觉痛苦吗？可怜的人啊，你思虑过重了！

“宫，你先自杀，又投河，死一次不够，还想死第二次吗？我没发现，真是太迟钝了！

“我曾发誓，无论发生什么，都不会忘记对你的恨。可看到你死得如此凄惨，罪也好，恨也罢，都消失得无影无踪了。我原谅你，宫！我从心底彻底原谅你了！

“你说，只要我说‘原谅你’这句话，无论如何痛苦，你都会高兴。宫，被我原谅真的那么高兴吗？我好后悔！我太后悔了！！

“我后悔莫及啊！宫，我羞愧难当！我对你之前的心情视而不见，对你见死不救，都是我的错！我的错！宫，原谅我！好吗？宫，好吗？

“啊！你竟然死了！！！”

在贯一看来，宫死得如此悲惨，如此纯洁，那不贞的血液已经流尽，身上的罪恶也已完全洗清。为了忏悔，为了表达自己的虔诚，她甚至不惜舍弃自己的生命，贯一看着宫的尸体，觉得她太可怜，自己太悲伤，满腔懊悔。

之前那强烈的怨念已经彻底消失，一度枯竭的爱情源泉又重新在心中涌动。还有什么比对一个已死之人抱有爱意更痛苦？他这才体会到，无论怎样痛恨着一个活着的人，跟现在的情况相比都不值一提。

贯一肝肠寸断，泪水涟涟，失去了自我。

“宫，你在我的心里。但愿你能成佛。今生已经完结，只求来世能如你所说，我们定要结为夫妇，白头偕老，永、永不分离！千万不要忘记，宫。我也永远不会忘记！你一定要记得！”

贯一握着宫冰冷的手，紧紧地握着，望着她永眠的脸庞，泪水模糊了双眼，他为这可怜的人和自己身世的艰辛恸哭一阵。

“可是，宫，你真了不起。面对自己曾犯下的罪过，虔诚悔过，不惜舍掉性命，实在让人钦佩！非要做到如此地步，你的精神令天地动容！这样做，方能显示出你做人的气概！

“然而，看看我！堂堂男子汉，仅因为失去了心爱的女人就一蹶不振，耽误一生，像一只饿鬼永不满足地从别人身上牟取暴利，除此之外什么都不管不顾。钱有何用？我为何走到这一步？

“大凡为人者，应尽人之道。除了我这样的人，其他人都在遵守做人之道。我尽人之道了吗？将要尽人之道吗？想来还不如一介女子。只因为那种事就失望满怀，因为失望又苟且偷生，抛弃了男子汉的一生。生而为人，我的价值何在？人之道何在？

“啊，我错了！

“宫，既然你已虔诚地忏悔，我更应该为自己的不负责任而忏悔。看到你勇于忏悔的模样，我深表惭愧，反而对你心生仰慕。当初被你抛弃而自甘堕落的贯一今天因你的忏悔而快速重生，以此来向自己没有恪守做人之道而赎罪。

“啊，但身处的此世间太痛苦了！

“做人之道终归是一种道义，义务就是义务，乐趣终究是乐趣，没有这些就无法成立。我当年住在鴫泽家时，每日和宫一起读书的时光简直是此世间唯一的做梦一样的快乐。

“那时是尘世？现在是尘世？

“这六年里，我从没有一天像正常人一样过过。我究竟为了什么而活？因为没有死的勇气，才苟活于世的！我根本不算活过，只是一具行尸走肉而已！

“鳄渊葬身火海，宫投水自尽，我今后该怎么办？难道让我在如此激烈的感情下，把宫的惨死牢牢记在心里，以此来度过悲惨的一生吗？倘若如此，那我的人生定会比过去更加痛苦，为什么还要活着呢？

“恪守做人之道？像一个正常人样活下去？啊，太麻烦了，太麻烦了！只有想做好人的人才有这种义务，不想做人的人什么都不需要！常言道，自杀送命是一种罪恶。或许如此吧。可是，茫然地呼吸，对世界毫无益处，并且自己也觉得生无可恋的话，自杀也是一种结局。而且，如果我现在死去，就会突然有数十人得到释放，更会有数百人会为此高兴。

“我因为一个女人而误了终身，堕落成一个和强盗无异的高利贷者，最后死去——虽有些后悔，但既然是当初的草率导致的后果，那么只有让可悲的我从轮回中重获新生了。对此生的眷恋也将在那时消散！”

痛苦的贯一好像找到了脱离苦海的方法。脸颊上的泪水不觉间已经干了，不可思议的是，那里散发出了一种昂扬的青光。

“宫，你等我，我要和你一起死！我感激你为了我而死去，我也要把我的生命献给你！但愿我们二人能在来世结为夫妇，今天就是你我定亲的日子，你接受吧！这也是你原本的愿望，对吗？这样，我也无憾了。”

贯一决定是去宫投水的深渊自尽。我们一起走！他这样想着，背起宫的尸体。奇怪的是，宫的尸体轻如一张纸。他回头一看，更惊讶了！他身上背着一朵芳香扑鼻的白百合，像人脸一样大的盛开的花朵低垂在他肩头。

贯一惊讶不已，睁开了双眼。原来是一场晓梦。

再续篇

第一章

一

贯一心中愈加苦闷，难以排解。他思绪烦乱，一思及此就丧失了活下去的勇气，只想着倒不如在诡异的梦中死去更痛快。

他抛却万事，在荒芜和懊恼中度过了三天。

没有人可以与他说说这些事，也没有朋友可以倾诉，还有拯救自己的方法吗？他认为没有，可是就算知道没有，胡思乱想只能平添烦恼，这样下去毫无办法。他只希望除掉令自己心烦意乱的恶障，在烈火中灼烧。那时他就能解脱。是生，是死？贯一内心的苦闷感越发激烈，终于在这个问题面前低下了头。

我毫无价值的一生难道还要以同样毫无价值的死亡来结束？可是我这不堪悔恨的毫无价值的一生除了这样死去，还有什么方法配得上？或者，在这罪孽深重的前半生的最后一刻，重新打算有价值的下半生？

他并非逃避死，也并非厌倦生，只是两者对他都毫无价值。承受的苦难使他想到死，前半生的悔恨又苛责他的良心。为了脱离苦海，我应该逃避毫无价值的死，还是为了弥补罪责而忍耐毫无幸福可言的生？碌碌地生容易，死难。碌碌地死容易，生难。我是否应该后悔为人，用死来结束这荒谬？

贯一求生不能，求死不得。醒着心烦意乱，站着想睡觉，躺下又想行动，睡着醒来，醒来心烦意乱，夜不能夜，日不能日，人不人，世不世。

此时又有一件要事发生。过去曾一口答应的一笔巨额借款，眼看就要到放款日，他须亲自赶往野州盐原的田下温泉，到那里的清琴楼旅馆去，暗中将借款人的底细打探清楚。

这件所谓的麻烦事他是不想去的。可一听那里有难得一见的奇景，说不定还能中暂时忘却苦闷，于是他打起精神出发了。自那日之后的一周内，他还未踏出家中一步。那天清晨白云中透出微光，天空悬着一轮残月。为赶最早的列车而驱车前往上野的贯一被这清晨的景色震动，不禁悚然。

二

列车疾驰，景移境转，旅客更迭，贯一满怀无法改变的忧郁，无奈地独自熬过五个小时，最后在西那须野下车。

出车站径直朝西北方向走去，进入了茫茫又古老的那须平原。

天空辽阔，土地更是一望无际，云层缥缈，三里坦途之外便是重峦叠嶂。盐原仿佛就在眼前，可走起来又无穷无尽。贯一走过了千本松，来到了关谷村。人家的尽头有淙淙的流水声，水上便是入胜桥。

走过入胜桥，便是残留着杜鹃花痕迹的崖壁，山藤悬吊着，颇有趣味。目之所及之处，是一处浅谷，水流清澈，沉静如一面巨大的古镜，似在隐蔽的崖树深处沉睡。贯一不禁走了进去。

想起汹涌波浪中的宫，气绝浮在上面，眼前酷似当时的场景，岸边的布局、树木茂盛的样子，乃至荡漾的水纹，清澈可见的水底的石头，石头的大小、位置、趣味，仔细看来都无异。

他不禁瞠目，打了个寒战。

说来也怪，过去经历过的场景出现在梦里倒还常有，梦中的情景历历出现在眼前还真从未有过。宫横尸之处，和他追来的道路，处处与此无异，真令人骇然。

他回头问车夫此处的名字，答曰不动泽。

这令人毛骨悚然的名字啊！想来正是人死之处的名字。我来此地是为寻死吗？想起宫在梦中变成山百合的怪异情景，他不禁肩头一阵颤抖。

他急忙转身，前方被云雾遮挡了去路，眼前一片不知为何物的奇异屏风岩，拔地而起数百米的大山，巍然屹立于悬崖之巅的古松，如被劈开的峭壁断崖从天垂下，岌岌可危，震慑得人不敢直视。

贯一惘然地站着。

他想起追赶宫坠落的深谷，正是从这天边之巅投身而下，在空中飘飘而下，恐惧不堪。

我从未见过这等绝壁！危险！可怖！如若不是在梦中，怎会从这上面坠落。像我这样骨瘦如柴之人没有摔得粉身碎骨，也只有在梦中才会有。他身体僵硬，瞳孔目视前方。一旁的车夫介绍道，这便是久负盛名的天狗岩。

贯一比起那个梦，更惊奇于眼前的盐原，他心中充满了恐惧，不知如何是好。

更奇怪的是，梦中的场景竟活现起来，不是让他惊恐，便让他无法安宁，他心中不安，脚下毫无方向，待到了山巅之上，溪谷的水急转弯，水流怒吼着、咆哮着，奔泳激荡着，如万马奔腾，混乱嘈杂。乱流之间高六米有余、顶部宽广平坦得可容百余人的大磐石，在经过了长久的风雨侵蚀之后肌如死灰，光滑无痕，一毛不拔，其状可怖，上负古木的荫蔽，下受激流的冲刷，夜夜被天狗岩的魔风怒吼，如怪物盘踞于此。

相传为飞驒守蒲生氏乡在此驻跸，故得名野立石。车夫说着，贯一点点头，目视前方，暗自惊叹。

他忘不了在蜃间寻宫时看到的这块石头。

待他欲追随波而去的宫时，进退无路，左右水深，崖壁高耸，前方又堵着无法攀登的大石，他攀到一半就进退维谷了，那块大石正是眼前这块，他想到这里，觉得此处不宜久留。

前行数步，便是宫自尽的深渊，和他腰带松开之地。这一切都历历再现于眼前！贯一毛发如针般悚立，前夜的噩梦反复上演，令他苦恼不堪。

如果在梦中，这些让他害怕、痛苦、悲伤、难过倒也罢了，可眼前远不止一场梦，这可不行！现在的盐原正是梦中的那个地方，眼前的一切已不再是梦！我来到此处也不是梦！唯一不同于梦的只有宫。只有宫不在这里！！

贯一想到这里，又怀疑起来：如果不是梦，我为什么会来这里？万幸没有发生梦中那样的事。真是太奇怪了！还是速去速回为好。他迅速坐上前面的车子，经过白仓山的山麓、盐釜的温泉、高尾塚、离室、甘汤泽、兄弟瀑、玉帘濑、小太郎渊，路的尽头便是高高的山寺和低处的人家，即田户。

第二章

一

村子里有十二户人家，五处温泉泉眼和五家旅馆。此处名叫清琴楼，南临缓缓流过的笞川，俯望水波粼粼，石头清晰可见，远眺西边便是富士山和喜十六的翠峦，清风满座，向袖之泽流去的从数十米的悬崖绝壁上飞流而下的吉井瀑似一条缎带。东北层峦叠嶂，仿佛一面美玉的玉帘，遮住了炎炎夏日的烧灼。四下看去，有丘壑奇观，也有林泉奢美，真乃清福自在的仙境。

贯一面对着眼前如画般的清稳美景，心中豁然开朗，刚才途中因那些峭壁激流而几度魂飞魄散的恐惧在这美景中消散了。

他不禁感慨。

这真是难得的胜地！有种相见甚晚之感。虽说高山巍峨，可无非是泥石的堆积；河川秀美，也无非是稍纵即逝的流水。我被禁锢在牢笼里一般的半生，应该让这土壤和水流来医治满身的顽疾。要说奇耻大辱，首先便是自己的愚钝。

看啊，看！苍翠的树，浮游的云，秀美的峰，涓涓的溪，高耸的崖，徐徐的风，阳光，鸡鸣，天空的颜色，都是尘世之物，在这之中我忘了一己之悲、苦、忧愁、辛劳，身轻如云，心淡如水，只愿从此就这样了却一生啊。

此处没有爱，也没有恨，没有钱，也没有权，没有名，也没有野心，没有荣耀，也没有堕落，没有竞争，也没有执着，没有得意，也没有失望，只有天然无垢、身心清静，这不就是我理想中埋葬形骸、长眠之地吗？

素来不常游览山水的贯一在这里尽享了内心深处的喜悦。他被带到清琴楼的二楼房间，他不进门，而是倚着走廊的栏杆，远眺瀑布，仿佛一个在人群中偶然走失的孩童见到了母亲，一刻也不忍离开。

眼前的绿色渐渐变暗，远近的水声更显清幽，暮色向晚，山风沁人心脾。贯一想着要泡温泉，便优哉地走进房间。忽然一样东西映入眼帘，让他又是一惊。

他打算把皮包放在壁龛上，却猛然发现花瓶里插着一朵大的山百合。花茎弯曲倾斜，仿佛迎着他。

贯一不禁停下脚步，瞠目凝视这朵花，仿佛宫在这里等着他似的，他抑制不住内心的激动。

刚才所经之处所见景色与梦中毫无二致，在这里又见到了梦中的百合花。虽说是个巧合，可梦境和现实却重合着，仿佛是冥冥中的安排，真是叫人大惊！

事情越来越蹊跷，越来越不可思议，他在心里疑惑道，难道其中果真暗藏了不可预料的天意？

他走近，仔细端详起来。这朵含苞待放的花如玉一般洁白，芬芳四溢，叶子娇嫩欲滴，仿佛蓄有露水，一定是这天清晨采来的。

贯一心中好不容易愉悦了一会儿，又因此心中一寒，他在花前用手支着沉重的脑袋，又陷入了渐渐泛起的愁思中。

“我带您去沐浴吧。”

听见有人说话，贯一回头看那侍女。

“啊，姐姐，可以把这花拿出去吗？”

“啊，是那朵花吗？客人，您讨厌百合花吗？”

“不，它太香了，我头疼。”

“这样啊。我马上把它撤走。这是唯一一朵早开的百合，因为是稀罕物，我才折了来顺手插在了这里。”

“嗯，原来是早开的花啊。”

“是的。一般要等到下个月才开。唯有这朵，怕是开错了季节。”

“嗯，开错了季节，是啊。”

“我带您去沐浴吧。”

走进温泉浴场，已有一位客人。浴室尚未点灯，昏暗且水汽腾腾。那位客人察觉到有人进来，甚是慌忙地起身。贯一走进浴池的瞬间，那人走了出来，到一个角落里，用白皙的背对着贯一。

此人年纪二十七八岁。身子瘦弱，个子矮小。虽然他频频左右张望，可却很难看清他的脸。可是，他与自己素不相识，却不知何故仿佛在避人耳目。他看上去不像是当地人。他是谁？为何如此遮遮掩掩？这些疑问萦绕在贯一心头。

待贯一起身，一直在等待的那人又重新回到浴池里，仍背对着贯一，只听到窸窣的水声。

那人面无血色，骨瘦如柴，从他的行为举止和畏惧的神情来看，绝非寻常之人。看他的样子，或许是个精神病患者。这样一来，他怪异的举止就不足为奇了。正值初夏，凉气尚存，在这荒凉寂寥的深山里来泡温泉的客人，不是为了保养散心，就是泡温泉治病。一想到他是个带病之人，贯一就疑窦消散了，就在这时，那人出浴，换上旅馆的浴衣离开了。

夜幕渐浓，越来越急的溪水更添了几分寒意。或许旅馆人手不够，仍然还没有拿灯来，浴室里水雾缭绕，贯一独自坐在昏暗之中，有些害怕，于是回到了房间。房间里灯火同名，壁龛上的百合花已经不在了，膳桌已经备好，边上还点着手炉，茶器食具都摆放妥当，一眼看去，一天的旅途累顿时烟消云散。

贯一从衣架上拿起棉袍披在身上，傍晚寒气之中，手炉的火光让人依恋，贯一点了一支烟，一边吞云吐雾，一边感受寂寥的天地间的流水声、划过树梢的风声、淙淙的流水声，幽静如远古。

忽然，长廊上传来一阵急促的脚步声，是另一名侍女端着晚餐进来了，身后则是旅馆老板。

“今天承蒙您下榻敝店，想必路途一定非常辛苦。那个，刚才您又特地付了茶钱，真是惶恐至极，甚觉感谢，非常感谢您。

“有一点要向您致歉，诚如所见，敝店几乎没有什么可以来招待您，实在抱歉。如今时节尚早，自然客人也少，因而没做什么准备。不过这一两日之内，我们一定给您备出可口的饭菜。还请您海涵，今日和明日，希望您能在多住上几日——还不快去给客人盛味噌汤！”

老板告辞后，贯一便开始用餐——即他所谓的“几乎没有什么”，碗盘里是清一色的鸡蛋料理。

“现在这里住了几位客人？”

“除您之外，还有一位。”

“还有一位？是独身一人吗？”

“是。”

“刚才在沐浴时，遇见了一位男客。”

“是的。”

“他是一位病人吧。”

“为什么这样说呢——不是的。”

“是吗？没有病？”

“没有。”

“看起来像生病了，难道不是吗？”

“客人，您是医生吗？”

被她这样一说，贯一不禁喷出饭来。

“是啊，你说的对。我倒不是医生，不过那位客人看起来给人一种病人的感觉，所以才会那样想。他住了很久吗？”

“没有，他昨天才来。”

“昨天来的？东京人吗？”

“是，来自日本桥。”

“那他是一位商人？”

“我不知道。”

“他和你们聊过天吗？”

“这倒是有。”

“和我比，谁聊得多呢？”

“和您比？他没您聊得多。”

“唔，这样说，我更多嘴啊。”

“嗯？这倒不是。那位客人沉默的时候较多。而且他正在等待同伴，等得很是心焦呢！”

“哦，还有同伴要来啊？谢谢款待，我吃好了。”

“没什么招待您的，只是些粗茶淡饭。”

侍女端着餐具出去后，贯一躺下了。

这所旅馆有二十个房间之多，却只住了两位客人，不免有些空寂，更何况是在深山幽谷的黑夜，孤村荒野的角落里。夜深人静时，清琴楼里通往每间房的幽深且长的走廊仿佛夜幕星斗下的山间小路，让人有些许胆寒。单薄的一扇木门外就是呼啸不止的山风，湍急的山涧流水，仿佛身处鬼道。

呼噜声不时地隔着两个房间传来，更显萧索。

贯一也不知为何，那位客人的身影总浮现在他的脑海中挥之不去。他为何一个人住在这里？既然不是病人，又与我素不相识，那为何要躲着我？他究竟是何人？到底在隐藏什么？莫非有什么秘密，不可与外人道？

贯一寻找着破解秘密的钥匙，辗转反侧，暗中苦苦思索。

二

早上吃过饭后，贯一便在狭小的村里四处游走，大致熟悉了这里。他心里想着清琴楼，不觉间走到了浅滩。浅滩上架着板桥，极具风情。过了桥，就到了喜十六的山脚下。听说从这里再走一千米左右，就能看见一处名曰须卷瀑的温泉。他走到那里，接近正午的时候又回到了旅馆。

贯一满身是汗，在急急忙忙走过长廊去温泉时，正巧与那位刚从浴室返回的客人擦身而过。这次他还是不愿被人看到，慌张地侧身走了过去。

毫无疑问，他确实在避人耳目。也就是说，他怕见人，原因是他有不可告人的目的。他究竟是何人？贯一觉得越发奇怪起来。

昨天与他相遇在黄昏之中，难以看清他的脸。今天一见，因为好奇，所以眼睛就像一架照相机，趁他不留神，就把他的脸拍了下来。

贯一原以为只要瞥见他的容貌，就能猜到他的性格，所以仔细回想。然而看了他的相貌，贯一开始怀疑起自己来。如果他遮掩着怕见人，那么他畏惧的理由和自己所想似乎有所不同。再一想，他不像有什么见不得人的事，或许是他生性害羞，也未可知。这其二，既不能断定是前者，也不能否定非后者，贯一又迷惑起来。

午饭时间，一位年长的侍女送饭来。贯一又向她打听了那人，得知那人连筷子都没碰就出门了。

“哦，午饭都没吃？这是去哪儿了？”

“听说他的同伴昨天就应该到达这里。他一直等着，可还没来。今天早上，他放心不下，就说要去车站看看情况，顺便发电报。然后就走了。”

“嗯，这种情况肯定担心。可是，担心到饭不吃的地步，究竟是一位什么样的同伴呢？老人，还是小姐？”

“是什么样的同伴呢……”

“你不知道？”

“我不知道。”

侍女不禁轻微歪着头，说：

“您也担心吗？”

“听你这样一说，我是有些在意。”

“那您真是太为别人操心了。”

“确实如此。”

“那就等他的同伴来了看看，究竟是老人还是朋友。如果呢，客人，要是美人，那可就糟了！”

“为什么？”

“您岂不是又要为她操心了？”

“嗯，你说的对。”

风恬草香，难得的风和日丽，闷在屋里实在可惜，于是贯一又出门，来到盐釜西南方向千米之外的山里一处名曰盐之汤的温泉游玩。回到旅馆已是傍晚。贯一照例去泡温泉，然后回到房间后，侍女立即端来了晚饭。灯火渐明，那位客人仍未归来。

“旅馆清静虽是好事，可没有其他客人，就我一人，还有些害怕呢。”

贯一又托词说了起来。

“是呢，谁让我们在这深山之中呢。您一个人怪冷清的，内心不安吧？这也没办法啊！”

侍女说着，高声大笑起来。

“是啊，这回真是没办法了。下次就有心理准备了。”

“别说什么下次不下次的，明天您也发个电报，叫同伴来如何？”

“把五十四岁的老用人叫来……你说，是不是不叫的好？”

“哎呀，您真会说笑。叫一位其他人嘛。”

“抱歉，我家只有这一位。”

“所以啊，客人，您就在这里多住上几日吧！”

“外头有的是人。”

“我吃好了，多谢款待。”

“哪有，一问才知道，都是有主的人。”

“什么嘛，客人，您说些真事吧！”

“真真假假都是如此。我要是有那意气相投的人，怎么会独自来这深山游玩呢？”

“唉！确实是穷乡僻壤。”

“何止是穷乡僻壤，你看看，什么天狗岩、七大奇观，这些多可怕啊。而我却独自来这里闲逛，真可称得上是傻瓜了。”

“这么说来，您就是一个傻瓜。怎么可能呢？”

“还是个大傻瓜。你要是不信，可以到去看看账簿，上面写着

‘东京一个傻瓜’。”

“那请您在旁边附注一行小字：‘侍女，盐原一个傻瓜’。”

“你可真会说笑啊。”

“因为我也是个傻瓜。”

贯一吃了饭，泡了温泉后已近九点，那位客人仍未归来。贯一钻进被褥，不久听到时钟敲了十下。周围毫无动静，只听见水声空灵婉转，山风吹过松林。

这本来是琐细小事一桩，但贯一起初对那位客人十分好奇，所以这件事在他心里越想越可疑，太让人疑惑和惊讶。

贯一自己也不知道为何对一个素昧平生的人、和自己毫无关系的人费心和执着。

然而，人往往不能认识自己。贯一之所以抑制不住内心的疑虑，是因为按常理这件事确实不值一提，可幻想的世界如同大片阴影将他覆盖，让他沉溺，或许超出常理之外的事情也是存在的。他越是让自己不要多疑，就越是觉得可疑。

门口扶梯上的大时钟敲响了病态而沉闷的钟声，在黑暗的长廊里飘荡，数了数，是十一下。十一点了。

那位客人这么晚了还没回来。

他是不回来了，还是回不来了，还是在回来的路上？贯一辗转反侧。马上到十二点了，他一直挂念着这件事，可是还没听到午夜的钟声，就睡着了。太阳高照，贯一起床。侍女备好洗漱用具，在门外候着。

“早上好。”

“您看上去很困啊。”

“嗯。昨晚想着那位客人为什么一直未归，等到夜深才睡下，所以今早睡过头了。”

“啊，那位客人昨晚没有回来吗？”

“是的，没有回来。”

贯一看到那位客人房间门开着，一边用牙签剔牙，一边若无其事地凭栏远眺，特意从他门前走过时，偷偷向屋里瞥了一眼，只见并排放着红豆色的手提皮包和浅黄色的包裹，旁边还放着两三张报纸，衣架上挂着一件棉绢，下面叠放着一双藏青色袜子。

贯一本想从他的房间看出点线索，然而什么异常也没有。旅客登记簿上写着他是洋服商人，从房间来看，确实没什么奇怪之处。

贯一有些失望，回到房间，对自己的臆想暗自羞愧。但事已至此，如果不弄个水落石出，总觉得难以释怀。好吧！弄清楚这位客人到底是谁，否则心里的疑云无法消除。这天晚上，贯一又等待他的归来。夜色更深了。

夜晚仿佛成了山野妖魅的出没之地，处处弥漫着阴森凄幽的气氛。白天，晴朗的山容水姿明媚如画，水天一色，有超脱尘世之感。阳光给世界蒙上了一层淡淡的金纱，山谷间清泉叮咚，音韵轻灵，让人回味无穷。贯一望着那景色，仿若置身仙境，不禁有些恍惚。忽然，从走廊传来一阵急促的脚步声。贯一吃惊地仰起半个身子，回头望向走廊。不知出了何事，年长的侍女匆忙朝着这边跑来。

“客人！快来，快来看！您快来看，快点！”

“什么？”

“您先别问，快来。”

“什么？怎么了？”

“快到梯子下面！”

“哦，是那位客人回来了吗？”

侍女飞奔而去，把贯一的话落在十米远的后面。看她慌张的样子，显然是那位客人和同伴一起回来了。贯一连忙起身，准备去门口时，还是迟了一步。那二人已经走上楼来，到了走廊。

那位客人头戴一顶蓝鼠色宽檐中折帽，帽檐前倾，和往常一样不愿让别人看到自己的脸。和他一同来的女子，看上去二十二三岁，梳着一个银杏髻，上面深深地插着一只玳瑁莳绘梳，还有一支淡色的玛瑙发簪，上面挂着剔红的饰物，鬓角的头发一丝不乱，梳头的功夫了得。她身穿一件葡萄茶色细格御召，上面是一件胜色里子的厚外衣，外套是小纹缩缅的一纹和服，腰带是荷兰纹样的繻珍，上面绣着金锁线。她娇媚地用友禅染内衣袖口掩在嘴边，手里拎着一个短带手包。趁她朝这边张望时抬头看她，只见她未施粉黛的脸上颜色苍白，点了口红的嘴唇像一朵寂寞得快要凋零的花，美丽乌黑的眸子分外动人。

二人看到贯一，不禁露出了胆怯的神色，急忙从贯一身边走了过去。贯一也觉得自己盯着对方过于唐突，并不敢多看。可就一瞬间，贯一明白了，那女人并不是那位客人的妻子。

第三章

一

那对男女一副令人怜惜的神情坐在一起，双手紧握，窃窃私语。

“是啊，你不知道我有多担心。也不能让你在这里一直等我。你也很担心吧。我的担心是说不清楚的。你还让我再考虑，你呀，难道不知道我们是一样的吗？唉，我现在还心脏怦怦跳个不停，就好像被追赶似的，不知道为什么，总平静不下来。”

“不管怎样吧，能按约定在这里相会，就已经很幸运了！”

“真的是。前天晚上我特别担心，现在想来，真不知道为何当时会有那种想法。咱们还是缘分未尽啊。”

女人默默看了看那男人的脸庞，轻轻地拭去了眼角的泪水。

“正因为缘分未尽，我们才被逼至此。我也没想过事情会变成这样。或许，这就是一段恶缘吧。”

女人背过脸去，抽泣道：

“你张口就说孽缘孽缘的，就算是孽缘又怎么样！”

“就因为是孽缘才变成这样，不是吗？”

“变成这样怎么了？！”

“事到如今该怎么办？”

“还能怎么办！你真冷漠！”

“喂，静，到底是谁冷淡无情？”

男人激动起来，眼眶里涌出了泪水。

“就是你！”

女人泪水涟涟。

“是我？静……你怎么能说这种话？”

“就说！就因为你冷淡无情！”

“还说！我怎么冷淡无情了？你说啊！”

“说就说！你总摆着一张臭脸，动辄就说是孽缘。你我的孽缘你不说我也知道。又不是你一个人的孽缘，我为了不让你这么说受了多少煎熬。你好像对此很困扰，所以才把孽缘挂在口上，听的人是什么心情，你知道吗？一点都不是滋味。平时你这样说倒也罢了，可到了这时候，你还说这种话，你的心真是冷酷无情……除了这个，你无话可说吗？”

“本来就是孽缘，还不能说吗？什么都困扰……”

“是孽缘，行了吧！”

他们背对坐着，陷入了沉默。女人又忍不住啜泣起来。

“喂，静，喂。”

“你一定很为难吧。你要是那样想，我……就太……过分了。我该怎么办？真丢脸！”

静终于掩面大哭起来。

“你哭什么？你也好好想想！正因为不觉得为难或者什么，我们才能这样亲密无间，这种……是吧……就是这么一回事，不是吗？现在你说我是骗子，冷酷无情，我也好懊悔啊！我也快哭了。静，我不是艺人，不是在为你服务，你这么想吧！”

“狭山，你何必说这种话？”

“因为你先说的。”

“因为在这种时候你还说那些让人难过的话，我实在太可怜了，一时不知怎么办才好。那都是我不好，我道歉。好吗？狭山，好吗？”

男人凝视着静的脸，满脸茫然若失的神情。

“狭山啊，你现在在想什么呢？”

“很明显，在想你我的命运啊。”

“为什么要想这些事呢？”

“……”

“事到如今，还有什么可想的呢？”

狭山徐徐将目光从静的脸上移到别处，深叹一口气。

“别再长吁短叹了。”

“你二十……二岁了吧？”

“怎么了？你二十八。”

“那年夏天……你十九。”

“嗯，是啊，我穿着一件厚衣服，正是现在这个时节。湖月先生家的池塘里倒映着皎洁的月亮，是个温暖的夜晚，我还记得和你一起在池边乘凉。当时我十九,二十、二十一、二十二，已经过去整三年了。”

“嗯，是啊。一切仿佛就在昨天，竟过去三年了。”

“回想起来，就像一场梦。”

“啊，一场梦啊！”

“一场梦！”

“静！”

“狭山！”

二人的手紧握，膝盖靠在一起，感受到了同样的悲伤。

“是梦……梦……啊！”

女人喃喃自语着，扑进男人怀里呜咽起来。

“我还以为都能朝着我们预计的方向发展，如果不是那家伙，你也不必承受这些痛苦。我呢，已经都考虑清楚了，终身大事也考量过，只要再忍耐一些时日，神签上所说之事便能应验。眼看事情就要成了，那家伙一出现扰乱了一切，连你的身体都受到了难以弥补的伤害，我，狭山，我对不住你。请原……谅……我！”

“说什么呢，这是咱们的事。”

“不，如果当时我更坚决一些，就不会变成这样了，我心里有各种想法，可奈何我生性优柔寡断，最终破灭，落得今天这样的结果，我对不住你！比起我的事，反倒是你的事更让我担忧，你一定暗自烦恼，可是每次见面，你仍然为我着想，温柔待我，我很高兴，更多的是感激。正因如此，最近我一看到你，就不知不觉掉眼泪，虽然不知道悲伤所为何事。果然这一切都在今天得到了验证。

“你总是怀着这种悲伤的心情，自我退缩，还说这是孽缘，这真让我难受，啊，不仅如此，如果你觉得为难倒也罢了，可如果你后悔与我相遇，我一想到这里就煎熬起来，刚才说出那些过分的话，我真诚道歉。你说得没错，我们的确是孽缘。可是，请你今后别再说这样的话。这是我的心愿。

“还有什么比拆散鸳鸯更悲惨的事吗？

“拆散我们？啊！真是讨厌！稍微一想都浑身发抖！拆散我们这种事，那个家伙想都不要想！家里让我早日断了与你的关系……这些事都怪那个家伙！唉，我好不甘心！我总有一天要把这份怨念还给他！我永远记着！”

女人浑身颤抖地咒骂着，脸色难看。

不知被她这样怨恨和咒骂的人是谁。

“那家伙也是个彻头彻尾的傻瓜！”

男人咬牙切齿，苦笑着说道。

“是个大傻瓜！晕头转向的大傻瓜！畜生！他以为钱就能让他看上的女人屈服吗？稍微想想就知道不可能！他每次来，我都冷眼相待，可他却视若无睹地缠着我不放。除了会拆散别人的姻缘，他一无是处。我恨他，也懊恼自己，狭山，我真应该给他的脑门砸个窟窿，权当礼物送给他。”

“哎？什么？”

“就是啊，你离开的第二天，他又来纠缠我，怎么着也不走。

我受不了他如黑胶一样的纠缠，假借生病回家了，谁知他竟追了过来，缠着我不放。这样一来就更没办法了，因为母亲早就被他收买，对他讨好谄媚，他顺势得意起来，一会儿要洗澡水，一会儿又要冰镇啤酒，恨不得把那小屋子搅得天翻地覆。

“我就像被生擒住一样无法逃脱。我和你有约在先，当然不能任凭事态发展——实际上我毫无办法。唉，干脆不理睬那家伙——我在被窝里一心想要来找你，越想越烦躁，真想马上飞出去。可是丹子的事也让我挂心，你知道的，那孩子也很可怜，她和母亲一样都依赖我。我走了，她怎么办？我担心她过苦日子，我有很多话想和她的母亲面谈。因为这许多事，耽误了不少时间。

“然后啊，你知道吗，那家伙居然在家里待到夜里两点多，才不情愿地离开。第二天，母亲唠叨了半日，让我差不多得了，还说我忘了她的养育之恩……翻来覆去地说个不停，我随便听着敷衍她，她甚至还踢我打我，受点皮肉苦倒没什么，因为有你在我身边。为了和你在一起，哪怕吃再多的苦，也是我自己的选择，毫无怨言。只是被她当成赚钱工具，使来唤去，完全没有做人的乐趣。

“其他事无论她怎么做，我都能忍耐。可唯独这件事，我无论如何也不会退让。我对她说，她不用这样做，我也能风光地嫁出去，可她却说我无理取闹、撒谎、笨蛋，还踢我……这是……什么事啊！

“这样一来，我便在家里忍耐不了了，只想赶紧离开。可就在这时，倒霉地那家伙又来了。我被那个家伙逮了个正着，那种情况下没办法逃走。母亲一见他就谄媚，催我同他出去走走。那家伙也硬要我陪他。我暗自忖度还是先出门为好，于是假装顺从被他带到了酒馆里。可那家伙坐下来又赖着不走，不知道他心里在盘算什么。那天晚上他喝得昏天暗地。我也满腹心事，虽然不能再喝了，可他添了酒，我接过来就喝了，这样也有些醉了。

“其间，他又趁着酒劲说起讨厌的话来，看我不作声，便肆无忌惮起来。他的话不堪入耳，我受不了责骂了他几句，他竟发了火，说什么拿钱办事之类的话来。我听了越发气恼，便将心中所想一吐为快。

“后来那家伙竟然轻浮地说‘不管你怎么拒绝，我用钱拴住了你的身体哦’，我听了后还嘴道：‘你可真可怜，钱那种东西怎么能拴得住人的身体。’”

狭山听了也觉得畅快，不住地点头。

“那家伙一听，勃然大怒，然后胡搅蛮缠起来。我骂他目中无人，一把揪住他的衣领把他扑在地上。可能喝多了，有些醉了吧。当时的情景就像在做梦，我一心想着要好好教训那可恨的家伙，顺手拿起一个盘子朝他的脸上狠狠砸去，正巧砸到了他的眉间，顿时鲜血直流，他的半张脸都是血。我这才意识到自己闯下了大祸，趁大家混乱的间隙偷溜了出来。溜是溜出来了，可我无处可去，只好到丹子母亲家里躲避。

“不过也是件好事。我以从外面旅游刚回来为名，一看时间竟十点多了，应该可以说得过去。我对她母亲说：‘时间太晚了，着急也赶不上回家的车，无处可去，正好有话想对您说，因此想到府上打扰一晚。’后来她为我梳头时，我说：‘因为某些原因，我需要离开家到府上暂避一些时日’，接着又把丹子的情况跟她详细说了说——她真是个好人啊——她听了我的话，伤心地抽泣着，没多问自己孩子的事，反倒一直担心我，叮嘱了我许多话……啊，同样为人，我的母亲简直就是魔鬼！我如果能有那样一位母亲，肯定不会受这么多苦，而且她还会为我能找到你这样真正爱我的人而感到高兴，还能给我出主意。想到这里，悲从中来，自己实在是太可怜了，不由得痛哭起来。

“丹子的母亲非常担心我，听说我要暂到乡下去躲避，便心中不安起来，无精打采的。看她伤心难过，我不忍与她分别。临走前，她还叮嘱我安定下来就尽快给她写信报平安，途中保重身体之类的话，还说以后一有机会一定来看我。她那样诚恳地叮嘱我，日后要是知道了我们的事，该有多震惊……一定会担心成疾的！想来，丹子可怜，她的母亲也可怜。唉……唉！”

女人抽抽搭搭地，不再说下去。

“这样说来，现在你家一定混乱极了，到处找你！”

“已经无法挽回了！”

“所以不能再拖下去了。”

“而且，狭山，他们知道你……”

“是啊！”

“所以啊，越早越好。”

女人呜咽着伏在狭山的身上，他的眼泪也像断了线的珠子。

“静，喂。静啊！”

"嗯……狭山！"

可怜、无助的二人紧拥在一起，等待他们的将是未知的命运。

二

这个房间里，二人在泪眼婆娑地互诉衷情；那个房间里，孑然一身的贯一正靠着柱子沉思，直到日影倾斜。

原本以为只要看到自己等待的男客，疑窦就会迎刃而解的贯一，看到他回来时带着一个女人，情况更复杂，贯一心里也增添了新的疑问。

不知道为何，那女人的脸色不太好，这一点倒是和那男人相似，二人都忧心忡忡。听说罪行的背后一定有一个女人，若果真如此，他正为了她而犯下某种罪行。男人因这罪行而痛苦不堪，女人因为他的痛苦而痛苦，他们二人定是相爱着的坚贞者。

不知道他们究竟因为何事逃到这人迹罕至的山中。是为了逃罪，还是为了忘却苦痛和忧伤，或者是为了爱情？二人看上去并非夫妇，女人更是有风尘之气，又绝非青楼卖身的寻常女子，她有独特的气质和风韵。看来他们是在密会。

贯一起初猜测那男人可能要带着女人私奔，可继续想下去时，一个念头而非疑问在他的脑海中闪过，仿佛朦胧中出现的光亮，照亮了他心中的幽暗地带。

他不由得回忆起当年在热海的一场旧梦。

宫口口声声说在这世上贯一是她唯一的爱人，可是当贯一提出要带她私奔时，她却选择了只有几面之缘的富山，把他们的海誓山盟抛诸脑后。啊！我当时怨恨，而今日她又后悔。眼前的女人很可能为了不被世人接受的爱情而抵挡住了利益诱惑，守住了难得的节操，而与爱人私奔了。

这样一想，贯一便不觉得他们二人是先前推测的偷跑的罪犯，而是为了纯洁的爱情而私奔的情侣，甚至暗自为他们祈祷。若果真如此，他倒是想听听他们遭遇的困境和矢志不渝的志向。

因失恋而在心里留下永久创伤的贯一特别关心他人的爱情成败。他哀叹自己的不幸，感叹他人的幸运，自己如此失败，他人那样成功，自己的誓约一击即溃，而他人的姻缘那样美满，自己得到的爱这样浅薄，他人的爱那样笃定，自己追求爱的路上艰难险阻，不为世间接受。唉，自己的爱情完全失败了。而陌生人的爱情会走向何方呢?

白天一直关在屋子里的那对男女在入夜后才相伴去泡温泉，贯一见此，心想他们一定是想避人耳目。

待他们归来时，似乎还带着醉意，说话声变细了。屋子里静悄悄，只能看到灯影投在拉门上。窗外的风呼呼吹，或许他们醉意正浓。

无所事事的贯一早早躺下，打了个盹后又醒过来，之后便睡不着了，脑海中浮现出各种各样的事。

夜晚的寂静被惊扰了，偶尔可以听见那对男女的细语声。起初声音压细微，听不清说话的内容。渐渐地说话声越来越大，还传来了拍打枕头的响声。

本来就睡不着觉的贯一睡意全无，只能任凭身体清醒起来，他忍不住又开始猜测那对男女的命运。细语窸窸窣窣，唯恐夜晚太短暂。

突然，那声音爆发了似的高亢起来。贯一愕然地坐起，靠着枕头仔细倾听。那女人忽然哭了。

这时完全听不见那男人的声音，只有女人的哭泣声。贯一更睡不着了，不知道为何，自己的心里也在轰鸣。

过了一会，女人的哭声弱了，可又哭诉起来，大概是因为刚才情绪太激动，所以声音也比刚才高了不少。即便如此，仍然很难听清她在说什么，男人的声音反而比之前更低了。

贯一连咳嗽也不敢，屏息凝神地倾听着。

说话声时断时续，对话的内容就像是蚕吐丝，不知疲倦，没有尽头。他们二人来这里相聚，难道就是为了倾诉和倾听吗？而且，还有明天和后天，为何非要今天匆忙说完呢？或许是因为太久没见，有满腹心事要向对方倾诉吗，抑或只有这样才能抒发相思之情？想着想着，贯一不由得联想到了自己的今昔，不禁感慨万千，他放好枕头，盖好棉被，翻身入睡。

不知那房间里的谈话在何时结束了，总之渐渐没了声音。

贯一总算进入了梦乡。一个短暂的梦过后，他比往常都早地醒来，起身走出房间，清早尚寒，他朝浴室走去，心想里面应该没有人。没想到推开门吃了一惊，那对男女已经在沐浴了。

贯一关上门，连忙回到房间里去了。

第四章

那对男女在如此闷热的日子里也一直关在房里，直到傍晚。暮色中群山云雾缭绕，终于下起雨来，淅淅沥沥的更添了几分寒意，灯火夜深时分映在墙上的影子使万物寂寞。这样一个百无聊赖的雨夜，贯一早早躺下。

那二人的房间里灯火昏黄，毫无动静。旅馆进入了梦乡，挂钟敲响了十一下。

谷间的流水发出凄厉的声响，雨声连绵不绝，那只病态的挂钟毫无气力地宣告了午夜的到来。那二人的房间里，灯光忽然亮了。

他们起身，走到火钵旁。

“把晚饭端来吧？”

“嗯。”

女人小声应着，一副无精打采的样子，半天没有站起来。

“狭山，我总是觉得还有什么话没有对你说……”

“唉，已经这样了，还有什么好说的呢。再说下去也只是徒增留恋罢了。”

他默默低下头，闭上眼。

“我们交换一下戒指吧。”

“嗯。”

他们各自摘下手上的戒指。男人把自己的印章戒指戴在女人的手上，女人则把自己的钻石戒指戴在了男人的手上。过后，二人仍然默默紧靠着。

雨势更大了，雨声磅礴。

“啊，雨越下越大了。”

“你平时不是喜欢下雨嘛，一定是……来向你……向你告别的。”

“正好。喝酒时能有这雨相伴……静，我已经决定了。”

“嗯……是啊。狭山，那我也……决……决定了。”

“拿酒来吧。”

“嗯。”

静这才打起精神，端来了昨晚准备好放在壁龛上的酒菜，放在和狭山之间的饭桌上。男人迅速烫好了酒后，二人开始换衣服。衣物发出窸窣的摩擦声，深夜在寂寥的雨声中格外刺耳。

“哎呀，真讨厌！”

正在系腰带的静拽着腰带，烦躁地说。

“怎么了？”

“哎呀，腰带打了个结。

“腰带打了个结？”

“啊！你来帮我解吧！”

“或许有好事会发生。”

“如果没弄好，出了丑，就白费工夫了。这样可以了吧。”

“没关系，你放心吧。可是，如果，静，虽然这种事我觉得不会发生，但如果运气不好，你先我而去，我一定会去追你……无论如何我都会去追你，你不要着急，等我。好……好吗？”

静扑在男人膝盖上，咬着他的膝盖哭起来。

“相反，如果你随后，那即使我死了……我的灵魂也会一直陪着你，我不会变心的……所以，静，你也不要。”

“别说这种话，我们一起……一起……走。”

“当然要一起。”

“一起！一起走！”

“那，在这世上……我们最后喝一杯。别哭了，静。”

“不、不哭了。”

“来，我们去那边喝。”

男人先站起身，抓着静的手，静扶着他，哭啼啼地来到火钵旁坐下。二人依然紧紧相拥。

“不用酒杯了，就用这只茶碗吧。”

“嗯，各喝半碗。”

酒已烫热，散发出酒的醇香。静颤抖着把酒斟到狭山颤抖拿着的茶碗里。

静最悲痛的，是在斟酒的一瞬间的念头。这双过去曾为许多人斟过酒的手今夜将为自己斟上。爱情，缥缈的梦，命运像一首歌，世事难料，她感慨万千。

酒太烫了，一时难以入口，于是男人拿着酒杯，呆坐着远眺。马上就要与这熟悉的世界永别，一切痛苦和忧愁都将结束，永远不再回来。他手捧一杯愁酒，对离别的哀愁充满了无限的感慨。

回想他们初逢的那个傍晚，互诉衷肠时也是一杯薄酒在手。之后二人相伴，情到浓时酒也越来越香醇。这三年，酒带给让我们欢愉，为我们排解忧愁。如今他拿着一杯酒，回忆起往昔的快乐，想到今晚不得不以这样的一杯酒来结束，不免可悲。虽然嘴上没说什么，可是泪水已经溢满，滴滴掉落。

“今夜喝你给我斟的酒也是……最后一次了。”

“狭山，我这样辛劳，到头来……还是不能和你结为夫妻，要以这种艺伎之姿死去……我不甘心！”

狭山听了这番话，内心更苦。他一口气干了半碗酒。

“给，静。”

静随手接过酒，想到这是一杯诀别酒，便觉胸口欲裂。

“狭山！事到如今我才对你道谢，真是抱歉。感谢你一直以来包容我的任性，关心我，真是谢谢你了。

“我虽然一直没有说出口，但在我心里，狭山，不知道有多开心，常常觉得感恩。我虽然总是在想该怎么报答你，可是你也知道我有个那样的母亲，所以只好默默藏在心底，什么事也做不了。我知道这样确实可耻，不能这样，只是一心想着早日来到你的身边，好好报答你，我一直抱着这信念，是唯一的快乐，所以一直忍耐着，可是都成了……泡……泡影！

“虽然我从未对你说过一句感谢的话，可是狭山，在我心里一直很感激你。从今以后，你……还有我……都将化为土，后会无期。至少今天，无论如何，狭山，我都要谢谢你。”

男人蜷缩着身子，泪水夺眶而出。

“别再……说了……别说了！这些话只会成为黄泉路上的障碍。你我二人一起赴死，此生无憾，莫要挂念其他事。静，让我们高兴地死吧。”

“我不知道有多快乐，多高兴呢！不高兴又能怎么样呢？这碗酒，就当是庆祝吧。”

静说罢，和着眼泪一饮而尽。

“你也为我斟酒吧。”

斟满，女人喝了半碗后把剩下的递给男人。男人接过茶碗，抓着静的手，彼此深情凝望，相互紧拥，对这个世界的依恋让二人更加难舍难分，只求一起赴死。

狭山抱着静，嘴唇贴近她的耳朵，恍惚地问：“静，好了吗？”

“好了，狭山。”

“那就……”

“趁早吧。”

狭山立即从枕头下取出一个绸包，从中取出一小包粉剂。这就是代替利刃来结束二人性命的东西。

女人将两只茶碗并排放着，男人打开包装，把洁白如玉的粉倒入碗里。

“来，拿酒来。我给你斟，你给我斟。”

“好的。”

雨渐渐停了，屋檐上的水滴断断续续地滴落。某种珍禽怪鸟发出了三两声凄厉的鸣叫，松风飒飒。

狭山拿起酒壶，向一只茶碗里倒酒。静双目紧闭，双手合十，用几乎听不见的声音默默地念着：

“南无阿弥陀佛，南无阿弥陀佛……”

待静为狭山斟酒时，拿着酒壶的手仿佛举起了一柄向狭山胸口刺去的利剑，苦闷让她窒息，声音也跟着颤抖起来。

“南无阿弥陀佛，南无阿弥陀佛，南无……阿弥陀……南无阿弥……陀……佛，南无——”

正当二人万念俱灰之时，忽然听到门外轰隆一声巨响，狭山跌倒在地，静也大叫起来。这个不知道从哪里蹿出的人影突然出现在灯光下。

“你们两个干什么！万万不可！”

狭山渐渐冷静下来，愕然地看着那人。

“啊！您是……”

“不记得了吗？我是这家旅馆的客人。擅自闯进来实在是失礼。还请你们见谅。太危险了。你们到底怎么回事？”

狭山低头不语，静躲在狭山身后，只露出半个身子。贯一望着他们，等待回应。

“不用说，背后一定有苦衷吧。所以我才冒昧闯入，想知道到底因为什么，让你们连生命都可以舍弃？我想知道。”

“……”

“你们想结为夫妇，却不能如愿，是这个吗？”

男人微微点了点头。

“是吗？那么，是什么原因让你们不能如愿？”

狭山又陷入了沉默。

“我向你们打听，是因为只要是我能力允许，会尽力帮助你们。可是，如果听了你们的话，我还是觉得力所不及，而你们又有非死不可的理由，那么作为一个外人，我绝不阻止。而且，我还将在这里看着你们壮烈殉情，并且为你们介错[①]。

“既然我已经插手，自然不会空手而归。我能否帮助你们呢？如果能，那我便是你们的救命恩人；如果不能，那你们便不属于这个世界。无论如何，你们的秘密被公之于世也无所谓了。如果我能帮你们，你们更是没有隐瞒我的理由，不是吗？我不是因为好奇来打听你们的事，我已经做好了准备倾听。来，告诉我吧！”

①指在日本切腹仪式中为切腹者补充斩首，以此让切腹者少受痛苦折磨。

第五章

贯一神情严肃，步步紧逼。再看那狭山有气无力地开口道：

“谢谢您……太感谢了……”

“来，请讲吧。”

“是。”

“我认为事到如今也没有什么好隐瞒的。我还没自我介绍，我住东京麴町，名间贯一，是律师。在此遇见也算缘分一场，我绝不会做出不利于你们的事。我之所以插手，是觉得如果能搭救两条性命，无论如何都要试试。想做一次一生中引以为豪的事，望你们理解。”

“是，万分感谢您的真诚。”

“那就请讲吧。”

“好，我这就道来。”

“太好了。”

贯一总算安心了，坐在座位上。诚惶诚恐的狭山偷偷看了一眼贯一。

“不知该从何说起……”

“嗯，那个，你们说过是因为不能如愿结为夫妻才寻死的……为何不能结为夫妻呢？”

“是的。如果不把羞耻之事托盘而出，恐怕您无法理解。实际上，我私自挪用了主人一大笔钱。”

“哦，你有主人啊。”

“是的。我是南传马町的一家名叫幸菱的纸张批发行的经理，名狭山圆辅。她是新桥的一名艺伎，叫柏屋爱子。”

那女人听到自己的名字，才从狭山身后怯怯地面向贯一露出一点，点头行礼。

“哦，原来如此。”

“可是最近，有一位客人说要给她赎身。”

“赎身？原来如此。”

“虽然她不愿意，可又不得不去。而且，因为我私自挪用了钱，主人说要起诉我。只要我还活着，就无法逃脱。可是又想不出好办法来，事情迫在眉睫，我们才走上了这条绝路。真是毫无脸面。”

与其说他们是对自己莽撞的行为感到羞愧，还不如说是对不得不走上绝路，无颜面对大家而感到苦恼。可又有什么办法呢？只能闭上眼睛听天由命。

“哦。照这样说来，只要有钱，就没问题嘛。你挪用的钱只要还回去，再向主人道歉，是能私下了结的。至于这位女子，既然有人为她赎身，那我们也可以为她赎身啊！不过，你到底挪用了多少钱？”

“三千圆左右。”

“三千圆？那赎身呢？”

狭山回过头去看着她，二人小声商量后，说：

“全部加起来需要八百圆左右。”

“三千八百圆，只要有了这些钱，你们就不用去死了吧？”

如此算来，这二人的性命只各值一千九百圆。

“死是一件毫无意义的事！三四千圆的话，我还是能凑到的。还是请您把事情的来龙去脉详细地告诉我，好让我为您的前途出一份力。”

此时此刻能听到这样一句话，是多么令人鼓舞！狭山来不及辨别这番话的真伪，自己已经山穷水尽，一肚子无处发泄的愁闷能遇到一个可倾诉的对象，就像雨中的弱柳条在春风的吹拂下增添了勇气。

“好。虽然我们只有一面之缘，而我二人又是这般情痴无知，不名一文，您肯热心地帮助我们，真让我们感到不胜羞愧。

“既然您想了解，那我就向您一五一十地汇报。说到底不过都是些丑事。不足与外人道。

“实际上，刚才提到的三千圆挪用，最开始是在外头花天酒地花了点小钱。时间一长就养成了习惯，挪用的金额越来越大，次数越来越多，终于变成了无法弥补的大窟窿。

“然而，拆东墙补西墙的总不是个办法，怕被主人发现，我又干起了投机买卖。没想到惨败，窟窿越来越大而我又毫无办法，只得蛮干起来，结果一发不可收拾，成了今天的局面。三千多圆的欠款就是这样日积月累的。

“不过这点事，主人看我素来勤勉，愿意原谅我一次。他把我叫到面前，说，‘你犯下了不可饶恕的错误，但是这次我愿意重新给你一个机会’。”

“哦？”

“他这样说是有缘由的。主人的妻子有一个侄女，之前说要许给我，我不愿意，一直推托着。也就是以这个为条件，让我娶那侄女为妻，来弥补挪用的钱款。”

“原来如此。”

“还有一些其他缘由。站在我的立场上，这门婚事于情于理都无法拒绝。如果当时立刻拒绝，事情恐怕就更麻烦了。”

“嗯，确实。”

“这次发生了挪用钱款的事，主人饶了我，简直是对我的大恩大德。如果我拒绝，就会受到惩罚。这些我都懂，可当时不知为何那样任性，心里不愿意就拒绝了。”

“嗯。”

“主人非常生气，说既然我那样任性，就把挪用的钱全部偿还，如果无法偿还，就要起诉我。有人劝我，一旦被告上法庭，便会留下一辈子的污点，还是答应主人的条件吧。可我却刚愎自用，什么都听不进去。”

“唉！这就是你的错了。”

“是的，我简直一无是处。当时满脑子都是这件事，甚至还给主人留下一纸遗书以表决心。可在这时，又出了赎身的事。”

“原来如此！”

“她刚才说的母亲其实是养母，而且相当粗暴贪婪。这些话我也略有耳闻。说来话长，虽然名义上是女儿，可待遇和一个靠卖艺来赎身的艺伎没什么区别。她常说，‘不做该做之事是为德，不赚该赚之钱是为损’。她就这样没日没夜地逼女儿去赚钱，并从中榨取。

“她知道我们的事，可近来听说我无法周转的时候，便一天到晚吵着让她女儿和我断绝关系。正在这时，又出现了一个愿意赎身的客人。这位客人是去年正月认识的，在下谷的富山银行工作，是那里的董事。”

“哎？！什……什……什么？”

“您认识他吗？他叫富山唯继。”

“富山？唯继！”

贯一的脸色和声音剧变！听到这名字时，他几乎要跳起来。看到他这样，不仅爱子，就连狭山也害怕起来，不明真相地惊立一旁。贯一控制着内心的升腾起来的怒火，眼神却似在燃烧，盯着二人的脸。

“这个富山唯继就是要为你赎身的客人吗？”

“是。您认识他？”

“认识！非常……了解。”

狭山疑惑着，身边的女人也暗自发出了吃惊的声音。

“那家伙要为你赎身？”

爱子听了，点了点头：

“是，是的。”

“可你不愿委身于他？”

“是。”

“这样说来，从去年年初开始，他就在照顾你的生意了？”

“我才不愿意被他那种人照顾生意！”

“啊？是吗。你并没有服侍他？”

“没有。我只是在酒局上被叫去陪酒。”

“哦，原来如此。那你就是没有卖身了？”

女人听了，觉得不堪入耳似的，斜瞪着贯一道：

“我从来不干那种事。陪客人过夜的事，我一次也没有！”

“哦，原来如此！嗯，原来……如此啊……我知道了，非常明白。”

狭山低头不语。

“也就是说，你虽然是艺伎，却并没有出卖身体，只是守着他……是吗？”

“是的。”

“所以你要拒绝富山唯继一厢情愿的赎身！是吧？”

“是的。”

贯一突然定睛，凝视爱子的脸，她的面庞映在眼底，眼看间就湿了眼眶。

“啊……真令人敬佩！你真是了不起！即使舍弃性命……也要……也要和他在一起！”

二人手足无措地呆立着，不知眼前的男人为何哭泣。

贯一流泪了吗？他没有想到一个出卖色相的女人不知受了谁的教诲，竟以死来坚守难得的道义。她坚守着常人难以保持的操守，无人能使之动摇。贯一为此而哭泣。

为何要流泪？那是因为他从不相信在这世上，竟有这般清新不媚俗、温柔美丽、崇高伟大的人。如今得见，长久以来心底的苦都如愿逐渐消散起来，仿佛在浮萍底下的泥中看到了一束光，他内心充满了欢愉。

“这才是正确的事！这才是应该遵守的女人之道啊！应该如此，应该如此。我一直认为，在如今这个浅薄的世界绝不会有这般有信念的人了。所以，当我知道这样的人还有，真是高兴。是的，我太高兴了！我从未像今天这样高兴。我就是因此而哭泣的——是高兴的泪水。我不觉得这是旁人的事，我被深深地感动了。”

贯一说着，擦了擦鼻涕。

“嗯，后来富山又做什么了？”

“他一来就说这件事，我只得好言拒绝。后来越发肆意妄为起来，每天都来，我也越来越讨厌他。不仅如此，他还大男子主义，目中无人，三句不离钱，还以为只要有钱人们就对他心存感激，动辄就说‘这不过是一千圆就能解决的小事嘛’‘一万圆总绰绰有余吧’之类的话。一开口就净说这些，所以大家还给他取了‘威风’的绰号，不管他去哪里都不招人待见，真是丢尽脸面。”

“哦，是吗。”

“他这样，所以我一直婉言相拒，可他竟感觉不到，继续说着那些，无论我说什么，于是就想要态度强硬一些。他看我这样，便改变了策略，直接找母亲去提亲，说了好多让母亲高兴的话，母亲高兴得发了疯，便责骂起我来，说出让我和狭山一刀两断这样的话来。我心里难受极了，觉得这样下去也没什么意义，一直以来无知可笑地生活着，梦醒了，越想越觉得生命毫无意义，正在不知该如何是好时，他又提出要为我赎身。”

“嗯，赎身……他没有提出别的要求，就直接为你赎身吗？”

“是。”

“真奇怪！哪有这种做法？”

“没有。”

“是吧。那赎身后，他打算怎么办？”

“他说了很多，我都没有听。他说是为了让我今后过上好日子。还说这样我总没有什么怨言了吧。他说现任妻子这不好那不好，好像故意为了讨我欢心。”

贯一扬了扬眉毛，心中不由一颤。

“关于他的妻子，他还说了什么？”

“我也不太清楚。听他的话，好像他的妻子长年卧病在床，没生孩子，也派不上用场，有和没有一样，所以最近打算把她送到别处隐居起来，娶我进门。他这样说的。”

“这是真的吗？他打算把他的妻子送到别处隐居起来？”

“他素来一派胡言，所以不可信。只是他的妻子有病在身，夫妻关系不好倒确实没错。”

“哦。”

贯一突然陷入了沉思之中，目光游离，犹在梦中。

“夫妻关系不好……有病在身……被迫隐居……唉……是这样吗！”

宫的悔，宫的恨，宫的叹，宫的苦，宫的愁，宫内心的伤痛，宫命运的不幸，啊！这就是她一生的惨剧！贯一的脑海中又浮现出了红颜薄命令人怜惜的宫。

宫这样生不如死地活着，倒不如这个只求一死的女人来得聪慧和幸运，贯一这样想着，发现自己又何尝不是？拯救不了所爱之人，却在这里拯救了他人，真是可悲可叹，贯一一想到这里又悲痛起来。

这时爱子接着说了下去，贯一便接着听。

“就在烦心时，狭山那里又出事了。我倒还好，他要是拿不出三千圆来，就会被起诉坐牢。我吓得不知道如何是好，感觉走到了穷途末路，只想一死了之。后来转念一想，与其这样死了，还不如找富山谈谈，看他能否借三千圆给我。我把这个想法告诉狭山，狭山却说，‘事到如今，我已经没救了，而你要不就到富山那里去吧，否则只有死路一条’。”

“嗯，确实。”

“且不说我要被那个家伙据为己有，单是要拆开我和狭山的缘分就让我痛不欲生。我早就下定决心，无论如何也不能委身于那个家伙！”

“嗯，那是自然。”

“可是仅仅因为钱，就让我们丢了性命，想来确实心有不甘。我不知道富山肯不肯拿出这三千圆钱来，如果他拿出来，那么钱一到手，我就马上溜走，和狭山好好过日子。虽然免不了受苦，可总比死强。可是我这么一说，狭山却说这是欺诈……”

“这就是欺诈！完全的。”

狭山听到了自己的名字，便接过话。

“这就是欺诈！比起让女人去欺诈，还是挪用公款罪责更轻。我绝不会再做坏事了。而且为了那点钱委身于那家伙，也太没有骨气了，今后还有什么脸面活下去？哪怕为钱所困而与女人殉情受到世人的耻笑，也不愿意被说卖了自己的女人而苟活于世！如果连委身于人都可以的话，那能拯救我二人性命的方法可不有的是？

“事到如今，要想活着就得做出更多坏事。可除了一死，别无他法！于是我就对她说，我已决心一死，就看你了。”

“原来如此。然后你怎么做了呢？”

“我之所以打算去求富山，是为了救狭山。要不是因为我，他也不会变成这样，我无论如何都想要救他。既然他决心一死，那留我一人毫无意义。我对他说，‘如果你死，我也死。’——于是我们相约来到了这里。”

“哦，我全明白了！”

在贯一耳中，这番话仿佛出自宫之口。当时他所期望的就是这样坚定、凛然的一番话，他暗自热血澎湃，感到畅快。

这就像是在一望无垠的失恋沙漠里，迷蒙的眼前突然出现了一座富丽堂皇、光彩四射的海市蜃楼。

他几乎忘记了这个女人不是宫，七年来郁积于心的忧愤在今夜开始渐渐消解。也就是在这一瞬间，让他重新看到了失去宫以来唯一的希望。

啊！美丽的海市蜃楼！

贯一那饥渴了许久的心激动着，声音跟着颤抖起来。

“这样说或许多有失礼之处。你这样职业的女子，竟然痴痴地守着一个男人，在他落魄时也不离不弃。同时又拒绝了愿意为你赎身的客人，毫无保留地把自己花苞般的身体献给所爱，甚至不惜去死，实在太高尚了！我深受感动，竟不禁……要流出眼泪来。

“请你无论如何不要丢却这难能可贵的品德！它将是你一生的珍宝。也是狭山先生的珍宝！是你们夫妇的珍宝！

“今后也希望你能为狭山随时奉献生命。请你保持随时为狭山而死的决心！好吗？

“千万人中的相遇，爱着对方，自然也应该有为他而死的决心。如果连这点决心都没有，那一开始就不必相爱。一旦相爱，哪怕粉身碎骨也应矢志不渝，否则怎么能称得上是恋人、爱情！什么都不是！若只是嘴上说着喜欢、迷恋，实际上却移情别恋，那么无论自己付出多少真心，换来的只有背弃。被抛弃方会是怎样的一种心情？”

他的声音越发颤抖得厉害。

“有这样的人！而且我认为这种人有很多。这样不负责任的爱情对双方来说都是不幸，无论是抛弃者或者被抛弃者，都不是一件好事。我现在就是这样！我看到你们宁愿一死也不分开的决心，获得了极大的满足。你们的爱情才是真正的爱情。

“所以请你务必把美丽的心灵和高尚的品格当成是一生的珍宝，无论发生什么，都不要丢却……好吗？希望你们二人永远像今夜一样坚定，美满一生。这就是我希望看到的。

“现在不是死的时候，不值得你们去死。区区三四千圆，我会为你们凑齐的。”

听了贯一这番话，二人的心中仿佛潮水翻涌而来。

尚未服的毒突然间变成了药，被这突如其来的不可思议与其说是喜悦，不如说是惊愕，不如说是困惑，不如说是奇怪来得更为贴切。他是鬼，还是神？如果是人，又是个怎样的人？他们不由得盯着贯一的脸，又暗自相觑。

四周也仿佛被震惊了，雄鸡的鸣声响彻八方。

夜空中遮住两颗明星的乌云正在散开，一缕曙光隐约地投在席间昏暗中并排放着的茶碗上，一只小飞蛾浮在上面。

三续篇

第一章

有生以来从未曾行过求神拜佛之事，唯这次诚心祈愿，愿用自己的性命换您过目此信，因此才以病弱之躯执笔写信。倘若万幸得您过目，便是死也无憾。我知您憎恨我，但请务必把此信当作一个悔恨前非的可怜女子在自尽前留下的遗书，希望您无论如何读上一读，就当是您对我的恩情，我将无上欢喜。

自从上次久别重逢，惊得我差点跳起来，内心充满无法言说的悲伤，忍不住泗涕横溢，十多年里对您的思念无以言表。我曾多次想过与您相遇的情形，却因内心的苦涩和羞愧而按下不表。身为女子，我有诸多忧虑，因此没能抓住机会，这是我一生的遗憾。那次我以一双泪眼目睹了您的身姿，如今朝思暮想、难以忘怀，看别人也仿佛见到了您，无奈只得每日在心中暗自落泪。

久别重逢，您变了，仿若他人，我不胜悲伤，尤其见您面容憔悴、脸色苍白，可是患了什么疾？我担心您，请您爱惜身体，切要保重。我心中担忧，噩梦缠身，不胜牵挂。

上次不以为耻地前去拜访，事先想好的说辞郁结心中，无法当面向您倾诉，只好执笔写下，望您海涵。那日您大为光火，我本是戴罪之身，虽已有所准备，但没想到您再次离我而去。回家后，头痛难忍，胸痛欲裂，一夜未合眼，翌日越发痛苦，见物落泪，无甚事却胸闷难耐。一连数日，心烦意乱，日夜烦恼难眠。第四日清晨起床后便觉体力不支，过了晌午再次就寝，时至今日，仍无精打采。唯有思念着您，感慨人世无常。胸痛加剧，双目肿胀，身子每况愈下。

如此思念成疾，终日深居闺中，心力交瘁，自知命不久矣，因此就在这病榻之上企盼您看在过往的情谊上，让我能再见您一面，虽然我深知你有多么恨我，但我只求能在您的膝上安心屏息。我深知自己罪孽深重，或许再也见不到尊颜，也得不到您的宽恕，那我只能放弃。然而我是决不放弃的，我心中的痛苦无以言喻。因此为了请求您的怜悯，眼泪不禁直流，不想弄脏了这信纸，望您海涵。

我自知都是自己作孽，因此甘愿接受一切惩罚。我虽已承受了诸多苦难，且已深深忏悔，时至今日死期将至，仍未能将心中之念传达，真是遗憾之至。因此我才生平第一次祈求神佛保佑，祈愿您能过目。

懊悔不堪的热海一别之后的思念，以及在田鹤见子爵宅邸内意外相遇后的心情，之后又从许久不见的荒尾先生那里得知了您的消息，这些都在之前的信件中详尽地描述过。我担心您没有过目一封封情深意切的长信。若是如此，您定还不知我的情况。哪怕重复成百上千遍，我也一定要让您知道。然而此时的我心绪悲伤且凌乱，往事也不堪回首，只得继续书写此刻心中所想。

这些年来音信不通，您过得如何？想必是被这世间的洪流裹挟，有艰难的日子吧。每每思及此，我都为您担心。只要您身体康健、万事顺遂，悲伤的我也为您欢喜。

正如您数次经历了人生的艰辛，我也一直不为人知地忧愁度日。生在这充满苦难的人世间，度过了虚无的每一天。我常艳羡身外之人与物，从朝夕的燕子和乌鸦到庭院里的树木花草都有着各自的幸福。哪怕是远离社会、囹圄中的恶人也期待着重见天日的一天，而我这一生却难逃苦痛。我的悲伤该如何转达于您？望您体察。这样说，您或许觉得奇怪，起初我脑袋一空，嫁给唯继，十年里我对他没有起过一丝夫妻间的爱情，反倒是对他的憎恨日益加剧，视他为敌，愈加无法忍受待在他身边，关系也逐渐疏远。自三四年前起，我们已经形同分居，我一身的污浊也得以逐渐净化，内心的操守愈加坚定。之前受到了荒尾先生的苛责，他说我一开始对您不忠，如今又对唯继不贞，这样一个愚蠢的我不想再为自己做任何辩解。正因愚蠢，才受人蛊惑，以至于现在无处可归，只能在不见天日的天涯海角哭泣，谁也无法拯救我。您也拯救不了如此愚蠢的我。愚蠢之人犯了错，罪同普通人呢，还是罪加一等呢？

愚蠢之人的坏处便是为别人操心，虽然我实在不该说这些话，可总是为您如今的身份而担忧。您怎能做这种事呢？至今我一想起来仍然惊诧得天翻地转。这世间有诸多谋生之道，善良的您怎会踏入此道？这样世人便会视您为妖魔鬼怪啊！自从在田鹤见府上见到您，我才得知了您的事，我甚至哭泣了数日。这其中必有难言之隐，只不过成玉还是成瓦关乎了人的一生，请您一定要回到过去的生活里！不仅我这样为您忧虑，还有很多人都在为您担忧，大家都希望您能出人头地。这世上有的人并不贤能，却常常能谋得好的地位。您为何要选择如此营生？您这样一位贤能之人屈身于草芥之中实在是可悲可惜可叹。

若不是愚蠢的我犯下如此错误，而始终陪伴在您左右，一旦您有此想法，我必定劝您放弃。我的浅薄不仅误了自己的人生，还葬送了您宝贵的一生，我的罪孽简直无法估量！实在抱歉，我的内心战栗不止。请您原谅我，请您原谅我，请您原谅我！

我为何要接受富山的提亲？为什么要嫁给他？为何不听您的话？如今回想起来才如梦初醒，懊悔不已，全都怪我一时意乱情迷，否则还能作何解释？两者之间，我弃善择恶，竟酿成了今日的苦果。这大概就是我的命，这样想，我就死心了。

如果当时您的愤怒更加强烈，将我打醒，我也不会经历今日的苦难。或者，您索性将我囚禁在某深山之中，如今我该有多么幸福！愚蠢之人总是想着这等愚蠢之事。

如果有幸能得到您的宽恕，解开心结，我们二人便去热海游玩，再去当年的海边望月，说起当年悲伤的故事时内心会做何感想？一思及此，我的内心就在轰鸣，书写的手也震颤不已。如今去热海的人中也无人能感受到我们的喜悦吧！同样地，也绝不会留下像我一样可怜之人的踪迹，也绝不会有人一想到那一夜就感慨万千。

如今我已经放弃了这个世界，也放弃了自己，唯独珍视几件事物。那便是您的三张相片。不会再为任何事开心的我只有在看到它们的时候，才能忘却一丝忧愁。我常常看着相片，就忆起当年的事，仿佛回到了十年前，心中的苦闷暂时消散。我最喜欢的是您侧脸的半身照，可惜已开始褪色，越来越淡了，我视之如珍宝，我将在遗言中嘱咐母亲将它小心地放在命不久矣的我死后的棺中。

一个女子拥有举世无双的锦缎，在盛夏的热浪中没有用处，便将它如人愿地借给了他人，结果一去不复返。秋去冬来之际，身无一物之时才想起它，可如今却已不知它落入谁人之手，终日为此苦恼以至染了疾，每日叹息不止。当她发现一位美丽的女子身穿他的锦缎，那女子不知这便是锦缎先前的主人，便在衣衫褴褛的他面前炫耀起来，她深感屈辱，却深知都是自己的过错造成的，只得哭泣忍耐。她深深地思念着这锦缎，以至于憎恨和懊恼身穿它的女子，还望您体察这份心情。

之前遇到一位自称是您亲戚的妇人。听说她每日到您府上照顾您，后来她一定在您面前说起我给他添麻烦一事吧。还望您体察，我从来不知道您还有亲戚，所以多有得罪，请您代我向她致以歉意。

我心中还有许多话想说，可是怎么也写不完，更何况我文笔拙劣，净说了些不好之事，重要之事可能有所遗漏。我并不想就此搁笔，可也不能永远写下去。四点了，天将亮，油已尽，手边暗了下来，我带着对您的思念就此搁笔。

现在的我内心苦闷得难以忍受，想必明日较今日更加病重。哪怕后日更加严重，我也会像今日这样提笔写信，直到将自己临终前内心的一切毫无保留地告诉您。

我已万念俱灰，绝非因病之故，而是对您的思念让我生不如死，请您体察我这片心，我坚信您能明白我的真意。

明天是您的生日，我为你供了阴膳，同时将我的心事禀告上苍，内心悲喜交加。请您保重身体，心情愉悦地迎接明天，今后万事顺遂。这是我如今对此世间唯一的希望和愿望。

就此搁笔。

愚妇致
生别的爱人
五月二十五日

第二章

一

风伴着隔壁浓郁的玫瑰香气飘进屋里，落在这封贯一刚读完的长信上，信纸围绕着他随风飞舞，贯一慢慢将它铺展，托腮的胳膊肘抵着膝盖。每当看到那可恶女人的来信，他都视之为不洁之物，前几封都被他烧掉了。这次他为什么打开看了呢？从拿起信到读完后，他都在自责，感到一阵没来由的惭愧。

过了一会儿他起身，随即又仿佛支撑不住似的把身体倚在桌边，托着脑袋。

庭院里树木苍翠茂盛，带着一丝燥热、夹杂着附近花香的初夏气息缓慢流动着，燕子清脆地啼鸣，在树木中间盘旋，终究飞向墙边通红的石榴中去了，石榴在下午四点以后西斜的夕阳的强烈光芒下更是如火一般鲜艳，心烦意乱的贯一把视线移到了凉爽的阔叶树上。

信不是主人祷告神佛之后才写就的吗？贯一不也是不明缘由地拆开了这封不该看的信吗？缠绕在他身边的信纸仍旧散着，好似山岩中的飞瀑悬挂在他身上。

贯一怔怔地沉思着，渐渐感到烦恼，他一转身才意识到了没完没了的信，慌忙把垂在左肩上的信纸拉下来撕成两条，然后把其中一条卷成带子状，随手撕开，叠成了一册。

他沉浸在思考中，同时手也没有停，每撕开一块都凝视着上面的文字，好似逐一阅读。全部撕完后，他就像刚完成一项重体力劳动而疲惫不堪，身体无力地靠着桌子，低垂着脑袋。

过了好大一会儿，他仍然无法战胜那疲倦，于是突然站起身来，拿着那一册信纸走到庭院里的树荫下，每走一步都会再撕扯一下，穿越树林时撕扯，绕着花园撕扯，停下撕扯，走路撕扯，撕扯到最后都成了小条，然后又都攒起来，一边走一边攒，待到走不动时便在只有冬青树的地方停下了脚步。

这时从外廊走来的年轻女人，绾着凉爽的圆髻，绳子把两袖吊起来，能看见里面白皙的湿手。只见她看看坐垫，望望庭院，一看到贯一脸上就浮起了执意的微笑。

“老爷，洗澡水为您准备好了。”

这个美丽善良的静，是如今唯一可以安慰贯一的人了。

二

贯一入浴后，静为他冲去身上的泥垢，待他出浴时为他穿浴衣，端镜子，静都一一仔细办到，把全部精力都放在照顾贯一的生活上，从早到晚。可也不能忘记后面的屋子由他服侍的狭山。狭山是和她甘愿以命相换的人。可是也不能忘记搭救他们两个的大恩人，也是他们的主人。不论主人或是丈夫，静都必须细心照料，简直像盂兰盆节和正月同时来到似的每日忙得不可开交。可是他至今还犹如在梦中，无论生活多辛苦都能忍受。他勇敢、欣喜、自豪、并且乐在其中。因而他的脸上永远闪着光辉，越发显得妖艳了。

静在浴后乘凉的贯一身旁为他轻轻扇风，看到贯一倚着外廊的柱子一言不发、面露疲惫的样子，说道：

“老爷，您的脸色很不好。”

贯一仿佛被他这一句话提醒了似的，稍微动了动委顿的身子。

“是吗？”

“哎呀，那还用说嘛。您怎么了？”

“没怎么，就是觉得胸闷气短。”

“不舒服啊？那喝点啤酒吧？好吗？请您喝一点吧。”

“啤酒？我不太想喝啊。”

“您别这么说，喝一杯试试吧。我为您冰着呢。”

“那是为了让狭山回来喝的吧？”

“您说什么呢！”

“我没开玩笑，我说的对吧？”

“狭山还不是让我服侍他喝啤酒的身份。”

“不用那样拘谨。你们不都是我的家人吗？你们不轻松一些的话我会很困扰。”

静悄悄地擦拭眼泪："我们现在已经很轻松了。"

"既然都已经准备好了，喜欢的话就喝吧。你能喝吧？"

"是，我陪您，您也喝一杯吧！我去拿冰——再剥几只柑橘——还有苹果。"

"你不喝吗？"

"我也喝。"

"不，你一个人喝。"

"在老爷面前我一个人喝酒？那您呢？"

"我不喝。"

"那您看着我喝？不行，哪有这种事！不过，不管怎样，您喝一杯吧，好吗？我马上去拿来，您在这里稍等。"

他高兴地去了，不一会儿就和老婢一起端了各种食物来，都摆在贯一面前，这样确实比过去只有老婢一人冷清地服侍、义务似的吃饭时不同，他多少带一些不忍拒绝的心情举起了酒杯，静熟练地斟酒，直到厚厚的泡沫溢了出来。

"来吧，一口气喝了吧！"

贯一喝了一半，放下杯子换气，这时静拿了两片削了皮的苹果送到他面前。

"给您，下酒菜。"

"那我就喝了这一杯吧。"

"哎，您——不，不行哦。您得喝个两三杯，直到脸开始泛红。那样您的心情才能好起来。"

"喝那么多我就要醉了。"

“醉倒也很好啊。您今天的脸色很不好，所以为了消除这种脸色，您应该努力多喝一些。”

贯一不禁露出一丝浅笑。

“药也不会有这么大作用吧？”

“您怎么了呢？要真是身体哪里不舒服，可就不能这样再喝下去了。”

“身体一直都不好，现在也没什么吃惊的……那再喝一杯吧！”

“好，我给您斟。啊，真是太爽快了，是吧？”

“爽快一些不好吗？”

“不，爽快一些当然很好，不过太……谢谢……啊劳烦您了。”

“仔细想想，人这种动物真是不可思议。之前我与你们素不相识，非亲非故，可是你们竟会住到我家里来，狭山是一个耿直的人，而你也悉心照顾我的起居，我也绝没有把你们当作外人。事情如何发展到这里的呢？如果我们不是在那里相遇，那么如今我们还是互不相识，也绝不会像这样突然住到一起，你们怎么样和我没关系，我怎么样也和你们没关系……唉，真不可思议！我希望你们能永远陪伴我。可我是一个放高利贷的，是被世间当作牛鬼蛇神的无恶不作的高利贷者。你们这样照顾一个放高利贷的，据我了解不禁非常不光荣，还会特别累心。不仅如此，一个不惜吸人鲜血来获得不义之财的高利贷者，怎会把他视若至宝的钱财——先不管数量——送给两个非亲非故之人，甚至还把你们带来，我会不会穿着做好事的衣服却私下有什么企图心，我想你们肯定也在担心。来，你喝干这杯，把杯子还给我。”

“您还喝吗？”

“喝。”

他脸上已经露出了微醺之色。

“静，你是怎么想的？”

“我们本来已是死去之人了，多亏得您相助。因此我们两个就相当于是您的人了，您有事请尽管吩咐。狭山也是这样说的。”

“不胜感激。然而我是一个高利贷者，所谓贷款不出三月，利息先扣三成，获利的办法很是粗暴，因此也不必迂回，譬如对别人略施小惠，再从他身上榨取更多。因此，我希望你们也不要这样想。还有，我当时只是一时兴起才出微力相助，也即只要你们活下去，我的目标也就达成。只要此愿实现，就不会再有赚钱的念头。虽说如此，可悲哀的是，这虽是我的家业，却不是正经行业。你们还以为我是在念经的小鬼在乱说一气，越发摸不透我的想法——不，你们一定是这样想的，真遗憾！”他长叹一声，又道，“坏人终究是坏人！”

“老爷，我们做梦也不曾想过有这种事情。不过既然您这样说了，肯定是我们做得不好，让您不满意。我们都是粗野之人，所知甚少。”

“不是的……”

“是的，狭山总是这样说我，我也感到很抱歉。所以有什么不周到的地方……”

“不，我不是这个意思。如果因为我刚才愚蠢的话让你这样挂心，我就太难受了。”

“您从未说过这种话，既然今天这样说了，一定是因为我们近来有什么不足的地方。”

“不，对不起，是我不好。你们哪里有什么不足，这样亲切周到地把我当亲人般照料，我非常高兴。我过去也曾对你们说过，我无亲无故，孑然一身，身体不舒服的时候也没有人劝我吃药，那样我总是有心酸之感。你看到我忧愁就劝我喝酒，即使是逼着我喝，但是这份关心让我有种枯树开花的喜悦，我没有撒谎。来吧，为了证明我没有说谎，我再喝一杯。”

“好，您一定得喝。”

“啊，这里没有了。”

“没有了就说明您在说谎。”

“还有半打，把那个倒出来吧。”

“太好了。”

贯一正要呼唤老婢，静早已起身去了。

三

酒杯重新斟满，话题也随之一变。

“仔细想来，什么主人的面子、朋友的面子，全都不管不顾、没有底线的高利贷者都是奔着利益而去，可是我为何会对别人的困难——虽说是被卷入——看不下去而现出那种无畏的气魄，你们想不通也是理所应当。

“不过呢，总有一天你们会明白，还有我是一个怎样的人，你们也会了解。只要明白这一点，那我尽我所能帮助十几二十几人也就不足为奇了。我知道这话听起来有些自大，不好听，可我们已经交心，我说的都是心里话。

“不行，总想这些事可不行，心情会忧郁，所以不说了。你多喝点，来！”

“不，请您讲给我听吧。”

“要是可以助兴，倒是说也无妨。”

“狭山也总是说，老爷看上去不像身体抱恙的样子，可总是无精打采，郁郁寡欢的。我们在私下里都为您担心呢。”

“自从你们来了之后，家里热闹起来了，我也比过去有精神多了。”

“既然如此，那您为何还无精打采呢？”

“像个死去的人。”

“为什么呢？”

“还是生病的缘故吧。”

“生什么病？”

“忧郁成病，很麻烦。”

“您为何忧郁？”

贯一自嘲似的苦笑一声，道：

“是因为生病了啊。”

“所以到底是什么病？”

“太忧郁了。”

“这样怎能让人明白呢？您说忧郁成了病，问您为何忧郁，您又说因为生病，这说来说去不都是一回事吗？”

“嗯，是的。”

“嗯，才不是呢。您振作些！”

“啊，我醉了。”

“哎？这样就醉了可不行。您躺下就会睡着的，快起来。快，老爷！”

贯一用胳撑着膊肘侧卧倒，静走到他身边，从背后扶他起来。贯一一脸无奈地靠着柱子，看着静。

“真想让富山唯继来看看。”

“哎呀，别说了！光听名字都打寒战。”

“光听名字都打寒战？是啊，确实如此！可再一想，也不是他有罪，不能这样恨他。”

“嗯，可我一点都不喜欢他！”

“这可不行啊。”

“那家伙哪里好？他活着就是错误。这世间有那么多可恶的家伙，您说他们都是什么人？不是有三四千万这么多人吗？那就应该碰到一些头脑灵活、可爱、让人高兴的人才对，可就是不容易，是吧？”

“是，是，是！”

“富山这样的家伙倒是多得很，狂妄横行，正因为如此，这世间才不会有一天安宁日子。为什么会生出那种讨厌的、可憎的、令人作呕的人来呢？”

“嗯嗯，富山唯继真是乱七八糟！”

“哎呀，别再说他了，令人讨厌。老爷，别说了。”

“那我还有话要说。”

“您说。”

“究竟男人和女人谁比较痴情？”

“哎呀，为什么这样问？”

“没为什么。你觉得呢？”

“这个嘛，老爷，总是女人……”

“你想说女人痴情？”

“是的。”

“我不信。”

“哎？您有证据吗？”

“哦，你另当别论，不过……”

“好了！”

“不是的，这世间的女人似乎不是这样。女人啊，就是想法浅薄，还容易变心，一心动——看不清虚假之事。”

“女人想法浅薄确实是事实，不过容易变心什么的还是因为没有真正爱上吧。如果从心底里爱着，是绝对不会变心的。人们常说女人总是一念之间，但如果认真爱一个男人，女人却是比男人要痴情得多。”

“这种事也有很多。可是，那些没有爱上的，是女人之过，还是男人之过呢？”

“这可难回答了。是啊，到底是谁之过呢？这要看女人的品行吧，不能一概而论，而且也在于年纪。”

“啊？你说在于年纪？”

“我们商贾常说，女人的爱情有眼睛爱、兴趣爱、心底爱这三种。所谓眼睛爱，就是瞥了一眼便爱上，这是十五六岁年少时会发生的爱情，喜欢美丽的事物，所以滋味既非苦也非甜。然后是十七八到二十岁左右的年纪，稍微懂事，也任性起来，因此已经不再迷恋面容俊俏和奇装异服了。兴趣爱就是，气质啦，性格讨喜啦之类，都着眼于这些地方了。不过，这个年级还轻浮着，看这人很好，那人也不差，其实心底还没有爱上。所以不到二十三四的女人是不会从心底里爱人的。然后才是真正懂得了爱情的滋味，或许如此所说。到了这个年纪，有了自己的主意，对世间之事渐渐了解，无论男人打扮得多么华丽，也不会被蒙蔽了。这就是所谓的人情世故。这样一来，十有八九的女人就不会变心移情了。正如唱诵游女那“红色头帕装饰的岛田髻里”的歌词所说的那样，年轻人嘴上说着喜欢和爱，可实际上自身还没成为一个大人，因此也是没办法的事。待姑娘成了老奶奶，啰里啰唆说不停，辛苦的可是老爷爷。”

静笑着举起酒杯，贯一连连点头。

“真有趣，眼睛爱、兴趣爱、心底爱，在于年纪这一点真是不错。在于年纪！确实如此！”

“您非常佩服吧？”

“非常佩服！”

“那么您心中一定有我猜中的那件事了？”

“哈哈哈……为何？”

“因为几乎不会有人感到佩服啊。”

“哈哈哈……越来越有趣了。”

“哎呀，我说对了吗？”

“哈哈哈……对了是什么对了？”

“哎呀，看来确实是了。”

他故意瞪大双眼，打量着贯一那张醉得发红、笑得发皱的脸。

“对了又怎么样呢。哈哈哈……”

“哎呀，这么说完全被我说中了！”

“哈哈哈……”

“这可不行哦，总这样笑个不停。”

“哈哈哈……”

第三章

一

尽管已是死不足惜之身，可信寄出的这七日仍旧痛苦地活着。我对这世界还有依恋，说来也真是惭愧。进入盛夏时节，素来怕热的您不知今日是否安康？我还惦念着您。

至于我，在人前只得佯装接受医生的治疗。原本我就吃不下药，每次都是扔掉了。您应该知道，我这种病在医书里没有记载，医生莫名其妙说成是歇斯底里症。我不知这歇斯底里症是否属实，但我清楚这不是世间普通的疾患，这样被安上了一个名字，也只得在心中懊恼。

白天头重、胸闷，身心疲惫，做任何事都没有力气，更遑论待客。我不与人说话，只是闭门不出，让时间白白逝去，身体每况愈下，自知日子所剩无几。

入夜后身体情况有变，心中顿时清醒，毫无睡意。这时别人在想什么？若别人处在我的位置会想什么？我就总是想着这些，以至于每日夜不能寐，睁眼到天亮。

如此胡思乱想，就像往灯油里添水，灯火不会越来越亮，而是越发暗淡。我自知此生无法逃避世人的责难，而我一介女流，如何能忍受这等事？每思及此，便想应该及早自我了结毫不足惜的性命，这样反倒爽快得多。我已下定决心，万不得已之际就这样做。

我对所有事都已断念，唯有一事仍未放弃，便是在我气绝身亡之前一定要见您一面。此事就是我心中唯一的愿望。自古以来，有深刻信仰的人们祭祀神佛，就能看到神佛显灵。只要我专注此念，愿望就绝不会落空。

二

昨日婆婆前来探望，她因唯继心事重重。近来唯继成日在外游荡，两三日前，报纸上刊载了他的丑闻，婆婆忐忑不安，所以特地前来探望。关于此事，婆婆恳切地与我商量，唯继的放浪行为毕竟影响家族声誉，因此叮嘱我千万不要把此事道与外人听。我宁愿她责备我治家无方，讨厌我，那样我该多么幸福！然而这位婆婆却是菩萨心肠，尤其待我如同亲生女儿，平日对我的深情厚谊如山海般澎湃汹涌。我无话可说，心中悲凉，眼泪扑簌簌地流淌，说了些自己能力不足之类的话。

此命若不是为了您舍去，那便是为了她。若她为母，您为夫，即使睡在土地上盖着草席，也是其乐无穷之事。我终日迷恋这不可能之事。待我死去，这世上真正为我悲伤的恐怕只有她。而我却欺骗她，将爱情用于别处，我将会受到怎样的责罚？我为此悲痛不已，自知早晚不得好死，心中不免担忧这是否会成为我实现愿望的障碍。

想来，死并不可怕。我若在目下气绝，也算是一种幸福。只是想到身后为我悲伤的亲人的叹息与世间浅薄的缘分，这具身躯很快就会消失不见，这支笔，这砚台，这戒指，这盏灯，还有这座宅子，今夜今夏，此处的蚊声，四周的一切将永远留下，而我独自死去。人生犹如花草一般瞬息幻灭，想来真是无限遗憾，对这世间更不舍了。

金色夜叉

[日] 尾崎红叶 | 著　只读文化工作室 | 出品

图书在版编目（CIP）数据
金色夜叉 /（日）尾崎红叶著；连子心译. —北京：现代出版社，2019.8
ISBN 978-7-5143-7782-8

Ⅰ. ①金…　Ⅱ. ①尾…　②连…　Ⅲ. ①长篇小说—日本—现代
Ⅳ. ①I313.45

中国版本图书馆CIP数据核字（2019）第087633号

金色夜叉

作　　者：[日]尾崎红叶
译　　者：连子心
责任编辑：曾雪梅　朱文婷
出版发行：现代出版社
通讯地址：北京市安定门外安华里504号
邮政编码：100011
电　　话：010-64267325　64245264（传真）
网　　址：www.1980xd.com
电子邮箱：xiandai@vip.sina.com
印　　刷：三河市宏盛印务有限公司

字　　数：277千字
开　　本：880mm×1230mm　1/32
印　　张：13
版　　次：2019年8月第1版
印　　次：2019年8月第1次印刷
书　　号：ISBN 978-7-5143-7782-8
定　　价：59.80元

只读

时间宝贵，我们只读好书。

现代译文馆

放眼人类的文学财富

—和风译丛—

太宰治《人间失格》

太宰治《惜别》

织田作之助《夫妇善哉》

宫泽贤治《银河铁道之夜》

坂口安吾《都会中的孤岛》

上村松园《青眉抄》

太宰治《关于爱与美》

夏目漱石《我是猫》

樋口一叶《青梅竹马》

梶井基次郎《柠檬》

谷崎润一郎《黑白》

泉镜花《汤岛之恋》

尾崎红叶《金色夜叉》

幸田露伴《五重塔》

芥川龙之介《罗生门》

谷崎润一郎《细雪》

……

只读

时间宝贵，我们只读好书。

现代译文馆

放眼人类的文学财富

—蔷薇译丛—

[英] 威廉·毛姆《月亮和六便士》

[美] 亨利·梭罗《瓦尔登湖》

[美] 菲茨杰拉德《了不起的盖茨比》

[法] 阿尔贝·加缪《加缪中短篇小说集》

[奥] 斯蒂芬·茨威格《人类群星闪耀时》

[古希腊] 伊索《伊索寓言》

[美] 威廉·福克纳《喧哗与骚动》

……